조선시대 여성 한문학

김명희 · 박현숙

이회

서 문

조선시대 문학을 연구하는 두 여성 학자가 조선시대 여성들의 한문학의 실체를 연구하고자 의기투합하여 연구를 거듭한 지 2년 여의 세월이 흘렀다. 부지런히 연구하였지만 자료의 미미함과 시간의 부족으로 이미 연구가 완성된 것만 책으로 묶기로 하였다.

조선시대 여성들의 총명함과 지혜로움은 이미 익히 알려진 바이나 그들의 문학을 통해 사상과 삶의 의식 및 시문학에 대한 사랑을 다시 한 번 일깨우는 계기가 되었다.

제대로 교육을 받아 보지도 못한 여성들이 지아비로부터 배우거나 가학을 통해 혹은 형제 어깨 너머로 배우고 익힌 한자로 운을 붙여 스스럼없이 시를 쓰고, 고통을 부르짖고, 남편을 원망하고, 신선들과 놀며, 자녀를 훈육하는 등의 다양한 제재를 문학으로 풀어내고 있었다.

영수합 서씨는 문벌 귀족여성으로 자녀를 사랑하고 아끼며 나라에 충성하는 법도를 시로 끊임없이 채찍질하며 표출하였다. 그녀는 시를 짓는데 한자를 공 글리며 노는 방법도 스스로 터득한 여성이었다. 그래서, 그녀의 문벌은 모두 한국한문학사에서 한 위치를 차지하게 된다.

조선조 여성 성리학자로 불리는 임윤지당은 가부장제 사회에서도 평생 성리학을 탐구하여 여성도 남성과 다름없는 천품을 타고난 존재라고 선언하였다. 또한 자신의 저서를 통해 스스로의 생각을 후세에까지 전승하여 주체적 삶에 대한 여성의 자각이 일회성에 끝나지 않고 재생산할 수 있도록 하였다.

삼의당은 서민에 가까운 생활을 한 여성이었다. 몰락한 양반의 가난한 삶속에서도 가문을 다시 일으키려고 부단히 노력하였다. 머리를 잘라 남편의 노자路資를 준비하여 과거 공부를 떠나게 하는 등 눈물겨운 노력을 하지만 지아비의 역량이 부족해 결국은 농부의 아내로 일생을 마친 여성이었다. 가난하여 딸자식을 먼저 떠나보내야 하는 제문에서는 곡진한 어머니의 슬픔이 느껴진다. 보통의 조선조 어머니들이 삼의당과 같은 삶을 살았으리라 추정할 수 있다. 그럼에도 불구하고 삼의당은 시부모 봉양, 봉제사, 남편과의 금실 등 어느 하나 조화를 깨는 법 없이 유교적인 계율을 지키며 순종하면서 살았다고 본다. 언뜻 언뜻 남편에 대한 원망이 보이기는 하나 시골 생활을 즐기며 자족한 분위기를 창출한 삼의당의 총명함이 돋보인다.

운초는 기녀이며 소실이었다. 그러나, 소실이면서도 만년에는 안방 여인 역할을 하며 살았던 여성이다. 그녀는 남편 김이양과 관련된 많은 시를 쓰고 문단인으로서 친구들과의 화답시를 주로 쓴다. 많은 기행시와 기녀들만의 설움도 표상되어 있어 조선 후기 기녀들의 삶과 양반들과의 관계망 또는 최초의 여성 문단인으로서의 역할을 알 수 있게 한다.

조선 최고의 여성으로 일컬어지는 난설헌은 널리 알려진 바이나 그 뒤를 좇는 소설헌은 아는 이가 드물어 소설헌의 시문을 번역한 저자가 난설헌과 비교한 논문을 두 편 실어 이를 알리고자 하였다.

임윤지당과 강정일당도 앞에서 언급한 바대로 학문의 실용화에 앞장섰던 조선의 여성들이다. 그들의 삶의 궤적이 현대를 살아가는 여성들에게 훌륭한 귀감이 되리라 생각하며 이 책을 펴내는 바이다.

시간이 촉박한데도 선뜻 출판을 승락하신 이회문화사 사장님과 편집인 여러분께 무한한 고마움을 표한다.

김명희 · 박현숙 씀
2005년 2월

차 례

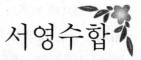

서영수합
- 다정多情 무한無恨의 시세계 -

1. 영수합 가문의 실체

서영수합(1753~1823)은 본관이 달성達成이며 아버지는 강원도 관찰사를 지낸 서형수徐逈修(1725~1778)이고 어머니는 안동김씨로 농암農巖 김창협金昌協의 증손이며 문경공文敬公 김원행金元行의 따님이시다.1) 영수합은 14세에 승지 홍인모洪仁謨2)와 결혼하였다. 남편 홍인모와는 시문을 서로 주고 받았으며 영수합이란 당호堂號도 남편 홍인모가 지어준 것이다. 그녀는 1753년에서 1823년 사이에 살았던 조선조 후기 양반 가문의 부인이다. 출가하여서는 세 아들 연천淵泉 홍석주洪奭周, 항해沆瀣 홍길주洪吉周, 영명永明 홍현주洪顯周를 두었는데 모두 문장가였다. 또 두 딸 중 유한당幽閑堂 원

---

1) 『영수합고』, 「先妣 정경부인 行狀」, 先妣 貞敬夫人 徐氏 江原道 觀察使 贈吏曹參判 諱逈修女也 其貫日 大邱之達成⋯⋯⋯貞夫人 安東金氏 農巖先生 禮曹判書 文簡公 諱昌協 曾孫 渼湖先生 世孫 贊善 文敬公 諱元行女也.

2) 이정화, 「서영수합의 시 연구」, 숙명여대 대학원 석사, 1993, p.10. 재인용.
   홍인모는 영의정 洪樂性의 자제로 호조참의. 우부승지를 지냈다. 부군의 호는 足垂居士며 經史 陰陽 醫藥 卜筮와 孫吳兵書 및 도교 불교 경전에 통달하여 古文 수편과 古近體詩 2천 여편을 남겼다.

주原周도 형제에 비견되는 문장가요 어머니와도 비견되는 시인이었다. 영수합의 가문은 조선조의 벌열가閥閱家라 할 수 있다. 그녀의 집안은 친정, 시가媤家 모두 명망 높은 양반가였다. 이조참판까지 지낸 아버지, 할아버지, 재상을 지낸 시가 식구들 모두 그녀가 순응적이고 예의범절을 지켜야 하는 여성으로 살게 하였다.

따라서 영수합은 현모양처라는 칭송을 들으며 살아야했던 현숙한 여성이었다. 서영수합은 ≪영수합고令壽閣稿≫3)라는 문집을 가진 조선조 후기 양반 가문의 몇 안 되는 여성이지만 친정 할머니의 충고를 받아들여 시집 간 지 10년이 되도록 글을 아는 내색을 하지 않고 살아야 했다고 한다.

이와 같이 명문 가문을 지키며 며느리로, 5남매의 어머니로, 남편 홍인모의 아내로 살아야 했던 영수합의 시를 통해 조선 후기 여성들의 정체성과 양반가 모성의 실체에 대해서 분석하고자 한다.

그녀의 시를 대별해 보면 모성 의식이 강하게 표출되는 아들들에게 주는 시와 전원 속에서 한가롭게 시간을 보내며 읊조린 시와 당시唐詩를 본받으며 당시唐詩의 운자를 밟아 차운, 호운의 형식으로 쓴 시들이 대부분이다. 이들을 대비하면서 영수합 시의 특성과 정체성을 파악하고자 한다.

2. 영수합의 모성 이데올로기

여성이면 누구나 어머니가 된다. 특히 가부장 아래에서 모성이라는 단어는 매우 중요하게 인식되어 왔다. 가부장제 아래에서 어머니란 일반

---

3) 『足睡堂集 附 令壽閣稿』, 全史字本 純祖 24년, 서울대 奎章閣本. (시 177수, 辭 1편).

적으로 희생적 모성으로 인식되어 가정의 천사, 가정의 수호자로 여겨졌다. 이러한 모성이데올로기를 내면화한 여성은 "가부장제의 은밀한 조력자로서, 전통적 가치의 수호 세력"으로서 남성세계에 참여한다.4)

영수합은 성공적인 모성상으로, 조선 중기의 대학자 이율곡을 길러낸 사임당의 뒤를 이은 전통적인 어머니상이다. 조선조 사회에서 훌륭한 어머니란 자식이 성공하여 이름을 드날려 가문을 영예롭게 하는 여성을 의미한다.

또한, 자식이란 아버지를 이어주는 종의 생식적 욕구에 의해서만 정의된다. 이런 면에서 아들을 3명이나 두었던 영수합은 일단은 어머니의 역할, 어머니의 지위가 매우 확고하였음을 알 수 있다. 그러한 면면이 시문 곳곳에서 포착되어 나타난다.

순조 3년 1803년에 맏아들(홍석주)5)이 서장관이 되어 중국 〈연경燕京에 사신 감을 배웅하면서〉 지은 시에 어머니로서의 자긍심이 나타난다.

너를 보내는 곳 그 어디인고
구름너머 삼천리 중국의 연경
나라일로 말 달리니 귀하고 무거워
어미 마음 간절한들 어찌 말리리

성현의 유훈 잇기를
몸에 경經 지님보다 더 나음이 없노라
항상 모든 일 조심하되 엷은 얼음 건너듯
몸은 평안하고 덕은 날로 새로워라.

---

4) 서강여성문학연구회편, 『한국문학과 모성성』, 태학사, 1998, p.7.
5) 홍석주(1774~1842) 자는 成伯 호는 淵泉 저서로는 『淵泉集』, 『學海』, 『永嘉三怡集』, 『東史世家』, 『鶴岡散筆』이 있다.

送汝向何處
燕雲三千里
征鞭去珍重
何用戀兒子

先聖有遺訓
莫若敬其身
常存履永戒
身安德日新
〈寄長兒赴燕行中〉

　　어머니(선비 정경부인)의 행장을 쓴 큰아들 홍석주는 자신의 어린
시절을 회상하며 어머니의 가르침과 어머니의 인품에 감동하며 살았다고
전한다.6) 어머니인 영수합 또한 큰 아들 석주가 사신으로 뽑혀 연경으로
들어간다는 사실 자체에 대해 매우 흐뭇해 하고 있다. 그녀는 조선조 어
머니로서 관직에 몸담고 있는 귀한 아들에게 항상 얼음 밟듯이 조심하여
국가의 대사大事를 잘 처리하고 돌아오라는 당부當付의 시를 쓰고 있다. 그
녀가 당부하는 말은 '나라 일로 삼천리 떨어진 연경 땅을 가니 네 몸이
참으로 귀하고 책임은 무겁다'라는 것이며 '나라 일은 기한이 있으니 나날
이 훌륭해져 이름을 기한 안에 알리게 해 달라는 것'이어서 결론적으로는
'성인들의 유훈을 마음에 새겨 몸을 닦고 조심스럽게 일을 성취하고 이름
을 드날려 어미에게 당당히 돌아와 달라는 유교적이며 전통적인 어머니
의 가르침'이었다. 조선조 어머니들은 아들의 성공이 곧, 어머니 자신들
의 성공이기도 했다. 어머니와 아들은 일체된 몸으로 공존하여 조선조 유

----

6) ≪영수합고≫ 선비 정경부인 행장.
　奭周始生時　舉家無宅幼稺　奭周生十餘歲　又未有弟妹其見愛亦至矣　然自四五歲有一事
不循誨立呵責　無少寬貸　至大啼泣誓不敢復爲然後已.

교 이데올로기를 꽃피웠다고 본다. 자식 사랑이 남달랐던 영수합은 항상 부귀영화는 화의 근원이므로 근신하라고 당부하였다. 평소에 성실하고 검소할 것을 가르쳤다는 영수합이 두 아들을 떠나보내며 지은 시에서는 자식들과의 이별의 아픔을 토로하고 있다.

> 이별의 정 내 어찌 옅으리오만
> 너희를 보내는 슬픔 더욱 깊어져
> 맑은 가을날 얼굴을 마주 대하니
> 하필 상한 마음 다시 일어나네
>
> **離情我不淺**
> **別懷爾更深**
> **會面在淸秋**
> **何必復傷心**
> 〈送別兩兒〉

영수합은 두 아들을 떠나보내며 어머니로서 아들들과 떨어져 있다는 사실에 상심하고 있다. 두 아들이 세 아들 중에서 누구인지 분명하지 않다. 둘째 아들 홍길주가 관직에 오르지 않았다는 사실로 미루어 홍석주와 막내아들 홍현주가 아닌가 한다. 어머니의 마음을 잘 대변해 주고 있다고 본다. 가을날 길 떠나는 두 아들을 마주 대하고 느끼는 상심傷心이 핵심어이지만 창자가 끊어지는 듯한 어머니의 아픔은 아니다. 다만 먼 길 떠나는 아들들을 두고 자랑 반, 염려 반으로 일어나는 심정을 읊은 시라 할 수 있다. 그러한 〈두 아들이 길 떠나는 도중에 붙여 온 시〉에 대해 차운하며 자신의 분신들에게 애틋한 마음으로 달랜다.

> 정을 머금으니 뜰의 풀이 푸르고
> 이별을 하려니 들의 꽃이 향기롭다

너를 보내니 고향의 산이 아득하고
고개를 돌리니 더욱 망망하여라.

舍情庭草綠
惜別野花香
送汝鄉山遠
回頭更杳茫
〈次兩兒路中寄示〉

두 아들에 대한 모성성이 역력하다. 정원의 풀이 푸르고 들꽃 또한
향기롭다. 이러한 때 두 아들을 멀리 보내고 보니 더욱 '고향의 산이 아득
하여 고개를 돌려 보니 아들들과 나의 거리가 더욱 망망하다' 라는 공간
적인 거리감이 이별과 맞물려 있다.

영수합은 세 아들 중에서 유독 막내아들(홍현주)에게 더욱 애틋한
정을 표출하고 있다. ≪영수합고≫에 발문을 쓴 막내아들 홍현주는 정조
의 부마로 숙선옹주淑善翁主의 남편7)이기도 하다. 가문의 영광을 안겨준
막내아들에게 차운하는 시가 여럿 된다. 〈차계아운次季兒韻〉〈차운송계아
환경次韻送季兒還京〉〈차계아유구호기시운次季兒遊鷗湖寄示韻〉〈우차계아운又次季
兒韻〉 등에서 모성이 담뿍 밴 시문이 눈에 띤다.

막내아들에 대한 자랑도 은근하여서 "난새와 학이 여러 무리와 다르
다" "꿈에 지란이 핀 방에 들어가니 / 또한 옥수의 곁인가 의심하누나"라
고 하여 막내아들을 난새와 학에 비유하거나 지란 옥수에 비유해 잘 생기
고 잘 자란 뛰어난 아들임을 암시하고 있다. 그러한 아들과 늘 떨어져 살
아야 하는 어미의 아픔을 시로 달래며 스스로 위로한다.

....

7) 季子 顯周는 字는 世叔 號는 海居齋. 約軒으로 正祖의 둘째 딸 淑善翁主와 결혼하여
   永明尉에 봉해지고 知敦寧府事를 지냈으며 문장에 능하였다.

너를 그리다 다시 잠을 이루지 못하고
파란 등불 켜 놓은 채 긴 밤을 지새네
배회하며 북극성 쳐다보곤
애달프게 남녘 구름 바라보누나
들녘 가게에 닭 울음소리 요란하고
관아에선 인사말을 나누고 있네
은근히 몇 글자 적어 보내니
힘써 우리 임금께 보은하여라.

戀爾還無寐
靑燈永夜焚
徘徊瞻北極
怊悵望南雲
野店鷄聲亂
官樓角語分
慇懃書數紙
努力報吾君
〈次季兒寄示韻〉

영수합은 아들 중에서도 막내아들과의 교감이 가장 애틋하다. 마지막 결구에 나타난 임금께 보답하라는 당부는 임금의 사위가 되어 영명위로 제수 받은 부마의 역할을 제대로 하기 위해 학문에 힘쓰고 의를 추구하는 선비의 몸가짐을 강조하려는 것이다. 실제 영수합은 부마인 아들이 사치하고 교만에 빠질까 은근히 걱정을 많이 한 듯하다. 셋째 아들에게 궁궐에서 하사한 비단 옷을 집에서는 입지 못하게 할 정도였다.8) 또한 관리의 생활 태도를 지적하는 가르침이 있는데 그 중에서 임금께 보답하는 길을 제시하며 항상 임금에게 충성하도록 가르쳤다.9) 이 세상에 태어

----

8) 영수합은 사치가 복 짓는 도리가 아님을 강조하여 검소함으로 禍를 경계하도록 가르치고 있다. (幼子當敎以儉 且非所以惜福也).

나면서부터 백수白首가 되어 죽을 때까지 임금의 은혜 아닌 것이 없으며 우리 집에 있는 음식부터 옷가지 모두 임금의 하사품 아닌 것이 없다는, 누대에 걸쳐 재상을 배출한 양반가의 어머니답게 아들들에게 충성심을 가르치고 있다. 아들을 부마까지 시킨 어머니의 조심스러운 당부의 마음을 읽을 수 있다.

영수합은 아들들에 대한 자랑찬 마음을 내재하면서도 임금과 부모 섬기기, 가문의 이름 빛내기 등을 강조하고 어머니로서의 인자함과 아들들에게 쏟는 정情을 애틋하게 전달하고자 한다. 영수합은 세 아들들에게 증정하는 시를 남김으로써 조선조 어머니들의 보통의 심상을 구축하고 있다.

집 앞에 옥수를 심고
침상 머리에 빙호를 걸다
생각은 달빛 가득한 하늘같고
문장은 봉황이 오동나무에 깃든 것 같다
마당을 가로 지르는 학이 무리를 이루고
하늘에 닿을 듯 나는 기러기가 서로 부르다
문에 기대어 길 떠나가는 행렬 바라보니
봄빛이 마치 그림 그린 듯하다

堂前種玉樹
床頭掛氷壺
襟期月滿天
文章鳳棲梧
趨庭鶴成羣

---

9) 《영수합고》 선비 정경부인 행장.
　　爾曹者 自始生呱呱 至于老白首 骨血筋肉無非吾君惠也 吾家.
　　屢十口無小大上下一飮餐 一被服 無非吾君賜也 其將何以報吾君恩哉.

摩霄鴈相呼
倚門望行塵
春光似畵圖
〈贈兒輩〉

　행장에 따르면 영수합은 어려서 이미 경전과 전적典籍을 섭렵하여 현철함을 지니고 있었다고 한다. 영수합은 자녀 교육에도 매진했다고 하는데 큰 아들 석주에게 밤마다 독서한 바를 암송케 하고 침상에서도 경전과 시문을 전해주고 고인들의 격언과 아름다운 행실을 가르쳤다는 것이다.10) 뿐 아니라 부귀영달을 잘못 누리면 그것이 큰 화가 될 것을 경계하여 석주의 벼슬과 현주의 부마됨을 근심하였다고도 한다. 그리하여 길주의 과거 응시 공부를 중단시키기도 했다11)는 자상하면서도 현명한 어머니의 모습이다. 그러면서도 자식에 대한 자부심도 있어 세 아들에게 당부하는 영수합의 모습에서 조선조 여성의 모성이데올로기의 당당함을 느끼게 한다. 옥수玉樹를 심고 빙호氷壺를 걸어 아들들이 본받아 반듯하게 자라게 하고 글을 가르쳐 사고와 문장을 깊이 있게 하여 인격의 폭을 넓혀 상서로운 학처럼 고고하며 형제 우애가 그득한 그런 봄의 풍경이 영수합의 자식들 풍경이며 홍씨 가문家門의 모습인 것이다. 이러한 세 아들들의 모습이 우리 가문의 풍경이 아니겠느냐는 반문은 어머니로서의 자긍심의 결정체라고 할 수 있다.
　가부장제 하에서 여성의 지위는 어머니라는 역할을 통해서만 인정된

---

10) 淵泉集 先妣 貞敬夫人 大邱徐氏 墓表.
　　夜分 乃置奭周 膝下課所讀書 又令誦前所授 惑盡一卷乃止 及在枕上 又諄諄 擧古人格
　　言懿行.
11) 《영수합고》 선비 정경부인 행장.
　　先考早廢 擧先妣歷贊成之 及奭周躐躐顯列而顯周 又尙主 恒蹙然有憂色 仲子吉周文甚
　　工方朝夕撚科第 先妣謂日 吾門戶亦已盛矣 吉周遂 不復赴擧.

다. 자식을 낳아 부자의 관계를 이어 주어 종족 보존의 역할을 완수해야만 한다. 곧, 약한 여성들이 유일하게 가부장제에서 인정받고 존경받기위해 아들을 낳는 일이 여성의 삶의 전부로 여겨졌다.12) 이에 따르면 영수합은 일차적으로 조선조 사회에서 모성으로 성공하여 대접받고 가문내에서의 위치가 공고한 어머니였다. 게다가, 영수합은 어머니 노릇에도 성공한다. 여성의 임무를 충실히 이행한 것이다. 모성이란 여성적이어서 남성의 지배 체계에 순응하고 가정의 임무를 충실히 하며 가족 구성원을 돌보고 아이를 양육하며 아이들에게 정서적으로 안정을 제공하는 것이 사회적 통념으로 인정하고 있는 모성이데올로기다.13) 이러한 이데올로기속에서 자신의 희생을 감수하면서 특히 아들들을 훌륭하게 양육하는 것이 이른바 훌륭한 어머니 상의 신화로 자리 잡는 것이다. 이런 면에서 영수합은 생물학적 조건의 모성에도 적합하고 모성 이데올로기 신화에도 적합한 조선조의 전형적인 양반가 어머니이라고 할 수 있다. 그녀는 조선조 가부장제 체재 하에서 순응하고 그 기반을 공고히 하는 데 일조하며 자식 잘 키우는 것이 최대의 행복이었던 거룩한 어머니 상이었다. 결국 영수합은 조선의 유교 모성이데올로기가 낳은 조선의 성공한 어머니상이었다.

3. 영수합의 학시學詩 의식

영수합은 차운 시를 즐겨 쓴다. 차운시를 쓰는 것은 자신이 즐겨 읽는 시를 본 따 운을 맞추며 즐기는 놀이 같은 시다. 최연미는 영수합이

---

12) 『한국문학과 모성성』, 앞의 책, p.114.
13) 앞의 책, p.120.

차운시를 많이 쓴 것은 그녀가 방대하게 문장을 수련한 결과라 한다.14)
실제 영수합은 시 짓기 놀이를 하면서 자신의 정서 감각을 키워 나갔다.
그러나 실제로 영수합이 자신의 글 솜씨를 숨기고 살아오다 시 짓기를 즐
긴 연유는 아내의 도리에서 비롯되었다는 아이러니한 사연이 있음을 행
장에서 읽을 수 있다. "홍인모가 시 짓기를 좋아하여 노년에 군읍에 가
계실 때 더불어 시를 지을 사람이 없자 영수합에게 시 짓기를 권유하였는
데 처음에는 달가워하지 않았다. 그러나 홍인모가 당율시를 주니 열흘이
못되어 율시를 짓기 시작했다는 것이다".15) 영수합의 문재는 이미 닦여
져 있었으나 시 짓는 일이 여자의 부덕이 아니라는 연유로 시를 짓지 않
다16)가 남편이 권하는 바람에 시를 짓기 시작했는데 후에는 당율唐律에
푹 빠져 못 짓는 것이 없을 정도였다. 오히려 운을 맞추어 시 짓는 일에
몰두하고 있었던 것이다. 이렇듯 숨겨진 재주를 감출 길 없어 중국 시에
운을 맞추면서 소일하다 보니 그 시의 폭과 영역이 넓어져 여성 특유의
분기가 없으면서도 대담하며 풍류까지 감지되는 시를 쓰게 된다. 그녀는
중국의 시 가운데서도 당시 풍을 따르게 되는데 그 중에서도 특히 이백,
두보, 왕유, 맹호연의 운을 따르고 좋아했던 것 같다. 그 중에서도 두보
시에 운을 맞춘 시가 제일 많은데 두보 운에 맞추어 쓴 시 〈차두次杜〉가
여러 편이나 되고 〈차두춘수次杜春水〉〈화두초월和杜初月〉〈화두청和杜晴〉〈차

---

14) 최연미,『朝鮮時代 女性 著者의 編纂 및 筆寫 刊印에 관한 硏究』, 성균관 대학교 박
   사학위, p.43.
15) ≪영수합고≫ 선비 정경부인 행장.
   先考喜爲詩 晩歲在郡邑 無可與唱和者 乃强屬先妣 先妣猶不肯曰 奈不識平仄何 先考
   以唐律詩一卷與之 未浹旬卽 能作律詩長篇硬韻 無不立就.
16) 여자가 문학에 능하면 운명이 기박하다는 외조모의 금제에도 불구하고 15세에 이미
   책을 널리 섭렵하여 주위를 놀라게 했다. 부친은 영수합이 대장부 아님을 한스러워
   하고 스스로도 문자를 논하는 것은 女性의 일이 아니라 하여 시가에서는 10년간이나
   글을 안다는 사실을 모를 정도로 自制하였다.

두천하次杜天河〉〈염두운拈杜韻〉〈두야정杜野亭〉〈우중차두雨中次杜〉〈소중양차
두小重陽次杜〉 등 영수합은 두보의 시를 가장 애송하며 두보의 시법과 시
정신을 본받으려 했던 것 같다. 두보는 성실하게 창작했던 생활 시인이며
사실적인 수법으로 시의 극치를 더한 시성詩聖이었다. 열심히 노력하여 시
를 창작하는 수법을 높이 평가한 것이다. 두보 시 중에서도 고향 이미지
를 주로 선택해서 운을 밟은 것을 보면 영수합도 관사官舍에서 늘 고향을
바라보며 살았던 여성이 아닌가 한다. 두보가 즐겨 쓴 달빛 이미지에 기러
기가 자주 등장하는 것이 그 실례이다. 두보의 〈초월初月〉시에 답한 시다.

　　　철새는 둥우리를 정하지 못해
　　　나뭇가지에 편안히 쉬기 어려워
　　　숲 사이 초생달 그림자
　　　가늘게 구름 끝에 걸리었네
　　　흐르는 달빛 소매 속에 스미니
　　　때는 밤중이라 쌀쌀하기 짝 없네
　　　길손의 시름은 밤으로 더 짙어서
　　　앉아서 바라보니 소나무 둥글게 그림자 지네

　　　羈鳥棲未定
　　　難爲一枝安
　　　林月初生影
　　　纖纖掛雲端
　　　流光人懷袖
　　　中宵覺微寒
　　　遠客愁夕永
　　　坐看松陰團
　　　〈和杜初月〉

　영수합은 둥지를 정하지 못하는 철새를 바라보며 쌀쌀한 밤중에 뜬

숲 사이 초생 달 그림자에 길손의 시름을 대유代喩하였다. 영수합은 두보시에 차운하여 애달픈 마음으로 봄의 포구를 바라보며 기러기와 백로에 의탁하기도 하고 천하天河에 이별의 회포를 담아내며 교교한 달밤 정취를 읊었다. 영수합은 주로 자연의 소리에 귀 기울여 적막한 밤에 고요함과 편안함, 우렁우렁 비 내리는 소리를 좋아하였다. 시각적으로는 두보와 매한가지로 중양절에 고향을 그리며 기우는 달과 국화를 사랑했다.

또한, 영수합은 도연명시에 차운하며 도연명의 시정신인 '나 돌아가리' 라는 귀향 이미지에 사로잡힌다.

> 병이 깊어 아직도 베개 베고 누우니
> 늙어 가매 세상일에 소원하도다
> 오랜 손님이 돌아오지 않으니
> 성남에 내 집이 있기 때문이다.
> 돌아옴이 늦음을 한하지 않고
> 흥취는 거문고와 책을 희롱함이로다.
> 관사는 좌선을 하는 방과 같고
> 대문에는 관리의 수레가 없도다
> 때마침 오는 비가 만물을 살짝 적시니
> 좋은 맛은 밭 나물에 있으리.
> 지팡이를 끌고 평원平原에 오르는데
> 어린 아이와 함께 하도다
> 고개 들어 푸른 산을 바라보니
> 푸른 산이 한 폭의 그림이어라
> 지극한 기쁨이 예 있으니
> 이외에 다시 무엇을 바라리오.

> 多病尙伏枕
> 老去世情疎
> 久客歸未得
> 城南有吾廬

不恨歸來遲
興到弄琴書
官舍如禪室
門無大人車
時雨潤物細
好味在園蔬
携杖登平原
稚子相與俱
擧頭望青山
青山如畵圖
至樂在此中
此外更何如
〈次陶淵明韻〉

영수합은 어렸을 때부터 〈축목해은가祝牧偕隱歌〉를 즐겨 암송했으며 후에는 도연명의 〈귀전원작歸田園作〉을 짓는데까지 이르렀다고 한다.17) 영수합은 자연에 심취하여 살았던 것 같다. 그녀의 시는 원망이나 한이 없는 조금은 단조로운 자연에 대한 흥취며 감상이다. 성남 관사에서 책과 거문고를 벗 삼으며 소일하는데 검박한 나물밥을 먹으며 걱정 없이 지내다 비가 부슬부슬 내리니 문득 고개 들어 산을 보는 풍치의 산뜻함과 마음의 흥취가 더불어 일어나 시를 짓는 만족감이 자리잡고 있을 뿐이다. 이러한 일상의 풍족이 객수를 일으켜 고향 땅을 바라보며 고향 노스탈쟈가 심화되어 간다. 이 같은 귀향 이미지가 더욱 구체화 된 것이 〈영귀안詠歸雁〉, 〈귀안歸雁〉이다.

    만리 남쪽으로 돌아가는 기러기

----

17) ≪영수합고≫ 선비 정경부인 행장.
   先妣 自年少時 常喜誦祝牧偕隱歌 及陶淵明歸田園作.

어느 때나 농산隴山을 지나가나
너와 같이 돌아가고 싶어
먼저 고향을 바라보는 곳으로 오르네

萬里南歸雁
幾時度隴去
欲與爾同歸
先登望鄕處
〈詠歸雁〉

여관에서 가을이 빠름을 놀라니
하늘가 기러기 소리 듣기 때문이네
바람 차며 변방을 멀리 넘어가고
기운 따라 양자강을 향해 가네

旅館驚秋早
天邊聽雁歸
搏風超塞遠
隨氣向江飛
〈歸雁〉

영수합의 시에 제일 많이 나오는 새가 기러기다. 기러기는 원래 소식을 전해 준다는 철새며 철따라 자신이 살 곳으로 정확하게 날아간다는 점에서 귀향하고자 하는 의도를 분명히 한다. 특히 기러기의 울음소리는 객수와 향수를 불러일으킨다. 영수합은 호조참의 우부승지를 역임한 남편 홍인모[18]가 군읍에 기거할 때 익힌 시법대로 운을 맞추어 부르다 보니 지방 관리의 아내로 평상심을 노래하게 되고 객수나 향수를 일으키는 제

18) 홍인모(1755~1812) 본관은 豊山 자는 而壽 호는 足睡居士 정조 7년에 사마시로 합격한 뒤 벼슬길에 나감.

재를 볼 때마다 눈에 보이는 철새에 자신의 감정을 이입시킨 시가 많은 것은 당연한 귀결이다. 이로써 영수합은 당시를 배우면서 두보의 성실성과 사실적인 수법에 도연명의 귀향 이미지에다 왕유의 전원속의 고요함과 편안함을 즐기고 이백의 깔끔한 절구의 수법을 익히며 맹호연, 육방옹陸放翁, 육유陸遊, 동생 표민表民 시에까지 차운하며 시 짓는 영역을 넓혀 갔다고 본다.

그중에서 왕유의 전원시를 본 딴 〈차왕유위천전가次王維渭川田家〉를 보면,

밭두렁가 마을의 연기가 일어
소 끌고 마을로 내려오누나
돌아오니 날은 벌써 저물어
달빛은 사립문을 비추고
숲이 무성하니 새소리 요란하고
들이 넓으니 사람 자취 드무네
어부와 초부는 함께 짝이 되고
사슴과 고라니는 와서 서로 의지하네
앉아 보니 소나무 그늘 움직이고
어둑한 나무에는 백년 기운 서리네

隴頭村煙起
將牛下山歸
歸來日已夕
蘿月滿荊扉
林茂鳥聲亂
野闊人影稀
魚樵共爲伴
麋鹿來相依
坐看松陰移
暝樹轉霏微
〈次王維渭川田家〉

어둑한 전원의 저녁 풍경을 사실대로 읊었다. 조선조 후기는 생활시들을 많이 썼던 때다. 영수합의 친정 가계가 실학사상과 연관이 있으며 시가媤家의 분위기와 아들들의 실학 사상적 성향에 동화 되었을 것이다. 그녀의 몇 수 안되는 시에서도 사회에 대한 관심을 나타내며 미물에 대한 섬세하고 사실적인 인식태도를 보여주고 있어 그의 사상적인 성향과 무관하지 않다고 본다. 삼의당도 시골 풍경이나 시골 생활을 전원풍을 따서 많이 묘사하고 있다. 이러한 면을 두고 실용적인 시라고 칭하기도 하나 시문에 나타난 실용주의 사상은 찾아내기 어렵다. 산술을 좋아했다는 기록만으로 영수합이 실용주의 사상19)을 지닌 여성이라고 단정하기 어렵다. 다만 영수합의 시들이 다정다감하기는 하나 여성 화자들의 공통적인 특성인 감상이나 애상이 없는 것은 영수합의 가정이 부유했고, 자식을 훌륭하게 낳고 기른 덕분에 영수합의 일생 자체가 원만했던 탓이고, 훌륭한 가문에 좋은 가정 분위기, 자식들의 성공 등이 부부애로도 합해져 그늘 없이 살아온 영수합의 일생 같은 궤적의 영향이 아닌가 한다.

따라서 그녀는 화운, 호운, 차운의 형식을 통해 온화한 전원시를 즐겨 쓰며 단순한 귀향이미지에 향수鄕愁를 더해 일상의 자족의식과 자유를 누리며 소박한 자연인으로서의 창작행위를 하였다고 본다. 당시唐詩 풍을 받아 들이고 이전 당대唐代의 시인들과의 교감을 통해 시의 수련을 익히었다. 그러한 시의 수련법은 영수합의 시재와 시적 기교를 넓히는데 일조를 한다. 그러면서 조선 후기 여성의 공간이 자연에 존재하고 있었다는 것을 알게 한다. 자연은 여성도 남성과 함께 만끽할 수 있는 최대의 자유로운 공간이었다. 따라서 여성시인인 영수합은 아름다운 자연과의 교감을 통해 시 의식을 고양시키며 시재를 마음껏 펼칠 수 있었다고 본다.

---

19) 김미란, 「조선후기 여류문학의 실학적 특질」, ≪동방학지≫ 84호, 1994, pp.195~199.

4. 한恨이 없는 영수합 시의 정체성

영수합은 유교적 윤리 관념이 철저하게 체질화된 전형적인 사대부가의 부녀자로 불평등한 사회적 상황을 현명하게 받아들인 사대부가의 여성으로 자신의 정체성을 자각한 의식 있는 여성이라고 평가한다.[20] 영수합은 시를 통해 절제된 내면세계를 표출했다는 것이다. 또는 영수합의 인생관은 대단히 대범해 남성적이고 달관한 삶과 자연관조적인 의식표출로 나타난다.[21]

영수합은 위에서 이미 살핀 바대로 엄격한 모성의 태도를 견지하면서 학시를 통해 자신의 시세계를 성찰하고 있음을 보았다. 영수합은 시 형식에서 다른 여성들과 차별화된다. '누구의 운을 밟아' 라는 고유 명사가 아닌 보통명사로 차운하고, 호운呼韻이라는 시제로도 많은 시를 쓴다. 차운, 호운의 풍류에서 시를 자유자재로 다루고자 하는 호기를 느낄 수 있게 한다. 남편 홍인모와 화답하고자 시를 쓰기 시작했다고 하는데 실제적인 남편과의 화답시가 없다. 삼의당이 남편과 끊임없이 화답하여 시를 쓰는 현부賢婦의 시작 태도를 보이는 것과는 무척 대조적이다. 남편이 만년에 시골에 기거하며 답답하여 당율 책을 주어 운을 배우게 하여 시를 짓게 하였다는 기록이 있고 남편이 죽은 뒤에는 시를 짓지 않았다는 행장으로 미루어 화답시가 있어야 함에도 남아 있지 않은 연유가 궁금하다. 운자에 따라 시를 마음껏 지으며 살았다는 영수합의 생활시에서 진정 영수합 시의 우수성과 독창성은 다른 데에 있다. 영수합은 사물에 대한 관찰력이 뛰어나다. 〈정情자를 중첩하여 쓴 시〉, 〈호상湖上〉, 〈송인送人〉, 〈형

---

20) 김여주, 『조선후기 여성문학연구』, 《한문교육연구》 제11집, p.186.
21) 허미자, 『한국여성문학연구』, 태학사, 1996, pp.197~198.

화螢火), 〈청선聽蟬〉, 〈신청神晴〉, 〈영운詠雲〉, 〈삼오칠언三五七言〉 등의 시에서 영수합 만이 지닌 시의 의식이나 정신을 읽을 수 있다. 그녀는 이백처럼 절구와 율시를 즐기었으며 그중에서 단율短律의 시가 뛰어나다.

먼저 글자 수 놀이를 한 〈삼오칠언三五七言〉을 보면,

여름 해는 길고
느티나무 그늘은 맑은데
내일 아침 가는 사람을 보내고
돌아오는 말은 쓸쓸히 우노라
묻노니 이별하는 뜻 또한 어떠한고
언덕나무 고개 위 구름이 정을 품었네

夏日長
槐陰淸
明朝送行子
歸馬蕭蕭鳴
借問別意更何如
隴樹嶺雲摠含情
〈三五七言〉

글자를 3자, 5자, 7자로 맞추어 가며 지은 언어 유희적인 시다. 영수합은 숫자 놀이를 즐겼던 것 같다. 아들 홍석주가 쓴 행장기에 따르면 "영수합은 수학을 좋아하셔서 나눗셈, 약분법約分法, 정부법正負法, 화교법和較法을 당신 나름대로 계산하셨는데 후에 중국인이 편찬한 ≪수리정온數理精蘊≫을 보니 들어맞지 않는 것이 없었다고 한다. 수학이라는 분야가 경험론과 실증론에 부합되기에 영수합을 실학자로 평가하려는 경향도 나타났다."22)고 할 정도다. 조선 여성들에게 있지 않은 면모가 드러난 셈이

22) 경기도, 『그대의 맑은 향기 사라지지 않으리』, 경기도 여성정책국 여성정책과, 2001,

다. 그러나 실제 영수합의 시는 정情으로 다듬어진 시선이 매우 따뜻하며 포근하다.

'여름날은 길고 느티나무 아래는 시원해, 내일 아침 사람을 보내고 돌아오는 말은, 쓸쓸해 이별의 뜻 물으니 언덕 위 구름이 정을 품었다'라는 것이다. 영수합의 시는 '정情'이라는 시어가 대단히 많다. 그 정情을 사물 전체에 투영하여 나타내려 하는 것이 영수합 시의 정체성이다. 구름이 정을 담뿍 품고 있어 비록 헤어지더라도 언젠가는 돌아올 것이라는 따뜻한 시선이다. 이별의 아픔을 상심으로 끝내는 것이 아니라 다시 돌아오고 있다'는 언질을 주는 듯한 영수합의 긍정적인 사고가 돋보이는 작품이다.

산기운 출렁출렁 늦게야 구름되어
숲이 물빛이 되어 분간키 어렵구나
봄 하늘에 날아들어 저녁노을 비추어
어우러진 은빛 바다 푸른 물결 이루네

山氣溶溶晩作雲
林容水色摠難分
飛入春空落霞映
渾成銀海碧波文
〈詠雲〉

칠언 절구로 구름을 노래한다. 산기운이 어우러져 구름을 만들고 봄 하늘에 저녁노을까지 비추니 산과 숲과 봄 하늘과 바다가 모두 조화를 이루어 푸른 물결을 만들어 낸다는 역시 '어우러짐의 노래'다. 자연의 신비스러운 조화, 자연의 소리 없는 하모니가 은색 자연의 아름다움을 창출해 낸다는 의식이 영수합의 '포옹抱擁의 미'다.

p.116.

높은 누각에 주렴 걷으니 매미 소리 들리고
그 소리 맑은 시냇가 푸른 숲에서 들려오네
비온 후 한 소리에 산 빛이 더욱 푸르르고
가을바람에 사람이 석양 하늘에 의지해 서있네

捲簾高閣聽鳴蟬
鳴在淸溪綠樹邊
雨後一聲山色碧
西風人倚夕陽天
〈聽蟬〉

　　매미 소리를 들으며 지은 시다. 매미소리라는 청각적 이미지에 푸른
숲이 보인다는 시각적 이미지의 공감각이다. 더욱이 비 온 후 산 빛의 푸
르름에 취해 가을바람 맞으며 석양에 서 있는 사람이 외로워야 하는데 이
시는 전혀 외로워 보이거나 쓸쓸해 보이지 않는다. 매미 소리, 시냇물 소
리 들리고 산 빛이 더욱 푸르러 선명한 자연 풍경에 이미 시인은 도취되
어 있다. 도취된 상태에서 자연을 더욱 깊게 음미하고 있을 뿐이다. 아름
다운 자연과 따뜻한 시인과의 일체감이라고 본다. 다음의 시도 〈호숫가를
거닐며〉 지은 시다.

그대 어느 곳으로 가려 하는고
추풍 부는 오호에 술을 싣고서
수많은 집과 곡식 헌신짝처럼 버리고
물과 달 빙호에 가슴 씻으리

問君欲向何處
載酒秋風五湖
弊屣千鍾萬戶
淸襟水月氷壺
〈湖上〉

호수가에서 거닐며 지은 시다. 어디로 향하는지 모르는 배가 술을 싣고 떠난다. 그 배는 자신의 고향을 버리고 떠난 배라 집과 곡식 모두 버리고 다만 호수 물과 달빛 빙호에 가슴을 씻으러 호수로 나온 것이다. 아름다운 호수에 가슴을 씻고 싶은 시인은 이미 자연에 심취되어 있는 상태인데도 더욱 그 자연을 가슴에 담으려는 듯하다.

이처럼 영수합은 글자 수 놀이를 하며 시를 희언할 정도로 시 짓기를 취미 삼았고 자유자재로 운을 맞출 수 있는 여성 시인이었다. 그녀는 짧은 글귀로 한시의 묘미를 살리고자 했다. 마치 이백의 절구처럼 감칠 맛 나는 시로 자신의 창작 욕구를 채워 나갔다. 구름을 보고 매미 소리를 들으며 석양을 바라보고 호숫가에서 물과 달 이미지에 가슴을 씻겠다는 청절한 이미지가 더해 진 시는 품격이 있다. 난설헌의 시에서 주로 나타나는 곡진한 아픔이 영수합의 시에는 없다. 삼의당의 시에서처럼 가난의 한도 없다. 기녀들의 시에 나오는 연인에 대한 실연失戀도 물론 없다. 영수합의 시의 정체성은 시가 맑다는 것이다. 시어가 맑고, 시가 추구하는 정신이 맑다.

5. 당당한 여성 시인

조선시대 유교적인 제약 속에서 살아야 했던 영수합도 다른 여성과 마찬가지로 처음에는 자신의 재능을 숨기며 살아왔다. 그러나 조선 후기에는 여성에게도 재능이 있으면 가문의 문집 속에 싣고 싶어 하는 양반가들의 풍속에 의해 당당히 ≪족수당고≫에 실리게 된 영수합의 시문은 후기 양반가의 어머니로 대변되는 삶을 추정할 수 있게 해준다. 영수합은 71세라는 장수와 정경부인貞敬夫人이라는 품계를 받는 가문의 영광을, 지키고 자식을 훌륭히 키워 낸 모성으로서의 영광도 두루 지닌 행복한 여성이었다. 비록 자신의 재능을 십분 발휘하며 살지는 못했어도 조선시대 유교 이데올로기에서 벗어나지 않으면서 그 법칙에 순응하기 위해 스스로를 제약하며 살았던 여성이어서 남성들은 대단히 훌륭하고 모범적인 여성으로 평가할 수 있다. 자신의 시문 실력을 숨기고 살았던 초창기 삶과 남편의 사후에 더 이상 시를 쓰지 않았다는 대목에서 영수합의 극기도 엿볼 수 있다.

영수합 시의 정체성을 요약하면 모성애가 매우 두드러져 나타난다는 것이다. 그것도 신사임당의 성공한 어머니상과는 또 다른 품격의 어머니상이다. 사임당은 친정살이를 하며 아들과 딸을 키웠으나 시댁은 가난하여 어려움이 많았을 터인데 영수합은 그러한 궁색함도 없다. 당당한 시댁의 높은 문벌과 친정의 문벌이 만난 조화로운 귀족 여성이었다. 다만 객사에서 고향을 바라보며 읊는 향수 이미지가 두보나 도연명의 운을 맞추어 노스탈쟈를 외칠 뿐이나 절절한 외침이 아니라 돌아가고 싶다는 바람이어서 매우 연약한 향수 이미지다. 영수합이 시를 즐겨 쓴 동기는 첫째로 자식들에게 주는 훈육의 말 대신 시로 증정하려 함이고, 둘째는 늘그막의 남편과의 한정閒靜을 시로 풀어내며 둘만의 여유로운 시간을 가지기 위함이며, 마지막으로는 자신의 정서를 더욱 고취시키기 위해 당나라 시를 좇아 창작하려는 의도였던 것이다.

따라서, 영수합의 시에는 조선조 여성 시에 흔하게 나타나는 한恨이 없다는 것이 다른 조선조 여성 시인들과 다른 차이점이라 하겠다. 자식을 훌륭히 키우는 훈육의 방법으로 쓰고, 자신의 시도詩道 정신을 고양시키는 방편으로 시를 썼기에 영수합 시의 정체성은 매우 절조 있고 아름다울 뿐 아픔이 없다는 것이다. 시의 기교도 있어 마치 당나라 시인 이백이나 두보, 왕유, 맹호연의 시를 읽는 흥취를 느끼게 해주는 묘미가 있다. 그녀는 달빛을 사랑하고 떠가는 구름을 사랑했으며 호숫가 물을 사랑하고 석양에 기대며 학처럼 살려고 했고 기러기 철새에 고향을 묻고자 했다. 영수합은 남편과 관사에서 전원생활을 만끽하며 따듯한 시선으로 자연을 관찰, 관조하며 자식들과 떨어져 생활하는 별리된 공간에서 자식의 소식을 기다리고 자식에게 조심스런 당부를 연이어 하며 자식과 함께 웃고 우는 어머니로서의 역할에 충실하였다.

따라서 영수합은 조선 후기의 귀족 여성시인으로 당당한 모습이고 위대한 어머니 상으로 남겨진 여성이었다.

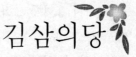

김삼의당
- 경험經驗과 규율規律의 괴리 -

1. 유교적인 규율과 부도婦道의 일생

   김삼의당은 조선 후기 여성 문학자 가운데 시문이 많은 여성 시인 중 한 사람이 아닌가 한다. 논자가 김삼의당의 시문詩文에 관심을 갖기 시작한 것은 그녀가 조선 후기 몰락가 양반의 전형적인 부인으로서 매우 긍정적인 생활태도로 살았다는 점을 쉽게 납득할 수 없어서였다. 조선후기는 이미 서민들의 문학이 득세하여 한시보다는 산문에 능한 부인(임윤지당, 의유당 김씨)들이 다수 있었고 한문학보다는 국문시가인 규방가사나 사설시조를 선호하던 시대에 김삼의당이 유독 한시와 산문을 많이 남겼다는 사실에 주목하기 시작하였다. 그리고 한결같이 유교적 '안분지족'의 태도를 견지堅持하는 삼의당의 문학에도 여성주의 시각으로 본다면 힘겹게 살아야 했던 삶에 내재된 한恨이 표출되어 있지 않을까라는 기대감이 있었다.

   조선시대 정조대에는 삼의당의 자서自序대로 '친교가 아름답고 밝아져서 인재와 큰선비가 많고 민요民謠가 성하게 일어나 어진 아녀자들도 잇따랐다'라고 한다. 또한, '나라 고을마다 태평가가 끊이지 않았고 시골 규수들에게까지 흥겹게 교화되어 예와 문물의 볼품이 많아졌다'라고 기술하고 있는 것으로 보아 삼의당이 살았던 시대적 배경은 비교적 문물이 풍요로웠음을 알 수 있다.23)

따라서, 삼의당이 살았던 시대는 서민 생활 깊숙이 유교적인 규범이 이미 자리잡고 있었다고 본다. 따라서, 삼의당의 시문학에 나타난 유교적인, 다분히 도덕적인 시나 유교 이데올로기에 맞게 생활한 그녀의 삶이 그 당시로서는 여성생활의 정도正道였을 것이다.

삼의당은 전라도 남원의 서봉방棲鳳坊에서 영조 45년 기축己丑년 1769년 10월 13일에 태어났다. 연산대의 학자인 탁영濯纓 김일손金馹孫(1464~1498)의 후손인 김해金海, 김인혁金仁赫의 딸이며 담락당 하욱河灈(煜, 潗)24)의 부인이다. 하욱의 본관은 진양晉陽, 호는 담락당湛樂堂이다. 삼의당과 남편 하욱은 남원 출신인데 기이하게도 같은 해, 같은 달에 태어난 인연을 지니고 만났다.25) 두 사람의 집안 역시 고장에서 존경받는 학자 집안26)이긴 해도 경제적으로는 넉넉하지 않았다. 게다가 남편은 과거에 급제하여 관직의 길을 걸어야 할 막중한 책임을 지고 있었다. 그러나, 하욱은 번번이 낙방을 거듭하여 서른 살이 넘자 과거를 과감히 포기하고는 낙향한다. 부부는

---

23) 聖上正宗踐祚 治敎休明 菁莪化蔚 鴻儒紛起 關雎德盛 賢媛踵出 自國而南 藹然有二南 氣像 雖閭巷婦孺 涵育興感 禮儀文物 稍有可觀焉.「三宜堂稿 自序」.

24) 남편의 이름자가 명확하지 않아 하입, 하욱, 하립 등으로 불리고 있다. 본고에서는 하욱으로 표기하고자 한다.

25) 김삼의당은 18세 되던 해 (1786년) 함께 태어나 남원 서봉방에서 살다가 丙午년 1786년 봄에 혼례를 올려 부부가 되었으니 이는 天定配匹로 고금에 드문 일이다. (『삼의당고』 권지1.「于歸日記話」).

26) 담락당 하욱의 가문은 晉陽 河氏로 世宗대에 領議政을 지낸 敬齋 河演이 담락당의 12대조가 된다. 이들 가문은 경기도 安山에서 대대로 벼슬을 지낸 집안으로 대를 이어 왔으나 뒤에 전라도 남원 棲鳳坊으로 이거하여 살았다. 그 후 하씨 가문은 經學에 專心했던 분들이기는 하나 鄕班으로 벼슬 없이 살았다.

진안鎭安에 땅을 조금 마련하여 낮에는 농사를 짓고 밤에는 책을 읽고 시문을 화답하며 살았다. 슬하에 1남 3녀를 두었으나 장녀와 셋째 딸이 일찍 죽고 아들 하나를 41세에 얻어 두 자녀를 길러냈다.[27] 삼의당이 1823년에 세상을 떠났으니 그의 나이 55세다.

이와 같이 평생 유교적인 규율과 부도婦道를 지키며 일생을 마쳤다는 기록으로 보아, 그의 시문학에 나타난 유교적인 문학세계를 고찰하고자 한다.

텍스트는 김지용·김미란 역의『한국의 여류한시』[28]와 민병도 편『조선역대여류문집』「삼의당고」[29], 허미자 편『조선여류시문전집』[30] 등으로 하되 번역문은 부분 수정하여 싣는 것을 원칙으로 한다.

2. 삼의당의 문학 세계

기존의 연구사에서 삼의당의 문학세계를 전원적, 생활시, 목가적, 윤리관, 부부애, 긍정적, 평이성, 절제미, 규원閨怨, 정적靜的, 다양성 같은 핵심 단어로 규정짓고 있다.[31]

이러한 삼의당이 조선 후기 여성이며, 두 딸을 잃은 어머니였다는 점, 남편과 실제 농촌 생활을 하며 생활시를 지었다는 점을 기반으로 삼의당 문학의 유교적 실상과 정체성을 조명하고자 한다.

---

27) 김덕수,「김삼의당의 시문학연구」, 전북대 박사학위 논문, 1989, p.18.

28) 김지용·김미란 역저,『한국여류한시의 세계』, 여강출판사, 2002.

29) 민병도 편,『조선역대여류문집』, 을유문화사, 1950.

30) 허미자 편,『조선여류시문전집』, 태학사, 1988.

31) 김덕수, 김진순, 김미란, 이신복, 김함득, 조선영, 박요순, 최승범, 김명자, 송영수, 김동신 등이 논문을 통해 본문과 같은 평을 내리고 있다.

1) 유교적 부덕의 내면화

우선 그녀는 성년을 맞이하면서부터, 자신의 성장 과정과 성년을 맞는 감회를 시로써 노래한다. 이 시편들을 통해 삼의당의 어릴 적 자화상과 조선후기 여성 교육의 현장을 목도할 수 있다.

> 열세 살 나이 얼굴은 꽃 같고
> 열다섯 나이 말소리 가늘어
> 내칙은 이모 따라 배우고
> 화장법은 어머니 따라 배웠네
>
> 十三顔如花
> 十五語如絲
> 內則從姆聽
> 新粧學母爲[32]

위의 시에서 어머니와 이모가 여성들의 가정교사 노릇을 하고 있음을 알 수 있다. 화장법도 어머니에게 배웠다는 사실과 용모의 중요성을 일깨우고 있다. 그 당시 여성들의 필독서가 《내칙》이었음도 확인할 수 있다. 다음으로 〈내칙〉 편에 있는 법도에 관한 시다.

> 깊은 규방에서 자라나
> 요조숙녀의 천성을 지켜
> 일찍이 내칙을 읽은 지라
> 가문의 관습도 알게 되었네
> 어버이께 효도를 다하고
> 남편은 반드시 공경하며
> 잘하고 못하는 일없이

---

32) 김지용·김미란, 앞의 책, 「성년식을 노래함 笄年吟」, p.247.

오직 순종만이 바른 일이네

生長深閨裏
窈窕守天性
曾讀內則篇
慣知家門政
於親當盡孝
於夫必主敬
無儀亦無非
惟順以爲正[33]

　　이 시는 '여성 법도'를 익히는 노래다. 요조숙녀 같은 품성으로 자라
나서 일찍이 읽은 내칙에 따라 가문의 풍습을 익히고 그에 따른 남편을
공경하는 법, 어버이께 효도하는 법 등을 배우고 익히며, 그 중 여성의 역
할은 오직 '순종' 뿐이라는 것을 강조하고 있다.
　　앞의 시가 여성 용모에 대한 노래였다면 뒤의 시는 여성의 내적인
마음가짐에 대한 노래다. 아름답고 단정한 용모에 고운 마음씨, 순종만이
여성으로서 갖추어야 할 세 가지 조건이었다. 이것이 조선조 여성들의 추
구해야 할 가치관이었으며 곧, 삼의당의 유교적 인생관이기도 하다. 다음
시는 여성과 남성의 역할 분담에 대한 노래다.

　　일찍부터 성인의 글 읽고
　　성인의 예법 알 수 있었네
　　삼천 가지 예의 중에서
　　남녀유별이 가장 상세하네
　　남자는 안의 일을 말하지 않고
　　여자는 바깥일을 말하지 않네

---

33) 앞의 책, 「笄年吟 6수 중에서 3·4수」, p.248.

여자 남자 분별 이미 있었으니
마땅히 성인의 훈계 따르리라

早讀聖人書
能知聖人禮
禮儀三千中
最詳男女別
男不言乎內
女不言乎外
內外旣有別
當遵聖人戒[34]

    조선 후기에 들어와서 예법을 더욱 철저하게 지키려는 노력이 지배
계층에서 서민에게까지 영향을 주어 유교 이데올로기가 명실상부 조선
사회 전 계층을 지배하고 있음을 알 수 있다. 삼강오륜에서 '남녀유별男女
有別'이라는 예법은 성인의 훈계니 마땅히 따라야 한다는 내용이다.

    이처럼 삼의당이 얼마나 〈내칙〉편에 몰입하여 살 것을 스스로에게
맹세하며 실천하려고 노력하였는가를 알 수 있다. 이것이 삼의당의 삶의
기준이며 가치관이었으며 인생관으로 엮어지는 모태가 되었다. 삼의당의
시 〈무제無題〉35)에서도 믿음을 제일로 꼽았고, 용모의 단정함과 아름다움
도 매우 중요하지만 내적인 아름다움을 추구함이 가장 중요하다고 역설한
다. 그 외에도 〈독서유감讀書有感〉에서 삼의당은 덕을 쌓는 데는 ≪논어≫
〈학이편〉을, 풍속의 교화에는 ≪시경≫의 〈주남편〉을 으뜸으로 꼽고 있
다. 삼의당의 이런 삶은 삼의당의 유교적 문학관으로 나타난다.

----

34) 앞의 책, 「笄年吟 5·6수」, pp.248~249.

35) 인.의.예.지.신은 / 사람에게 없어서는 안 되는 것이지만 / 이중에서 신이 가장 귀한
    것이니 / 날마다 내 몸을 살필지어다.

성정에서 나오는 것이 시가 되나니
시를 보면 그 사람을 알 수 있네
마음속에 있는 것이 밖으로 드러나는 것이니
다른 사람 속이고자 하나 어찌 속으리

맑은 새벽에 일어나 앉아 소남 시 읽으니
매실 주우며 봄 생각한다는 구절이 그리움과 같네
여기서 비로소 시 감상법 알 수 있으니
가사만 보고 시의 뜻 해치면 안 되네

出於性情方爲詩
見詩固可其人知
存諸中者形諸外
雖欲欺人焉得欺

清晨坐讀召南詩
堅梅懷春若相思
於此始知觀詩法
其意不可害以辭36)

삼의당은 '시란 마음에서 우러나오는 것이며, 그 사람의 얼굴을 보는 것 같이 맑게 비추어 지는 것'으로 이해하고 있다. 이는 ≪논어≫의 '사무사思無邪'와 크게 다르지 않다. 또한 삼의당은 '맑은 새벽에 맑은 정신으로 시를 읽으며, 가사만으로 시를 감상하지 말고 그 뜻을 헤아릴 줄 알아야' 진실로 감상할 수 있다고 했다. 이처럼, 삼의당은 시를 성정性情을 다스리는 것으로 이해하고 그 뜻에 맞추어 평생을 시詩 창작創作 생활을 한다.

삼의당은 이러한 유교적 부덕의 내면화로 성장하여 결혼한다. 성장

36) 김지용·김미란, 앞의 책, 「讀書有感」 : 덕에 들어가는 기본은 논어 학이 편이고 풍속 교화는 시경 주남 편이며 맑은 새벽에 시경 소남 편을 읽는다고 했다. pp.249~250.

과정에서 배우고 익힌 유교적 관습으로 일관되게 살았기 때문에 그의 결혼 생활이 평탄하지 만은 않았지만 결혼 시절에 지은 시들이 남과 다른 문학성을 지닌다.

2) 생민의 시작인 금실지락琴瑟之樂

삼의당은 유달리 화답 시나 화답 문이 많다. 삼의당은 첫날밤부터 남편 시에 화답을 하며 두 사람이 부부의 연을 맺게 된 사연을 적어 두었다. 낭군이 연달아 두 수를 읊조리니 내가 화답하였다고 했다.37)

> 열여덟 선랑과 열여덟 선녀가
> 동방화촉 밝히니 좋은 인연입니다
> 생일도 같은 해 같은 달, 사는 곳도 같으니
> 이 밤 만남이 어찌 우연이겠소
>
> 배필의 만남이 생민의 시작이니
> 군자들도 이것을 바르게 세우려 했지요
> 공경함과 순종함이 부인의 도리니
> 종신토록 낭군의 뜻 어기지 않으리
>
> 十八仙郎十八仙
> 洞房花燭好因緣
> 生同年月居同閈
> 此夜相逢豈偶然
>
> 配匹之際生民始
> 君子所以造端此

---

37) 同里有河氏 家雖貧而世以文學鳴 有子女六人其第三日 湜 風彩俊偉 才藝通敏 父母每 往見奇之 遣媒約結婚姻 遂行즈즈禮 禮成之夜 夫子連吟二絶 妾連和之.

必敬必順惟婦道
終身不可違夫子[38)]

　삼의당은 위의 시를 첫날밤에 읊었다. 그것은 사랑의 시작을 알리는
노래요, 아내 되는 다짐의 시이기도 했다. 삼의당의 일생을 시를 통해 추
적해 보면 본인 스스로 밝혔듯이 신혼 첫날밤의 언약을 지키기 위해 평생
노력한 흔적을 곳곳에서 발견할 수 있다. 삼의당 부부의 달콤한 꿈은 우
연이 아닌 생민生民의 시작으로 공경함과 순종을 다짐하는 부부의 연으로
나타난다. 이 같은 부부 금실琴瑟은 아래 시들로 이어진다.

　　　세간에 군신 없는 것이 없으니
　　　초목도 그러한데 하물며 사람이랴
　　　효도하고 우애한 우리 가문 자제들
　　　충성하고 의로움이 집안 가득 봄이라

　　　世間莫不有君臣
　　　草木猶然況是人
　　　孝悌吾門諸子弟
　　　一心忠義滿家春
　　　〈附夫子詩〉

　담락당이 삼의당이라는 당호를 지어 주며 그 정원에 군자를 상징하
는 모란, 대나무, 소나무를 심어 아내가 평생 충효의 뜻 속에 살아갈 여
인임을 칭송한다.[39)] 이에 삼의당은 담락당 가문 자제들의 효제와 충의가

----

38) 김지용·김미란, 앞의 책, pp.255~256.
39) 담락당이 삼의당이 거처하는 집을 삼의당이라 하였는데 글씨와 그림이 벽에 가득하
니 오직 옛날 열녀·貞婦·효자·충신뿐이요, 꽃과 나무가 섬돌에 둘러 있으니 오직
모란. 작약. 소나무. 대. 난초. 국화뿐이다. 낭군님이 시를 읊어 그 언덕을 이름지으므

집안에 가득하다고 응수함으로써 아름답고 신의에 찬 부부임을 과시한다. 부부애를 나타내는 화답시 이외에도 두 집안의 가문을 읊은 화답시들도 있다. 담락당이 먼저 삼의당에게 나는 문효공의 후예이고 그대는 탁영공의 손녀라 두 가문의 합치가 감격의 눈물이라고 시를 읊자 이에 삼의당은 문효공의 집안 속의 담락당이 12대 손이며 충효의 손자임을 자랑하는 시로 응수하며 이들 부부는 창화唱和함을 즐긴다.40)

이 외에도 삼의당이 낭군에게 화답한 시들은, '낭군과 함께 동원을 거닐며,' '낭군이 산에 들어가 글을 읽다가 지어 보낸 시'에 화답한 시 등이 있다. 그 시들은 모두 삼의당과 담락당 부부의 금실琴瑟이 얼마나 화락和樂한가를 보여 준다. 다음은 낭군과 함께 동원에 갔을 때, 달빛이 너무나 곱고 좋으며 꽃 그림자가 땅에 가득해 낭군이 시 한 수를 읊기에 삼의당이 화답한 시다.41)

하늘 가득 달이 밝고 정원에 꽃이 가득하니
겹쳐진 꽃 그림자에 달그림자 보태네
달 같고 꽃 같은 임 마주 대하고 앉으니
세상 영욕 어느 집 이야기인가

滿天明月滿園花
花影相添月影加
如月如花人對坐
世間榮辱屬誰家

달과 꽃 그림자와 임의 얼굴이 겹쳐지는 '봄밤의 풍경'을 그리고 있

로 내가 화답한다고 하면서 다음과 같은 시를 지었다.
40) 민병도 편, 앞의 책, 「和夫子詩」, 「附夫子詩」, pp.325~326.
41) 「奉夫子夜至東園 月色正好花影滿地 夫子吟詩一節 妾 次之」.

다. 봄밤에 삼의당은 세상 영욕이 필요하지 않는 '무소유無所有의 즐거움'
을 노래한다. 이는 아름다운 밤에 임과 함께라면 어떠한 세상의 욕심도
필요치 않다는 감성적인 노래다.

그런가 하면 이와는 아주 다른 면모를 보여주는 노래도 있다. 낭군
이 산에 들어가 공부를 하는데 격려와 더불어 따끔한 가르침을 내용으로
한 노래가 그것이다.

> 옛 사람은 글 읽느라 편지를 냇물에 던졌다네
> 이런 뜻 일찍이 그대 떠날 때 말씀 드렸지요
> 베틀 위에서 짜던 베 아직 다 짜지 못했으니
> 낭군께선 다시는 악양자처럼 하지 마세요

> **古人好讀澗投書**
> **此意嘗陳送子初**
> **機上吾絲未成匹**
> **願君無復樂羊如**42)

이미 삼의당의 남편이 편지에서 부인에 대한 그리움이라든가 학업에
대한 어려움을 토로했음을 시를 통해 알 수 있다. 삼의당은 이에 화답하
기를 옛 고사인 악양자의 이야기로써 학업을 포기하려는 남편에게 충고
한다. 또한 아내로서 삼의당의 편지글 〈답부자서答夫子書〉와 거의 같은 맥
락이다.

> 오직 의리로 누르고서야 애상하는 지경을 벗어날 수 있어서 충실한 마음
> 이 속에 가득 차고 충실한 마음이 속에 가득 차면 힘차게 뜻을 행하게 되
> 는 것이니 어찌 아녀자의 그리워하는 정을 일으키시렵니까. 낭군께서는 의

---

42) 「夫子入山讀書以詩寄之妾和之」.

리로 정을 누르시어 뜻을 손상하지 마소서.

'而惟以義制之 然後 方可脫哀傷之境 而忠篤之心菀於中 忠篤之心菀於中 則
沛然行志'

따라서, 삼의당의 화답 시와 문장은 금실을 자랑하는 듯한 부부애에
대한 과시가 대부분을 차지하지만 또 다른 한 종류는 끊임없이 남편에게
학문을 권장하고 격려하며 충고하는 문장으로 일관한다. 그러면서 삼의당
은 남편에게 경제적인 지원을 아끼지 않았으며 본인이 어려운 살림살이
에 희생을 감내하면서 남편의 과거 공부를 도왔으나 결과는 담락당이 본
인의 재주 없음을 알고 또, 식구들의 생활의 고단함을 더 이상 방치할 수
없음을 인식한 후 과거를 포기하고 돌아온다. 삼의당은 담락당의 좌절에
순응하고 체념하며 부창부수夫唱婦隨한다는 유교적 범주를 벗어나지 못하
고 따르게 된다. 이 같은 삼의당의 모습은 체념적인 한恨이 서려 있는 조
선조 여성들의 뒤안길과 같다. 결국 남편이 과거에 들지 못함으로 해서
양반의 가문에 들지 못하고 사대부가의 부인이 되지 못한 채 조선 후기
평범한 부인으로 살아야 했다.

3) 창 밖 응시와 자연 관조

삼의당은 남편과 떨어져 지내는 시간이 유독 길었다. 삼의당은 18세
에 결혼하여 20세에 과거 공부를 위해 서울로 남편을 전송한다. 〈증상경
부자贈上京夫子〉의 시는 27세의 아내와 남편의 긴 이별을 10여 수의 연작
시로 표현한 것이다. 그 시에는 '서방님 가는데 정표로 난초 꽃잎을 주워
서 드린다'라는 아내의 애틋한 정과 '역사책에 명예로운 이름 실리겠다'
라는 과거 급제에 대한 희망과 '금의환향하여 고향 마을 빛내라'는 당부까
지 세세하게 나타낸다.43) 그러나, 삼의당의 나이 42세가 되어서야 겨우

향시鄕試에 붙은 담락당은 다시 회시會試를 보러 서울로 가지만 역시 낙방
소식만 안고 고향으로 되돌아온다.

　다음은 삼의당의 독수공방시절 지은 시들이다.

　　　여자들은 마음 약해 슬픔 잘 타서
　　　그리운 마음 들 때마다 시를 읊지요
　　　대장부는 바깥일을 하는 법
　　　고개 돌려 규방일랑 생각 마오

　　　女兒柔質易傷心
　　　所以相思每發吟
　　　大丈夫當身在外
　　　回頭莫念洞房深44)

　　　인적 없는 사창에 날은 저물고
　　　꽃잎은 떨어져 쌓이는데 중문은 닫혀 있네
　　　하룻밤 상사의 괴로움 알고 싶다면
　　　비단 이불 걷어 놓고 눈물 자욱 살피렴

　　　人靜紗窓日色昏
　　　落花滿地掩重門
　　　欲知一夜相思苦
　　　試把羅衾撿淚痕45)

．．

43) 廿七佳人廿七郎
　　幾年長事別離場
　　今春又向長安去
　　雙鬟猶添淚兩行
　　(중략)
　　「贈上京夫子」
44) 김지용·김미란 앞의 책, <寄在京夫子>, p.258.
45) 앞의 책, <春閨詞>, pp.259~260.

삼의당은 서울에 계신 낭군에게 규방 생각일랑 할 것 없다고 당부한다. 여자들은 그리움에 약해 시를 읊조리는 일로 시간을 보내지만 대장부는 바깥에서 활동을 해야만 한다며 본인의 외로움을 걱정하지 말라며 애써 자기 위안을 하고 있다. 이와 같은 시는 계절과 함께 나타나는데 삼의당의 「춘규사春閨詞」에서 봄의 꽃들과 봄의 전령사인 제비, 꾀꼬리 등이 동원된 경치 속에서 이별을 일으키는 제재인 버드나무를 미워하면서 임을 그리고 있다. 신혼의 꽃다운 나이에 떨어져 지내야 하는 규방의 설움이 활기차게 나는 쌍쌍의 제비와 봄이라는 계절과 수심 가득한 한 여인의 여윈 모습의 대조를 통해 잘 형상화하고 있다.

삼의당의 시는 유난히 서정적이다. 그런데 삼의당의 서정시에서 두드러지게 나타나는 특징은 규방에서 느끼는 설움과 고독을 봄과 가을이라는 계절적 심상과 어우러져 표상한다는 점이다.

봄은 민감한 여성들이 따뜻한 햇살을 맞으며 느끼는 감성을 자연스럽게 표출하게 된다. 삼의당의 「춘경춘경春景春景」에도 봄과 꽃과 새소리 사이에서 느끼는 감흥을 그대로 드러내고 있다.

> 임 그리는 마음에 잠들 길 없고
> 누굴 위해 아침이면 거울을 보랴
> 동산엔 복숭아꽃 오얏 꽃 피는데
> 또 한 해 좋은 경치 그냥 보내네

思君夜不寐
爲誰對朝鏡
小園桃李發
又送一年景[46]

....

46) 김지용 · 김미란, 앞의 책, pp.261~262.

위의 시에서 삼의당은 봄을 맞아 임을 그리워하며 이별의 아쉬움을 토로하고 있다. 삼의당은 거울을 볼 필요 없는 규방의 고독한 여인으로, 문 밖에서 들려오는 봄의 소리와 문 밖에 펼쳐진 봄의 정경에서 이별을 준비하는 사람들의 아픔을 대변해 주고 있다. 깊은 정원에 봄이 무르익고 사람들은 봄잠에 취해 몽롱한데 새소리는 베갯머리에 들려오니 고독한 영혼이 여인의 성정을 흩어 놓는다.47) 삼의당은 또한 바람불어 비단 옷 입고 창 밖에서 한가로이 꽃잎 줍는 여인의 모습으로 나타나기도 한다.48) 그런가하면 문 밖에 서있는 버드나무가 봄바람에 가지가 휘어지니 술잔에 부딪쳐 이별 노래를 슬피 우는 것으로도 노래하고 있다. 삼의당이 '늘 문 밖을 응시하고 창 밖의 봄 정원을 관조'하는 여인이자 한없이 외로운 심사를 지닌 고운 성정의 여성임을 알 수 있다.

그 외의 시 「절화折花」49) 「대화對花」50) 등에서도 창 밖으로 보이는 봄의 정경을 봄 햇살과 벌과 나비, 꽃의 붉은 색 이미지를 배합하여 형상화하고 있다.

아름답고 화려한 계절 봄인데 삼의당이 괴로운 이유는 '임이 부재중'이기 때문이다. 임이 없는 봄은 짧은 밤인데도 봄꿈을 꾸게 된다.51) 봄날에 삼의당은 두 줄기 흐르는 눈물을 주체하지 못한다. 이렇게 봄의 정경을 여성 화자의 입장에서 매우 서정적으로 표출하였다.

봄과 마찬가지로 가을의 계절적 심상 역시 삼의당의 시적 상상력의 한 축을 이룬다. 삼의당의 시에서 가을에 부치는 시는 「서창西窓」, 「추야

---

47) 深院春將晚 人間睡意矇 綺窓花影裏 一枕鳥聲中 「春景2」.
48) 何處春歸盡 東園一夜風 羅衣窓外出 閒拾落來紅 「春景4」.
49) 從容步窓外 窓外日遲遲 折花揷玉鬢 蜂蝶過相窺 「折花」.
50) 顏紅花亦紅 相對兩相紅 一色復一色 顏紅勝花紅 「對花」.
51) 孔雀屛深睡故遲 夜來春夢摠凄罳 「春惱曲 1」.

우秋夜雨2수」, 「추규사秋閨詞11수」, 「오동우梧桐雨」 등 다수 있다. 봄은 계절적 아름다움과 대조적으로 고독한 여성의 감회가 있어 한恨이 서리고, 가을은 가을이라서 계절적 쓸쓸함과 대비되어 고독하다. 가을을 형상화한 시에서는 담장 위의 달, 등불 심지, 가야금 소리, 오동잎 소리, 가을비 등의 소재가 중점적으로 나타난다.

우선 「추규사秋閨詞」52) 에서 2수를 뽑아 보면,

홀로 사창가 걷노라니 밤은 깊어가고
비녀를 기울여 등불 심지 돋우고
멀리 이별하고 가서는 소식 없으니
가야금 부여안고 그리운 정 노래하네

獨步紗窓夜已深
斜將釵股滴燈心
天涯一別無消息
欲奏相思抱尺琴

공작 그린 병풍에 비취색 이불
온 창의 밤빛이 깊어만 간다
임 그리는 마음을 푸른 하늘 달님만이 알아
응당 양쪽 세계를 비추는구나

孔雀屏風翡翠衾
一窓夜色正沉沉
相思惟有青天月
應照人間兩地心

52) 김지용·김미란, 앞의 책, pp.267~268.

달이 떠오르는 시각 이미지에 가야금을 타는 청각 이미지를 보태어 더욱 임이 그리워지는 화자의 심정을 묘사했다. 창밖에 펼쳐지는 가을 밤 정취에 임이 그리워 하늘을 응시하는데, 마침 하늘 한 가운데 달이 덩그러니 떠 있어 달에게 하소를 하든가 스스로 달에게서 위안을 받는다는 것 역시 한시의 일반적인 발상법이다. 삼의당도 가을밤의 서정적인 정취가 펼쳐지는 '창 밖을 응시하며 하염없이 서 있는 아낙의 모습'이다. 그러면서 임이 없는 가을밤의 외로움을 달래기 위해 가야금을 타기도 하고, 비록 떨어져서나마 임과 함께 달을 보고 있을 것이라는 위안으로 가을밤을 새는 것이다.

삼의당의 시중에서 「청야급수淸夜汲水」[53]는 가을 정취를 그린 시 중에서 백미다.

맑은 밤에 물을 길러 갔더니
밝은 달이 우물 속에서 떠오르네
말없이 난간에 서 있자니
바람에 흔들리는 오동잎 그림자

淸夜汲淸水
明月湧金井
無語立欄干
風動梧桐影

가을밤에 물을 길러 가는 아낙의 모습을 볼 수 있다. 우물 속에 달이 떠 있어 마치 임의 얼굴을 보는 듯 가만히 있자니 바람에 흔들리는 오동잎 그림자에 다시 한 번 임인가 하는 의구심으로 놀란다는 가을 이미지가 생생하다. 이 밖에 밝은 달이 서창에 비추고 있어 쓸쓸하고[54] 오동잎에

---

53) 김명희, 『문학과 달과 여인』, 백산출판사, 1993, p.92.

떨어지는 가을비가 임 그리는 눈물과 같아 잠 못 이루어 둥근 달을 보면서55) 다듬질을 하는 아낙의 모습이 되어 기나긴 가을밤을 지샌다라는 시56)에서 가을은 '달이 뜨고 우물이 있고 창 밖을 응시하며 임을 그리는 여인의 모습'이 주된 제재다. 창 밖에 교교히 흐르는 달빛을 응시하며 임을 그리고 있는 것이다.

4) 농부의 아내, 전원의 일상

삼의당의 남편은 부인이 그렇게도 소원하던 과거에 급제하지 못하고 낙향한다. 삼의당의 시편마다 남편이 과거에 급제해서 돌아오기만을 학수고대하는 애처로운 마음이 묻어난다.57) 결국 남편은 뜻을 이루지 못한다. 삼의당의 말을 빌면 낭군이 산 양지쪽에 두어 경의 밭을 사 놓고 농업에 힘쓰므로 첩이 몇 편의 농사 노래를 지어 불렀다고58) 한다.

> 대울타리 동쪽 둔덕에 새벽 닭 울면
> 집에 있던 농부들 밭을 갈러 가네
> 며느리는 물 길어다 보리밥 짓고
> 시어머니 솥을 씻어 아욱국 끓이네

---

54) 寂寂空庭上 蕭蕭聞葉下 詩思何處多 明月西窓夜 「西窓」.

55) (전략)
    佳人夢不成 相思淚如雨 「梧桐雨」.

56) (전략)
    阿郎應待寄衣到 强對淸砧坐夜闌 「擣衣詞」.

57) 일찍이 선대의 유업 계승했건만 / 양명은 어찌하여 이리 늦을까
    이별을 앞두고 옛날 일 말씀드리노니 / 금의환향 언제하여 고향마을 빛내실까요
    뜻을 품고 종군 종건에 뜻을 둔다면 / 역사책에 명예로운 이름 실리겠지요
    아이 불러 소식 물어 본다 / 과거에 누가 급제했냐고.

58) 「夫子於山陽 買田數頃 勤力稼穡 妾作農謳數篇 以歌之」.

竹籬東畔早鷄鳴
在家農夫出畞耕
小姑汲水炊麥飯
大姑洗鼎作葵羹

　　농촌의 하루를 평범한 어조로 노래하고 있다. 시골 농사는 농부와
아내와 시어머니와 나무꾼들, 하녀 모두의 공동 작업이다. 농사일과 정겨
운 시골 풍경이 그대로 묻어난다. 그런가하면 박꽃 핀 시골에 저녁연기
피어오를 때 모내기를 끝내고 황소 한 마리 끌고 도롱이 삿갓 챙겨 집으
로 돌아가는 농부의 모습, 다시 내일 일을 준비하려고 호미를 씻어 놓는
농부의 일상을 나타낸다.59) 바로 이런 점이 조선조 후기에 나타나는 일
상의 노래다. 삼의당은 이렇게 평범한 생활을 직접 영위하였으며 시 또한
일상을 넘는 파격을 시도하지 않는 생활시들이다. 시골에 살면서 삼의당
은 철저한 농부의 아내로 생활한다.

　　　　나란히 선 초가집들 마을을 이루고
　　　　뽕밭 삼밭엔 가랑비 오고 낮에도 문은 닫혔네
　　　　마을 앞 흐르는 물에 복사꽃 잎 떠가니
　　　　이 몸이 무릉도원에 있는 것 같네

　　　　날 저물어 대 사립문에 빗장 걸고 나니
　　　　푸른 안개 깊은 곳에선 삽살개 짖네
　　　　요즈음 농촌은 길쌈하기 바빠서

---

59) 漠漠烟生處　匏花滿屋開
　　野渠爭灌注　田稻半分栽
　　　‥‥‥‥‥‥
　　斜暉已夕矣　簑笠可歸哉
　　　‥‥‥‥‥‥
　　月落復還出　洗鋤還把鋤

집집마다 켜 놓은 등불별처럼 반짝이네

比簷茅屋自成村
細雨桑麻晝掩門
洞口桃花流水去
却疑身在武陵園

白竹雙扉日暮扃
蒼烟深處盧令令
田家近日麻工急
次第隣燈杳若星[60]

　　삼의당은 농촌의 전원생활을 무척 즐긴다. 본인 스스로 농부의 아내로 만족하며 길쌈을 짜는 일상과 농촌에서 펼쳐지는 목가적인 생활을 시로 읊는다. 삼의당은 목동의 시뿐만 아니라 농가農歌도 즐겨 쓰는데 그의 시는 한가하며 아름다운 고향의 정겨운 풍경을 부드러운 어조로 담아내고 있다. 아이들과 향기로운 풀들이 시각과 후각을 자극하는 '창 밖의 풍경'이 즐겨 묘사된다.[61] 그래서 삼의당의 시들은 더욱 정겹고 소박하게 느껴진다. 삼의당이 농촌의 생활을 갈등 없이 즐겼다는 사실은 「촌거즉사村居卽事」 3수[62]를 통해 재확인된다.

　　서봉촌에서 나고 자라
　　내동산 밑에 자리 잡고 사네

---

60) 「村居卽事」 8편으로 이 몸이 무릉도원에 있다 했으며 집집마다 켜 놓은 등불이 별처럼 반짝인다는 농촌의 생활을 아름답게 묘사하고 있다.

61) 牧笛村村去 樵歌谷谷來 / 夕陽無恨興 窓外暫徘徊
　　東風何處笛 一曲夕陽中 / 春日多芳草 前溪有牧童 「牧笛」.

62) 같은 제목으로 쓴 시가 2편 있으며 이 시에서는 봄의 정경과 아가씨들의 모습에서 다소 활기찬 농촌생활이다.

수 칸 초가를 깨끗이 소제하고
책상에 앉아 시서詩書를 즐겨 읽네

棲鳳村中生長
來東山下寓居
蕭灑數間茅屋
好讀一床詩書

서봉촌은 지금의 전라도 남원이다. 내동산도 전북 진안의 지명이며
삼의당의 부부가 농사를 지으며 살던 곳이다. 그곳에서 집안을 깨끗이
소제하고 살면서 시서詩書를 즐기는 두 부부의 모습을 엿볼 수 있다. 이
외에「촌행즉사村行卽事」,「초당즉사草堂卽事」,「초당설경草堂雪景」도 같은 부
류의 시들이다. 쓸쓸한 초가에 방은 두세 칸이며 그 뒤에는 푸른 산이
있고 꾀꼬리는 종일 우는데 창 밖 풍경 바라보는 주인은 한가롭다.63) 한
가로운 초당에도 소식이 오는데 옛 친구가 머물다 돌아가시기도 하고 새
로 오신 손님은 머물지 않고 떠나시기도 하고64) 눈꽃 경치를 보며 즐기
기도 한다.65)

이와 같이 농부의 아내로 살면서 전원적이며 목가적인 생활 터전에
서 자연스럽게 우러난 진솔하며 소박한 시의 경지다.

5) 제문에 나타난 어머니와 딸의 연대감

삼의당의 시가는 당시 벼슬이 끊긴 양반 계급이었다. 시가媤家를 일
으키기 위해 삼의당은 남편의 과거 급제를 간절히 원했으나 끝내 그 소원

---

63) 蕭然茅屋兩三間 其上靑山不厭看 又有黃鳥啼盡日 滿窓風景主人閒「草堂卽事」.
64) 草堂有消息今夜故人宿 ………… 客來留不得.「草堂卽事」중에서.
65) 雪花如掌下玄穹 片片西飛片片東「草堂雪景」.

을 이룰 수 없었다. 남편의 급제를 보지 못한 삼의당의 아내로서의 한은 여기서 그치지 않았다. 두 자녀와의 사별死別이 그것이다. 삼의당은 세 딸을 두었지만, 셋째와 첫째 딸을 잃고, 40이 되도록 아들을 낳지 못하다가 뒤늦게 아들을 얻는다. 삼의당의 모성으로서의 한恨은 제문의 형식으로 표출된다. 삼의당은 제문 3편을 썼다. 딸을 잃은 슬픔을 표현한 제문 2편과 동서를 잃은 제문 1편이 그것이다. 우선 셋째 딸을 잃은 슬픔을 읊은 제문을 보면 다음과 같다.

사는 것과 죽는 것은 사람이 한 번은 겪는 일이고, 장수하고 요절하는 것은 사람이 피할 수 없는 것이다. 어찌하여 살아서 세상에 기탁하는 것은 기뻐하고 죽어서 돌아가는 것은 슬퍼하는가. 살아서 근심을 끼치는 것은 죽는 것보다 못하고 장수하면서 선하지 않은 것은 요절하는 것보다 못하다. 너는 갑인년(1794) 5월에 태어나서 을묘년(1795) 3월에 죽었으니 네가 세상에서 산 지가 며칠이며, 네가 나의 사랑을 받은 것이 몇 달이나 되었는가.
나는 너의 죽음을 다행이라 이르고 슬퍼하지 않는다. 만약(네가 나의) 품을 벗어나 스승의 가르침을 순순히 따라 삼실을 잡고, 명주실을 다듬어 베를 짜고 끈을 엮다가 하루아침에 나에게 작별하고 일찍 죽었다면 나의 슬픔이 어떠했겠느냐.
(중략)
나는 이 때문에 사람의 살고 죽는 것으로 근심하거나 기뻐하지 아니한다.

生也死也 人之所一度也 壽也夭也 人之所不必也
夫何以生而寄爲喜也 死而歸爲悼也 且生而貽憂 不如其死也 壽而不淑 不如其夭也
汝生於甲寅之仲夏 死於乙卯之暮春 汝之寄於世 能幾日 而汝之爲余愛亦幾月矣
余以汝死謂幸也 非悼也 若其免懷 姆教婉娩聽從 執麻枲 治絲繭織紝組紃 學女事 一朝辭余而夭則余之哀 倘如何
(중략)
余故不以人生死爲憂喜也
〈셋째 딸의 죽음을 슬퍼하는 글 (哭第三女文)〉

삼의당은 셋째 딸을 낳은 지 채 1년도 되지 않아 잃게 된다. 삼의당은 딸을 잃은 슬픔을 부정하지 않고 오히려 제문을 써서 자기 자신을 달래고 위로하고 있다. 셋째 딸을 저승으로 떠나보내고 난 어머니의 심정이 담담하다. 사람이 살면서 죽는 것은 피할 수 없는 것이고 네가 짧게 살다 간 것을 오히려 다행으로 생각한다는 등에서 생사에 대한 초월적 의지를 엿보게 한다. 막내딸에게 정을 준 지가 얼마 되지 않았기에 차라리 훌쩍 크고 난 후에 잃는 것보다는 그 슬픔이 덜하다고 말하는 삼의당의 모습은 딸과의 연대감이 체념으로 이어지는 한恨의 양상이다. 삼의당은 '생사 여부에 따라 근심하거나 기뻐하지 않겠다' 라는 마지막 말로 인간 수명의 장단에 대해 초탈하고자 하는 여성임을 알 수 있다. 이에 비해 난설헌은 「곡자哭子」66) 라는 시 한 편으로 자식 잃은· 비통함을 체념이 아닌 한의 뼈저림으로 읊어 조선시대 뭇 여성들을 울렸다. 삼의당은 허난설헌의 「곡자」 시처럼 시로써 자식 잃은 슬픔을 형상화시키지 않고 산문인 제문으로 표출하여 슬픔을 극대화하고자 했다. 삼의당이 비통함은 셋째 딸에 이어 첫째 딸을 잃고 쓴 제문에 강하게 투영된다.

(전략)
아아 슬프다. 네가 인간 세상에 있은 지가 겨우 열여덟 해이다. 수명은 어찌하여 이십도 채우지 못하고, 어찌 성인에 이르지도 못하고 일찍 죽었느냐. 우리 집에 부리는 노복이 없어 밥 짓는 일을 너에게 맡기고 방적 일도 너에게 맡겼다. 일이 아무리 고되어도 (너는) 사양하지 않았고, 노역이 매우 힘들어도 (너는) 피하지 않았다. 네가 나에게 힘을 다한 것이 이와 같았는데 내가 너에게 (어미의)도리를 다한 것은 만에 하나에도 미치지 못하는구나. 생각이 이에 이르자 더욱더 슬퍼지는구나. 네가 막 아플 때 단지 (네가) 살 것이라고 생각했지 죽을 것이라고는 생각하지도 못했다. 그 때문에 또한 부지런히 약을 지어 먹이지도 않았다. 그러나 네가 죽은 날에

66) 김명희, 『허부인 난설헌시 새로 읽기』, 이회문화사, 2003, pp.24~25.

바람이 쓸쓸히 불고 차가운 눈이 내리며 천지간의 추위가 살을 에이 듯 스
며오니 사람이 그를 따라 송구해지는구나. 외로운 집에는 돌보고 보호할
사람이 없었으며 너의 동생 또한 막 홍역을 앓고 있었다. 그 때문에 나 또
한 어미의 도리를 다하지 못하였으니 마디마디 통탄스러울 뿐이나 비록
후회한들 어찌 미칠 수 있겠는가. 네가 죽은 지 한 달이 지나 혼례를 청하
는 글이 서울에서부터 왔다. (내가) 그것을 펴보다가 다 읽지 못하고 기절
하여 땅에 쓰러졌다.
(하략)

(전략)
嗚呼哀哉 汝在人間 才十八歲 壽何不滿二十 天何不及成人耶. 余家無僕役
炊爨任汝 紡績賴汝 事雖至勞而不辭 役雖至難而不避 汝之所以盡力於我者
如此 而我之所以盡道於汝者 未及萬一 情地到此 尤極悲愴 且汝之方病 只料
其生 未料其死 故又不勤調劑 而汝死之日 風雪凄凄 天地凜凜 人氣從之以悚
(하략)
嗚呼哀哉 莫非命也 惟安其宅
〈장녀를 제사지내는 글 (祭長女文)〉

　　삼의당은 위의 인용문에서 보듯이 첫째 딸을 18세 되던 계해년
(1803 순조 3년)에 잃는다. 삼의당 내외가 극도로 가난하게 살던 때라
약도 제대로 써 보지도 못하고 이승을 떠나 보낸 어머니의 한이 제문에
'통탄'이라는 단어로 응축되어 나타난다. 삼의당이 더욱 비참해진 사연은
딸이 세상을 등진 후에 청혼서가 날아든 일이다. 이 경우를 당해 모성의
힘은 혼절하여 쓰러질 수밖에 없다는 처참한 지경에 이른다. 여기서 삼의
당은 딸을 잃은 슬픈 마음을 어찌해도 가눌 길 없으나 역시 딸이 저승에
서나마 음택의 편안함만을 바랄 수밖에 없다는 매우 제한되고 연약한 어
머니의 모습이다. 반면에, 삼의당의 첫째 딸은 어머니의 역할을 대신하였
다. '밥 짓는 일', '방적 짜는 일' 등 어머니의 가사 노동 일부를 물려받아
역할분담하고 있었다. 조선시대 어머니와 딸은 이런 노동의 분담으로 더

욱 돈독할 수 있었을 것이다. 어머니의 가정 일을 반쯤 해 온 딸이 죽었
으니 삼의당은 자신의 팔 하나를 잃은 듯, 가슴에 못이 박힌 듯 고통과
비통의 세월을 보냈을 것이다.

이처럼 두 딸을 여읜 후 슬픔의 시간 속에서도 삼의당은 둘째 딸을
시집보내면서 시를 짓는다.

> 딸자식이 시집가던 날
> (중략)
> 작은 딸 울면서 이별하네
> 대문에서 내가 준 말 한마디
> 편안하게 또한 편안히 살아다오
>
> 之子于歸日
> (중략)
> 季妹泣相別
> 臨門贈一語
> 宜家又宜室67)

두 딸을 잃고 하나 남은 둘째 딸을 시집보내는 어미의 만감萬感한 가
운데 삼의당은 시집가는 딸을 대문에서 배웅하면서 '제발 편안히 잘 살아
달라' 고 당부한다. 여러 말 않고 '잘 살라' 는 말이 어미로서 할 수 있는
단 한마디였다. 당부하는 말의 응축성이 돋보인다.

그러나, 모성으로서 삼의당에게 비통함을 더해주는 것은 여자 나이
마흔이 되도록 아들이 없었다는 사실이다.

조선시대는 아들을 두지 못하면 '무자無子'라고 하여 자식이 없는 것
과 같았다. 아들을 낳지 못한 모성은 이미 모성이 아닌 불모不母68)라고

---

67) 민병도 편, 앞의 책, 「嫁二女」, p.343.

했다. 어머니의 힘은 자식에게서 나오고 자식은 아들을 뜻하기 때문이다. 삼의당의 집안이 세도가는 아닐지라도 향반이고 과거에 급제해 세도를 다시 찾고자 하는 유교적 가문이고 보면 아들 선호사상은 대단했을 것이다. 실제 삼의당은 아들을 얻기 위해 산천에 기도하여 천지신명의 도움으로 아들을 얻는다.69)

삼의당이 아들을 출산한 것은 삼의당의 일생에서 가장 행복한 순간이고 환희歡喜 그 자체였을 것이다. 늦게 낳은 아들의 이름을 영진榮進이라 함도 과거에 급제해 가문을 일으켜 보라는 생각에서 이루어진 일이다. 삼의당이 다행스럽게 늦게나마 아들을 두어, 두 딸을 잃은 슬픔을 거두고 삶의 희망찬 행진을 다시 하게 되지만, 그의 일생을 반추하면 행복했던 시간은 극히 짧았다.

이처럼 삼의당은 딸과의 연대감과 비통悲痛함 속에서 살지만 늦게나마 아들 영진을 얻어 환희歡喜로 나오는 순간을 맞는다. 그러나, 환희의 시간보다는 비통한 세월을 더 많이 보낸 조선조 여성이었다.

---

68) 서강여성문학연구회편, 『한국문학과 모성성』, 「불모성의 문화적 담론」, 태학사, 1998, pp.281~283 참조.

69) 사람은 천지 가운데 삼재 속에 하나로 한 몸의 기운은 곧 천지의 기운이요 산천은 곧 천지 기운의 정기가 어린 곳이라 기운을 같이하여 서로 구하면 쉽사리 감응하여 통할 것이라 옛 어른들께서도 천지 산천에 빌어 이상한 감응을 많이 얻었다 하니 내 또한 빌기로 작정하고 목욕재계 한 뒤에 내동산 깊은 골짜기에 이르러 빌었더니 이 해 순조 1808년 순조 6년 6월에 태기가 있어 만 열 달이 되어 아들을 낳았는데 榮進이라 하였다.

人於天地 參爲三才 一身之氣 卽天地之氣也 而山川卽天地之氣매處也 同氣相求 易與感通 古人有禱 多有異應 吾且禱之 沐浴齋戒 往禱于萊東山深谷中 是年六月 且有娠 滿十朔而生子 名之曰榮進.

3. 유교적인 관습과 극복과정

유교적 부덕의 내면화에서는 생활고와 부부의 별리에서 오는 고독, 자식의 사망 등으로 힘겨운 일생을 살아가지만, 유교적 관습에 의한 극복과정을 작품을 통하여 형상화하고 있다.

생민의 시작인 금실지락의 화답에서는 부부애에 대한 애틋한 심정과 끊임없이 남편에게 학문을 권장하고 격려하며 충고하는 문장으로 일관한다. 그리고 남편인 담락당의 과거 실패에도 좌절하지 않고 순응하며 따르는 유교적 여성이다.

규방의 고독과 설움의 서정을 창 밖 응시와 자연관조로 풀어내는 삼의당은 신혼 시절에 쓴 시문에 자주 나타나 있다. 특히 봄이라는 계절에 임해서는 '창 밖에 선 여인'으로 묘사된다. 그리고 가을이라는 계절을 통해서는 달과 함께 어우러진 가을 풍치와 쓸쓸한 소회 속에서도 '임과 함께 달을 본다' 라는 달의 중개자적인 역할에 대해 희망과 위안을 얻는 현숙함이 묻어난다. 이 시문에 나타나는 이미지는 중간자적인 입장에서 자연을 보고 느끼며 공감할 뿐 누구를 원망하지도 않고 감회조차 도道를 넘지 않는 차분한 서정抒情 의식을 볼 수 있다.

농부의 아내로 목가적인 전원생활을 하는 삼의당은 일상에서 남편과 함께 실제 농사일에 종사하며 부부화락夫婦和樂을 즐긴다. 농촌풍경, 농촌생활의 일과를 담담한 필치로 그려 그들 부부에게 가장 행복한 시간들이었음을 확인하게 한다.

제문에 나타난 어머니와 딸의 연대에서 삼의당은 딸들을 잃어버리는 비통한 심정을 좋은 음택으로 보내고자 하는 모성애로 표출하고 있다. 셋째와 첫째를 잃은 모성애적인 비통함 속에서 겨우 둘째딸을 결혼시키는 삼의당은 '잘살라' 라는 당부로 연약한 모성을 나타낸다. 그러나 41세 되

어서야 산천에 빌어 겨우 아들을 얻은 삼의당은 환희와 희망 속에서 14
년을 살지만 결국 아무 것도 이루지 못한 채 삶을 마무리한다.

운초

- 자족自足과 자조自嘲의 이중주 -

1. 조선 최초의 문단인

　　운초의 성은 김金, 이름은 부용芙蓉으로 성천成川의 명기이자 김이양의 소실이었다.[70] 19세기 전반기에 살면서 많은 시를 남겼는데, 민병도가 편찬한 『역대여류시선집』에 한시 240제 329수가 실려 있다. 운초는 그 시재詩才가 천부적이라는 평을 들었다. 운초는 황진이·이매창과 함께 '삼대시기三大詩妓'[71]로 꼽히기도 하고, 허난설헌과 함께 조선여성한문학사의 발흥기와 난숙기를 대표하는 시인으로 평가받을 만큼[72] 인정받는 시인이었다. 그러나 시기詩妓로서의 명성에 비해 운초에 대한 기록은 남아있는 것이 거의 없다. 운초의 시와 그녀를 소실로 삼았던 연천 김이양의 개인사를 참조하여 운초가 대략 1800년도 초에 태어나 1850년 이후까지 살았다고 추정할 뿐이다.[73]

---

70) 기녀시절에는 秋水라는 이름도 썼다.

71) 박종수, 「운초시가연구」, 『대한유도학회논문집』 4, 1988. p.126.

72) 이숙희, 「조선조여류한문학사」, 김상홍 편, 『한국문학사상사』, 계명문화사, 1991. p.778.

운초는 유가적 가풍이 엄연하였던 집안에서 태어났으나, 일찍이 아버지 추당秋堂을 여의고 작은아버지 일화당에 의해 훈육되었다. 어려서부터 시재가 있었던 운초는 시기로 이름을 날리다 대략 20대 초·중반의 나이에 77세이던 연천의 소실이 되어 그와 함께 고향 성천과 한양에서 15년간 생활하였다.[74]

또한 운초는 동료 첩실들인 금원, 죽서, 경산, 경춘과 '삼호정시사'를 결성하고 시회를 열었다. 이 때문에 운초는 연구자들에 의해 최초의 여성 문단인으로 평가된다[75]. 조선시대 여성문인들의 활동이 표면화되지 못하고, 음성적이며 개별적인 활동에 국한되었던 것에 비하면[76] 운초의 시사 활동은 매우 특별한 것이어서 그의 시적 특질을 결정짓는 중요한 요소가 된다.

기존의 연구사에서는 운초의 시세계를 '즐겁고, 밝음'[77], '긍정적 현실인식을 바탕으로 한 개방적 태도'[78], '기녀시의 암울함이 없고, 표현이 밝으며 청량하다'[79] '활달한 성품과 긍정적 사고방식을 바탕으로 한 외향적 지향, 감정의 절제, 관조적 사색'[80] 등으로 평가하고 있다. 연구자들

---

73) 김여주,『김운초의 한시세계』, 성균관대학교 대학원 박사학위 논문, 1992.
   박종수,「운초시가 연구」,『대한유도대학 논문집 4』, 1988.
74) 이혜순 외,『한국고전 여성작가 연구』, 태학사, 1999, p.71.
75) 이혜순,『한국고전여성작가연구』, 태학사, 2000. p.71.
   김지용, 김미란 공저,『운초의 시와 문학세계』, 삼정회, 1996. pp.426~427.
   김미란,「19세기 전반기 기녀, 서녀시인들이 문학사적 위치」, 한국고전문학회편,『문학과 사회집단』, 집문당, 1995.
76) 김여주,「김운초의 한시연구」성균관대학교 대학원 한문학과 박사학위논문, 1992. p.22.
77) 이혜순, 앞의 책, p.12.
78) 이숙희, 앞의 글, p.778.
79) 박종수, 앞의 글, p.145.

공히 운초의 생애가 비교적 평탄했으며, 높은 시재와 연천을 매개로 한 당시 사대부들과의 대등한 교류, 부유한 양반 생활 등이 그녀 시의 특질을 결정한다고 했다. 그러나 가문이 몰락하여 아전을 지낸 양반에 속했던 집안의 재주 많은 여식이 기생이 될 수밖에 없었던 처지였으며, 기녀인 자신의 詩才를 인정하고 대우해 주는 남편 연천을 만났으나 무려 50여 년의 나이 차가 존재하는 생활을 꾸려야 했던 삶을 '비교적 평탄한 삶'이라 규정하여 운초의 시세계를 '현실인식을 결여한 밝음'으로 규정하는 것은 그의 시세계를 온전히 드러내지 못한 결과라 생각된다. 또한 기생이자 소실이었던 같은 처지의 동무들과 모여 삼호정 시사를 결성하고 활발히 활동하면서 형성된 그들끼리의 동류의식이 강하게 작용할수록 보통사람들과의 이질감은 더욱 두드러질 수밖에 없었을 것이다. 신분적으로 팔천八賤의 하나이면서, 법적으로는 양반의 복식이 허용되고, 양반들의 주거지인 사대문四大門 안에서 살 수 있었고, 양반과 대등한 교양을 습득하였으나 끝내 그들과 합치될 수 없었던 기녀들이[81] 느꼈을 분리의식 혹은 소외의식을 운초만 느끼지 않았다고 말할 수는 없다.

따라서, 이 글에서는 운초 시의 특질을 그녀가 때로는 기녀와 소실로 때로는 양반으로 살아가며 느낄 수밖에 없었던 '분리의식' 혹은 '이중적 의식'[82]을 통해 규명하고자 한다.

---

80) 김여주, 앞의 글, p.159.

81) 김용숙, 『한국여속사』, 민음사, 1990. pp.243~245.

82) 분리의식이란 양반과 밀착되어 양반생활을 할 수밖에 없지만 기녀는 끝내 양반들의 현실적 삶 속에 받아들여지지 못하고 그들의 유흥을 위해 '사치노예'로서 양반을 위해 봉사하는 존재일 수밖에 없었던 데에서 오는 괴리감, 또는 일상적 삶 속에서 자신의 자리를 찾을 수 없는 자괴감 등을, 이중의식은 신분적으로는 천민이지만 양반들과 대등하게 소통할 수 있다는 이중적 의식을 말한다.

2. 시재詩才 형성과 시 의식의 변화

운초가 시명을 드날리게 된 것은 작은아버지 일화당의 훈육과, 그녀를 소실로 삼은 남편 연천 김이양과의 화답시, 그리고 삼호정시사 여성회원들과의 시사 활동에 힘입은 바 크다.

양반가의 글을 아는 여식들이 그러하듯 운초 역시 가학家學으로 글을 깨우치고 시를 짓게 되었다. 특히 가난한 양반가의 딸로 태어나 일찍 고아가 된 운초는 작은아버지 일화당에게서 글을 배웠고, 그의 훈육을 통해 시명을 얻게 된다.

> 우리 집은 본래 유학하는 집
> 대대로 향리에서 살았다네
> 선친이 만년에 가난하게 되자
> 부중의 아전 일 하셨었지요
> (중략)
> 내 일찍이 어린아이로 남겨져
> 함휼하심이 오직 둘째 아버지 일이셨네
> 여위신 모습이 상하신 듯 하나
> 아름다운 교훈은 항상 귀에 들리네
>
> 내 처음엔 탁문군, 설도의 재주 없었고
> 겨우 노魯자와 어魚자를 구별 할 뿐이었는데
> 어려서 시중에 이름 날린 것은
> 공께서 내리신 은혜 아닌 것이 없습니다

> 我家本治儒
> 綿世宅鄕里
> 先君晩爲貧
> 龜勉從府使

(중략)
夙餘嬰孤露
含恤專父事
羸形視如傷
嘉訓恒提耳

初無卓薛才
僅辨魚魯異
冲年浪市名
罔非公所賜
〈哀仲父一和堂〉

　　운초는 삼십 년 간 병을 안고서 백가서를 두루 섭렵한 작은아버지로
부터 배웠기에 자신이 탁문군과 설도에 버금가는 시인이라는 칭송을 들
을 수 있었다고 하였다. 일화당이 운초에게 글을 가르치고 시명을 얻게
해주었다면 그의 재주를 인정하고 아껴준 사람은 운초의 남편 김이양이
었다. 운초는 차운의 형식으로 남편 김이양의 시 창작법을 익혔다. 운초는
연천 김이양의 모든 시와 김이양과의 화답시 족자시에서까지 차운하는 양
상을 보임으로써 전적으로 연천의 시문학에 의존하는 양상을 보인다.

　　어찌하여 더 일찍 연천 문장 못 만났나
　　붉고 아름다운 봉우리 근심을 머금은 듯
　　조화옹의 깊은 뜻을 그 누가 알았으리
　　일부러 느지막이 대 문장을 따르란 뜻

　　何事文章早不游
　　丹峰錦繡正含愁
　　造翁深意人誰識
　　故待晚年筆力遒
　　〈敬次淵泉相公〉

위 시에서 보듯 운초는 연천을 좀더 일찍 만나지 못한 것을 한탄하며 연천의 대 문장을 따르는 것을 자부하고 있다. 극도로 연천의 문장을 사랑하고 따르고자 했던 운초는 남편 김이양이 죽자 백아절현의 고사를 인용하여 그 슬픔을 표하였다.

풍류와 기개는 산수의 주인이며
경술과 문장은 재상의 재질이셨네
모신 지 십오 년에 오늘 눈물 흘리노니
한 번 끊어진 높은 덕 뉘 다시 마름질하랴

風流氣槩湖山主
經術文章宰相材
十五年來今日淚
峨洋一斷復誰裁
〈哭淵泉老爺〉

50여년의 나이 차이를 극복하고 15년을 함께 산 김이양은 운초에게 있어서는 자신의 시재를 알아주는 지기知己였고, 기녀의 분내 나는 시세계를 고양 확장시켜준 사람이었다. 또한 그는 운초로 하여금 당대의 문사들[83]과 교류할 수 있도록 한 매개자이기도 했다.

남편 김이양은 안동 김문의 원로로서 예조, 이조, 호조 판서를 거쳐 홍문관 제학, 좌찬성을 역임하고 나중에 봉조하에 추대된 명망가이자 정치가였다. 그는 정치적으로 영향력 있는 조인영, 김조순, 정원용, 홍현주 등과 자주 교류하였고, 시인으로 이름이 높았던 자하 신위, 그리고 중인

---

83) 운초가 사대부와의 교류를 가진 사람은 미산, 곡구, 서어상공, 이용성, 옥호, 자각봉 등이며 미산과는 운자를 내서 시를 짓고 해곡과는 해곡 시에 화답하고 그 외의 시인과는 시적 교류를 한 것 같다.

출신으로 시명을 떨치던 추재 조수삼, 서얼출신의 시인 박옹 이명오 등과
도 오가며 상당히 폭 넓은 인간관계를 유지하였다.[84] '연천이 있는 곳에
운초가 있다'는 말을 들을 정도로 늘 함께 다녔던 운초는 연천이 참여하
는 시회마다 함께 참여하여 이들과 교류함으로써 자신의 시세계를 펼치
는 한편 그 한계를 절감하기도 했다.

여러 어른 술병 들고 밤중에 모였는데
뵙자하니 당대의 대단한 한림일세[85]
미천한 몸 어찌 감히 시 쓴다 하리
눈 속 매화 밝은 달이나 행여 알아주리

諸公携酒夜相尋
如見當時白翰林
賤子敢言詩畵癖
雪中梅月是知音
〈洛下陪諸公共賦 二首〉

탄식하고 또 탄식하니
헛된 이름이 내 일생을 그르쳤네
홀로 시를 흉내내 그림인 양하고
억지로 부르짖어 시구를 흘날렸네

歎息復歎息
虛名誤此生
葫蘆依畵樣
喝咿强詩聲
〈奉和花史使君〉

---

84) 김미란, 앞의 책, pp.298~294.

85) <次谷口八韻> <奉和海谷> <次溪山> <贈谷山蓬壺仙> <敬次紫閣峰詩韻> 등의
    시가 문사들 과의 교류를 펼친 그 예이다.

위 두 작품은 연천을 매개로 한 당대 문인들과의 교류에서 운초가 느끼는 심회, 즉 그들과 전적으로 동화하지 못하는 심리적 간극과 분리의식을 더욱 확연하게 보여준다.

반면 운초가 가장 편안한 마음으로 참여했던 모임은 같은 처지의 여성들이 모여서 때로는 신세를 한탄하고, 시재를 겨루기도 하면서 쓸쓸한 만년을 함께 보낸 삼호정 시사였을 것이다. 운초, 금원, 경산, 죽서, 경춘 등은 금원의 별장인 삼호정을 비롯해 일벽정, 오강루, 압구정 등 서울의 여러 곳을 순회하며 시를 짓고 낭송하는 모임을 즐겼다.86) 이들은 모두 기생 혹은 서녀 출신의 소실이어서 쉽게 동류의식을 가질 수 있었다. 오강루에 올라 자신의 고단한 신세를 기러기 떼에 비유하여 백년 인생의 무상함이나 늘 떠날 채비를 해야 하는 기녀의 몸가짐을 노래87)하는 등 오강루 모임의 시에서는 주로 생에 대한 허무의식과 기생으로서의 고단함 등을 토로한다. 이는 소실의 화려한 양반 생활에서 얻어진 밝음 속에 가려진 외로운 운초의 이중적 생활에서 비롯한 그늘이라 할 수 있는데 이러한 심회를 단적으로 표현한 것이 〈오강루소집五江樓小集〉이다.

> 세월은 물 따라 가버려 흔적조차 없고
> 짙은 안개에 휩싸인 수양버들 문을 반이나 가렸네
> 술이 조금 취하니 백저가白苧歌 부를 생각나고
> 내 마음은 오히려 황혼임을 한탄하네
> 석양에 나그네 돛 배 강기슭에 나란하고
> 먼 수풀로 돌아가는 구름에 마을이 어둡구나
> 뜰에는 이슬 맑고 발은 아직 걷지 않았는데
> 새벽 산에 뜬 달은 어찌 내 혼을 사르느뇨

---

86) 김풍기, 조선여인의 노래, 동인서원, 1998, p.6.

87) 「五江樓」 평생에 이 몸 신세 기러기떼 갈리듯 / 나루터 고단한 노래 뜻 모르고 들었노라.

光陰逐水去無痕
楊柳烟深半掩門
薄醉飜思歌白苧
寸心猶自恨黃昏
斜陽客帆參差岸
遠樹歸雲黯淡邨
庭露凄淸廉不捲
四更山月奈鎖魂

　　한양에서의 시사 활동에 참여하면서 쓴 운초의 시는 성천이나 평양
에서 지은 기녀로서의 연회시와는 사뭇 다른 어조를 보이는데, 삼호정 시
단88)을 시화한 운초의 〈삼호정만조三湖亭晩眺〉라는 시에서 그 같은 양상의
한 면을 엿볼 수 있다.

　　　　맑은 물이 고여 거울처럼 단장하고
　　　　산 모양의 쪽진 머리 방초는 치마같다
　　　　별포에 나는 새 떼 지어 나래 치고
　　　　물가에는 때로 이름 모를 향기 나네
　　　　송창松窓에 비친 달빛에 이불 되레 얇아
　　　　오동 잎 펄럭일 제 이슬 더욱 반짝인다
　　　　봄 제비와 기러기는 모두 신의 있을진대
　　　　미리 슬퍼하여 애태울 것 아니로다

　　　　淸流端合鏡新粧
　　　　山學峨鬢草學裳
　　　　別浦來翔無數鳥

88) 김지용은 「삼호정 시단의 특성과 작품」이라는 논문에서 처음으로 삼호정 시단이라는
　　명칭을 처음 사용했다. 그러나, 후에 「운초시 해제」에서는 '삼호정에서 늘 모였다고
　　하였는데 운초의 시를 완역하여 보니 일벽정, 오강루란 정자가 또 있었음을 알게 되
　　었다. 삼호정 시단은 일벽정 시사까지 범위를 넓혀야 하겠다고 생각한다라고 했다.

芳洲時有不知香
松窓月入衾還薄
梧葉風飜露更光
春燕秋鴻都是信
未須迢悵枉回腸

　위에 예시한 〈삼호정만조〉는 운초가 삼호정에서 지은 유일한 시이다. 여기서 운초는 엷게 화장한 기녀들의 모습과 봄 제비와 기러기도 신의가 있어 계절이 되면 반드시 오는 것처럼 그대들의 낭군들도 반드시 그리할 터이니 미리 애를 태울 필요가 없다는 비유를 통해 남성들의 사랑에 연연해 할 수밖에 없었던 기녀 의식의 일단을 드러낸다.

　이처럼 한양에 입성하여 시회에서 읊은 시들은 서도에서 쓴 시의 분위기와는 확연히 대조된다. 기녀 시절 지은 시에서는 기녀의 자긍심과 사대부적인 풍류의식 등이 고루 나타나는89) 반면 여기서는 고향을 등진 채 사는 기녀의 모습, 이미 병들고 나이 들어가면서 양반의 소실이 되어 살아가는 쓸쓸한 느낌과 인생 황혼기의 감회가 대부분90)이어서 운초 시의 특질로 이미 지적되었던 '명랑 쾌활' 이라는 평가와는 다소 거리를 보인다.

　따라서, 운초의 시를 '여장부의 시'91) 혹은 '긍정적이며 사대부적인 기질의 시'라고 한 평가92)는 운초의 시 전체가 아니라 기녀 시절에 지은 〈등강선루登江仙樓〉를 비롯하여 〈패성연유浿城宴游〉 등 대동강, 모란봉, 연광정, 묘향산을 중심으로 한 연회시의 일부에 대해서만 해당된다. 기녀 시

---

89) 기녀시절 운초는 연회를 위해 모인 사대부들과 정자에서 시를 짓는데 기녀신분을 만끽한 담대함과 풍류의식을 보인다.

90) <洛下陪諸公共賦 二首> 야윈 매화 그 형상이 가련한 내 꼴이라 / …달 밝은데 어디 가서 옛 친구 만나랴.

91) 김함득, 「역대여류 한시문」, 『국문학 논집 10집』, 1981, 105.

92) 이숙희 앞글.

절의 이 작품들에서 운초는 기녀가 연회에서 꼭 필요한 존재임을 자부하며 자신을 풍광風光과 풍악, 춤과 어우러진 객관물로 담담하게 그리고 있다. 반면에 오강루, 일벽정, 삼호정, 압구정 등을 순회하며 쓴 많은 시들은 다분히 애상적이어서 기녀와 소실로 제한적인 삶을 살아야 했던 조선후기 한 여성의 몸과 마음이 어떻게 지쳐가는지를 확인하게 한다.

3. 운초의 시 세계

1) 자족自足과 자조自嘲의식

운초는 〈운초당雲楚堂〉, 〈자조답인自嘲答人〉, 〈자조自嘲〉, 〈자관自寬〉, 〈부용당芙蓉堂〉, 〈자황自況〉 등의 작품에서 놀이공간에 주체적으로 참여하는 기녀로서의 자의식을 형상화한다. 가무에 능하고 시재가 넘쳐 시기로서 이름을 날린 운초는 당당하고 망설임 없이 자신의 존재가치를 주장한다.

> 정자 이름 사절四節이 도리어 의심스러워
> 사절이 아니고 의당 오절이라 해야 하네
> 산, 바람, 물, 달이 서로 좇는 곳에
> 다시 절세의 가인이 있으니까

> **亭名四節却然疑**
> **四節非宜五絶宜**
> **山風水月相隨處**
> **更有佳人絶世奇**
> 〈四絶亭〉

> 거문고·노래·시·술·그림
> 인간 세계 또한 선계라네

강산이 기다려 주는 듯하니
꽃들아 새들아 시기하지 말라

琴歌詩酒畵
人世亦蓬萊
江山如有待
花鳥莫相猜
〈自況〉

산, 달, 바람, 물과 함께 꽃과 새들이 시기할 정도의 가인이 함께 있
으니 마땅히 오절이라 해야 한다는 시적 화자의 진술에는 연회 공간 속에
서 자신의 몫을 다하며 시선을 받고 사는 기녀의 자부심과 당당함이 들어
있다. 또한 〈자황〉 시에서도 기녀가 있는 공간이 바로 선계라 자부하며
꽃이나 새들조차 시기하지 말라는 도도함이 배어난다. 또한 그녀가 함께
하는 술자리는 난잡하지 않고 운치가 있다.

지는 해 무산 아래 걸려 있고
그림자 모두 동쪽으로 향하네
난간 쪽으로 술자리 옮겨 잡으니
몸은 푸른 물결에 떠 있는 듯

殘日卦巫峽
群陰盡向東
欄邊移酒席
身在碧波中
〈倒影軒〉

무산 단풍잎 가는 가을에 보내고
술잔 드니 바람이 열 두 누각에 임하네
만가지 시름 모두가 눈처럼 피어나는데

푸른 하늘에 뜬구름 물처럼 한가하네

巫山黃葉送殘秋
把酒臨風十二樓
萬斛閑愁都瀲雪
碧天如水楚雲浮
〈登降仙樓〉

위의 두 시 모두 성천에 있는 누각에서 술잔치를 벌이며 읊은 시다. 누각에서 바라 본 경치와 술에 취한 채 연회를 즐기면서 강루에 서 있는 자신의 몸이 마치 푸른 물결에 떠 있는 듯, 기녀로서의 온갖 시름이나 수심을 푸른 하늘에 뜬구름의 한가함과 동일시한다. 그녀의 도도함은 〈부용당芙蓉堂〉, 〈희제戲題〉에서 더욱 두드러지게 나타난다. 자신의 자화상을 '연꽃 모양 사뿐사뿐 걷는 모습'으로 묘사하고 '사람들은 연꽃 안보고 나만 본다' 고 진술하는 데서 연꽃 같은 기녀, 연꽃보다도 더 아름다운 기녀로서의 자기 정체성에 대한 운초의 자기만족 의식을 엿볼 수 있다. 그러나 현실세계에서는 그녀의 역할이 전혀 허용되지 않았다. 온전한 가정을 갖지 못한 소실로서의 운초는 봉제사奉祭祀나 접빈객接賓客에 눈코 뜰 새 없이 바쁘게 지내는 사대부가 여성들의 일상과는 달리 낮잠을 자거나 글을 읽으면서 소일하는 비생활인으로서 살아야 했다.

        닭은 복사꽃 핀 지붕 위에서 울고
        말은 버드나무 문 앞에서 우네
        아무도 나에게 봄 술을 권하지 않아
        봄날 책 던지고 낮잠을 자네

        鷄唱桃花屋上
        馬嘶楊柳門前
        無人勸我春酒

遲日抛書午眠
〈午眠〉

　한때, 기녀로서 화장 고칠 새도 없이 바쁘게 몰아치던 때도 있었지
만 소실이 된 지금은 아무도 자신에게 봄 술을 권하지 않는 일상사에서
운초는 단지 '할 일 없는 존재'일 뿐이다. 기녀의 옷차림이 더러워 곤장을
맞았다는 기록93)으로 짐작할 수 있는 것처럼 기생들이란 자신을 꾸미고,
자신을 찾아주는 사람을 위해 웃고 노래하고 시재를 선보이는 일 이외에
는 자신의 존재가치를 증명할 수 없었다. 때문에 일상에서의 지분脂粉내 는
유흥의 공간과는 달리 수치심을 자극한다. 그토록 자신의 긍지를 높여주
던 시명 역시 술자리의 과장된 평판에 불과한 것인지 모른다는 느낌이 자
꾸 자의식을 건드리는 것이다. 그녀는 스스로 자괴감에 빠지기 시작한다.

성천에서 나서 자라 분칠하며 지내자니
글 잘해 탁문군이라 그 이름 부끄럽네
허명이 소문나 사원 벼슬 귀에 가서
칭찬 편지 받고 보니 얼굴이 벌개져.

生長成都粉黛中
素心猶愧卓文風
虛名浪得詞垣許
覽罷華牋鏡面紅
〈奉次淵泉公閤下〉

영감은 문장을 구슬처럼 다듬지만
저는 단지 연지곤지 분칠 알뿐이네
글짓는 법 왕찬에게 배울 것이요

---

93) 김용숙, 앞의 글, p.244.

시부는 사장처럼 숨은 재주 있어야지

盦史工雕鏤
但知脂與粉
筆因王粲閣
賦爲謝莊隱
〈自嘲〉

　　운초에게는 일찍부터 시재를 칭찬하는 말이 쏟아졌다. 운초는 자긍
심을 겸손으로 감추면서 연천의 글 솜씨가 마치 구슬을 다듬듯 하는 데
비해 자신은 여성이며 기녀라서 지분내를 숨길 수 없다는 '자조自嘲' 의식
을 표출한다. 조선 제일의 규수시인 난설헌과 비교해 볼 때 운초의 자조
의식은 보다 더 두드러진다.

　　　시는 화예부인과 어울리기 어렵고
　　　문장은 어찌 난설헌과 같으랴
　　　허영은 참으로 이 내 몸을 속였구나
　　　빈번히 서울을 올라갔다 내려오네

　　　詞難花蘂倂
　　　文豈景樊同
　　　孚譽眞欺我
　　　頻繁到洛中
　　　〈自嘲〉

　　결국 자족과 자조감을 오락가락하던 운초의 이중적 시 의식은 결국
자신이 '허영에 망쳐진 존재'라는 인식과 겹쳐진다. 중국의 시인 화예부인
의 궁사와 조선 최고의 시인 난설헌의 유선 세계에 미치지 못하는 자신의
시 세계에 대해 심한 자괴감을 가졌던 것이다. 허명에 얼굴이 벌개지는

자괴감은 그 같은 자기 한계에 대한 자의식적 반응으로 보인다. 물론 운초의 겸손한 자기 표현으로 볼 수도 있겠으나 분명한 것은 그의 시에는 일정 정도 자조적 의식이 내재해 있다는 것이다. 운초의 시 세계는 기녀와 소실세계의 울타리를 넘지 못했다.

이와 같이 운초의 자부심과 낙천성, 당당함 등으로 나타나는 표면적 태도와는 달리 이면에서 언뜻언뜻 새어나오는 이런 자조의식은 자족감에서 비롯되었으나 점차 자괴감이 이중적 요소로 자리잡으면서 생겨난 것이라 본다. 이것은 기녀 신분에서 양반가 소실로 생활하면서 생겨난 소외의식에서 분출된 의식이 강하게 작용했을 것이라고 생각한다.

2) 대상세계와 분리되는 감정

운초가 기녀이자 소실이었다는 사실을 간과하고서는 운초 시의 가장 중요한 특성을 파악할 수 없다. 그만큼 운초 시는 기녀 및 소실로서의 자의식을 바탕에 깔고 있는 것이다.

> 강변에 유리돌들 미끄럽게 옹기종기
> 등불만 구슬처럼 누각에 둘러 있네
> 겨울밤 붉은 담요로 신선 음악 즐기나
> 이 몸은 인간 세상 고뇌의 존재

> 江礫玻瓈千頃滑
> 燈如奎璧一樓環
> 紅氍夜轉流仙樂
> 回省吾身在世間
> 〈降仙樓 四時吟〉

> 야윈 매화 그 형상이 가련한 내 꼴이라
> 세모에 고향생각 술은 덜 익어

어젯밤 봄이 온 줄 이미 알았건만
달 밝은데 어디 가서 옛 친구 만나랴

瘦梅如我可憐容
歲暮鄕愁酒未濃
知是前宵春已到
月明何處故人逢
〈洛下陪諸公共賦 二首〉

운초의 시에서 자연과 주체의 감정은 서로 겉돌고 있다. 봄과 겨울
에 느끼는 계절감에 동화되지 못하고 있는 것이다. 위의 〈강선루降仙樓 사
시음四時吟〉에서 겨울과 겨울을 바라보는 주체 사이에는 좁혀지지 않는 심
리적 간극이 존재하며 그것이 시적 화자의 고뇌를 형성한다. 화려한 붉은
담요로 신선의 음악을 즐기는 소실의 풍요로운 삶은 껍데기일 뿐 자신의
몸 자체가 고뇌의 존재라는 인식을 보여주고 있다. 이러한 운초의 자기
인식은 〈낙하배제공공부洛下陪諸公共賦 이수二首〉에서 볼 수 있는 것처럼 자
신을 매화와 동일시하는 데서도 확인된다. 여기서의 매화는 겨울의 차가
운 눈 속을 뚫고 피어나는 봄의 희망과는 거리가 멀다. 오히려 매화는 야
위고 가련한 꼴로 이미지화 되어 있다. 그리고 그러한 매화의 모습과 자
신의 처지가 비유적으로 결합되는 것이다. 운초는 자신의 존재를 표면적
인 화려함과 이면적인 초라함의 괴리로 체험하고 있는 바, 이는 기녀로서
의 자의식과 연계되어 있다 할 것이다. 이러한 양상은 운초가 동료 기생
들에게 주는 시편에서도 어렵지 않게 확인된다.

신분이 세상과 평등하지 않아
혼자 강남 땅을 활보하네
꿈에 보고 생시에 또 보니
이것이 백낙천의 큰 불행일세

徽之不並世
獨步江南境
夢得又新得
樂天大不幸
〈戲贈詩妓〉

비파를 옆에 끼고 홍루에 기대니
복숭아 붉은 꽃 비 어지러이 흩어지네
봄 아직 추우니 도화에게 이르노라. 자만치 말라
한恨이 오히려 바람에 맡김보다 더 클 것이니
방탕함이 너무 심해 끝이 없으리

斜抱琵琶倚玉蘭
桃花紅雨渹渹作
春寒寄語桃花, 莫謾
恨猶勝似任風
飄蕩太無端
〈寄桃花〉

　위의 인용된 두 시는 운초가 시를 짓는 기녀들에게 주는 시다. 그들에게 주는 메시지는 신분이 평등하지 않으니 우리가 비록, 백낙천처럼 시를 짓지만 그 시 짓는 일이 불행의 시초이지 결코 백낙천과 같은 문장가는 될 수 없다는 것이다. 그만큼 운초는 외양상으로는 대상세계, 즉 사대부가의 삶의 방식에 적극 참여하는 듯이 보이지만 실질적으로는 그것과 분리된 채 살아갈 수밖에 없는 기녀로서의 신분적 한계를 명확하게 인식하고 있는 것이다. 도화에게 주는 시도 같은 맥락이다. 여기서 운초는 기녀 도화가 자족하며 살아가고 있음을 경계하고 있다. 언제 광풍이 몰아칠지 모르고 또 그로 인해 맺힌 한이 광풍보다 더 할 것이니 지금의 현실에 자만하지 말라는 것이다. 한 마디로 기녀들의 삶에 대한 경고 메시지인 셈이다. 이러한 기녀 의식은 기녀들의 연회宴會시에서도 확인된다.

이슬비 개이고 엷은 구름 비켰으니
단장한 미녀는 이별 슬픔 넋 나가네
놀잇배 노랫소리 강 언덕에 부딪치고
사또님들 유람마차 물가에 늘어섰네
재자들의 들뜬 마음 강물처럼 넘치는데
미인들의 서러운 심정 버들 꽃 헝클린 듯
산하의 좋은 경치 사람마음 옮겨 놓고
봄 하늘 높은 구름 예부터 천금이네

小雨回晴淺露裳
新粧越女暗銷魂
笙歌舟下淸流壁
冠蓋春迷相灝門
才子風情江水漾
佳人愁思柳花繁
山河物色移民志
雲視千金俗所存
〈練光亭春眺〉

이별의 슬픔에 기생의 넋이 나가도 행차는 화려하고 떠들썩하게 진
행된다. 비가 내리던 하늘도 맑게 개고 재자才子들의 들뜬 마음은 강물처
럼 넘실댄다. 아무도 기생들의 슬픔에는 시선을 돌리지 않는다.

평양여자 앉혀놓고 잔치는 흥겹다
꽃 가 노래 소리에 버들 아래 서로 만나
향기 풀 속 기린 자취 누가 찾으리
모란봉엔 봄바람이 간드러지네
땅이 넓어 노래 부르다 목은 쉬었고
놀잇배 죄여 타고 여인단장 아직인데
오늘밤 달 밝으면 어디서 머물건가
물결 타며 얼싸안고 새벽종이 울리리

簧城女伴藹來茸
花外聞聲柳下逢
芳草誰尋麟馬跡
春風只在牧丹峰
歌因地闊喉如澁
妝被船催粉未濃
今夜月明何處泊
中流相顧五更鐘
〈浮碧樓春宴〉

평양기생을 앉혀놓고 흥겨운 잔치가 벌어진다. 노래를 하도 불러 목이 쉬었다는 사실과 여인 단장이 채 끝나지도 않았는데도 놀이에 몰입하는 사대부들의 성급함, 그리고 달이 밝으면 놀잇배가 어디에서 머물까라는 표현에서 암시되는 성적性的 욕망 등이 그 잔치의 분위기를 형성한다. 여기서 기생이 '목이 쉬도록' 노래를 해야 한다는 것은 그것이 기녀에게는 놀이가 아니라 노동임을 의미한다. 운초는 평양을 서경악의 고장으로 묘사하고 있다.94) 강과 달과 어우러진 정자에 맑은 기생들의 노랫소리가 시각과 청각의 조화를 이루어 흥겨움을 더해 가는데, 기녀들에게는 기녀들만의 서러움이 평양성의 흥興과 서경악西京樂 속에 감추어져 있다. 이렇듯 현실에 안주하지 못하는 운초의 시 의식은 대상과 분리되어 나타난다.

이런 점에서 운초는 자기 인식이 뚜렷하였으며 상실감에 젖어 생활하는 기녀의 존재를 확인하며 살았다.

3) 동류의식-분리의식

운초가 만년에 몰두한 것은 시 짓는 일이었다. 남편 연천에 의지해

---

94) <憶秦娥>에서 희미한 속에 서경악 분명한데 / 서경악은 고운 노래요 / 절묘한 춤은 전각을 수놓네 / 라고 한다.

서 양반사회와 교류하며 살았던 운초는 남편이 죽자 양반사회와도 인연
이 끊어지고 그에 따라 사대부들과의 차운시 짓기 놀음도 그만두고 병들
어 외로운 생활을 하게 된다. 운초가 마지막으로 의지했던 것은 시 벗인
경산과, 경산을 비롯하여 비슷한 신분의 여성들이 결성한 시 짓기 모임인
삼호정 시회다. 삼호정 시회는 시를 짓고 낭송하는 분위기의 유흥적인 경
향을 가지고 있었다고 한다.95) 기녀 출신의 소실로서 출신 성분이 비슷
한 삼호정 시사 회원96)들은 자신들만의 공간에서 그들만의 모임을 주도
한다.

> 우리가 산천 따라 노니는 곳은
> 물 나뉘어 질펀한 그 한쪽 물가
> 수풀은 아침볕에 더욱 개이고
> 산 기운은 저녁에 더 아름답다
> 다락 위로 구름은 머리카락 스치고
> 뜰 안에서 걸으면 풀은 신발 덮는다
> 화창한 봄빛을 차마 어찌 보내랴
> 우리 규수 본래 정회가 많음이니

> 吾輩逍遙地
> 平分水一涯
> 樹姿朝更霽
> 山氣夕還佳
> 樓過雲侵鬐
> 園行草過鞋
> 春光那忍遣
> 閨女本多懷
> 〈次上瓊山〉

---

95) 강명관,『조선후기 여항문학연구』, 창작과 비평사, 1997, p.182.

96) 운초의 「戲題」에서 '오강루, 일벽정 詩社'라 하여 이미 운초와 경산이 시사에 대한
   인식을 하였다고 봄.

정이 많은 기녀들이 산천 따라 노니는 곳은 물이 있고 아침 햇살과 저녁 산 기운이 아름다운 곳이고, 다락 위 구름이 머리카락을 스치고 뜰 안에서 걸으면 풀이 우거져 신발이 뒤덮이는 그런 한적한 곳이다. 그러나 그곳은 아름답긴 하지만 생생한 삶이 없는 비일상적인 공간일 뿐이다. 그 야말로 '생활이 없던' 기녀들은 현실의 공간에서는 남들과 더불어 생활인 으로 존재할 수가 없었던 것이다. 각자 양반들의 소실로 생활의 윤택함은 얻었으나 자식이 없었고, 가정 일상사에 관여할 수가 없었다.

따라서 운초는 비슷한 처지의 벗들과의 동류의식을 통해 자신의 한을 풀어내고 있다. 특히 연천 다음으로 의지한 경산97)과 주고받은 차운-次韻 형식의 많은 시에서 그러한 모습을 볼 수 있다. 그 중에서도 〈차경산운-次瓊 山韻〉〈차경산기시운-次瓊山寄示韻〉〈기경산운·용랍월축寄瓊山韻用臘月軸〉〈희제戲題 -우속경산右屬瓊山〉98) 등은 같은 시제로 연속하여 쓴 시로, 연천이 세상을 뜬 후 느끼는 자신의 심회를 솔직하게 토로하고 있다. 여기서 운초는 자 신을 '어항 속 붕어'에 비유해 자유롭지 못한 인생이자 '허공虛空'에 불과한 인생을 살았노라고 술회하고 있다. 이처럼 운초는 강력한 동류의식으로 동성同性인 경산과 금원, 죽군 등 삼호정 시사에 남은 인생을 의지하며 살 면서도 극심한 허무의식에 시달리다가 결국 연천을 따라 죽은 것으로 추 정된다.

다른 한편으로는 연천공 시에 차운한 시가 운초 시에서는 가장 많은 부분을 차지하고 있는데, 이 시편에서 연천에 기대면서도 연천에게서 분 리된 의식으로 그를 그리워하고 흠모하면서 고독하게 지내는 운초의 모 습을 엿볼 수 있다.

....

97) '경산은 文化人으로 花史 李尙書의 소실이다. 박식하고 음영에 뛰어나다'라고 금원의 『호동서낙기』에 실려 있음.
98) <戲題>에서 운초는 금앵, 경산, 그리고 자신의 시를 나란하게 지었다.

문 닫고 달포간 사람 하나 못 보는데
세월은 어찌 저리 바퀴 없이 잘도 가나
인연 맺어 베푸신 몸 애써 마음 다스리고
양반 가문 붙어살며 모든 것이 호화롭소
풋잠 자고 얼큰 취해 해 가는 것 서러워하며
어린 시절 병 많아 봄 아직 모릅니다
뜬 인생 만남 이별 어리벙벙 정해지니
마음속 이는 정회 세속 따라 살리라

閑戶兼旬不見人
年光何事去無輪
祇緣形役勞心宰
摠把豪華付逸民
淺睡微酣偏昔日
少時多病未知春
浮生離合澤歸正
肯使情根惹腸塵
〈敬次 1〉

뜰에는 바람 없고 대낮에도 문 닫으니
가슴 가득 치민 정을 뉘 보고 말하리
푸른 머리 반드시 시로써 늙겠으며
식는 가슴 어찌하여 술로써 덥히리
외로운 밤 달은 뜨고 잠 못 이루니
오호五湖에 봄이 오면 넋이라도 달려가서
지금껏 집일일랑 모두 다 내던지고
갈매기와 짝지어 같이 살자 맹세하오

庭樹無風晝掩門
滿腔幽緒向誰言
蒼毛非必緣時白
凉足如何借酒溫
獨夜月明偏失睡

五湖春漲暗馳魂
從今掃却家人業
去伴沙鷗失不諼
〈敬次 2〉

　　운초가 살던 당시 기녀들은 부자 집 소실이 되어 부귀영화를 누리려고 했던 의식이 상당히 강했던 것 같다. 운초 또한 연천공의 소실이 되어 호화롭게 살았다.99) 그러다가 연천이 91세를 일기로 세상을 뜨자 연천과 함께 살던 때를 그리워하며 그 시절에 집착하고 있다. 연천은 항상 운초를 데리고 다녔으며 연천의 명사 친구들은 운초 교서校書, 운초 여사女史100)라 존칭하여 운초의 시재에 대해 경의를 표한다. 이 같은 높임은 연천과 함께 살았기 때문에 가능했던 일이라 할 수 있다.

　　따라서 연천이 없는 빈 공간은 서럽고 외로운 존재로 전락한 소실小室의 규방일 뿐이다. 이러한 처지에서 운초는 시와 술로 달래려 하나 역시 잠 못 이루니 함께 사는 것만 하겠느냐며 연천과의 영원한 동거를 하소연하고 있다. 자신을 소실로 거두어주었던 연천을 제외하고 누가 운초를 현실공간에 묶어두는 끈이 되어줄 것인가. 결국 운초는 자신과 비슷한 처지의 삼호정 여인들과 굳은 동류의식101)으로 활발한 시회 활동을 한다. 이러한 시회 활동은 조선 남성과 동류가 되지 못하는 기녀들만의 결집이고 현실에 뿌리내리지 못하고 분리되어 나타나는 자기 연민의식의 표출이라 할 수 있다. 이러한 시 의식은 조선후기 소실들의 문학에 표출

---

99) 운초가 50년간의 나이 차를 극복하고 연천의 소실이 된 때는 연천이 이미 喪妻한 상황이었기 때문에 정실 대우를 받았다.
100) 신위는 <和雲楚女史韻>에서 운초의 시와 낭간의 그림이 서도 사람을 놀라게 했다고 했다.
101) 운초는 일벽정 詩友들은 모두가 좋은 친구라고 노래한다(一碧詩朋亦有緣).

된 한 양식으로 양반과 더불어 양반처럼 살다가 끝내 양반이 되지 못하고
만 소실이라는 특수계층 여성시인들의 삶의 표현이며 그들만의 몸짓이라
할 수 있다.

4. 이중적인 삶의 표상

이 글에서 필자는 조선 후기 기녀이자 소실이며 시인으로 살았던 운
초의 운명적인 삶을 형상화한 시 세계의 특질을 살펴보고자 했다. 조선
후기에 소외된 계층으로 일생을 살아야 했던 운초의 연천공과의 숙명적
인 만남, 그리고 연천공을 매개로 하여 이루어진, 당시 명사로 꼽히는 양
반 시사들과의 교류, 삼호정 시회를 중심으로 한 경산 금원 죽서 경춘 등
과의 교류 등이 운초의 시세계를 확장시키는 계기가 되었다.

운초는 작은아버지 일화당에게서 글을 배웠고 그후 50년 연상인 남
편 연천 김이양과 부부로 살면서 시세계를 확장했다.

그러나, 다른 한편으로는 자신의 시 세계에 대한 한계를 뼈저리게
느끼는 계기가 되었다. 사대부들과의 교류 속에서 운초는 오히려 기녀이
자 소실로서의 신분적 한계와 소외를 깊게 체감하게 되는 것이다. 이러한
자의식으로 하여 운초는 연천이 죽은 후 시 벗인 경산과 삼호정 시회를
중심으로 시 짓는 일에 골몰하는데, 이 시기에 나온 시편은 연천을 회고
하며 병들어 가는 운초의 시적 자화상이라 할 수 있다. 결국 운초는 현실
에 뿌리내리지 못하는 비생활인으로 연천을 그리워하다가 짧은 생애를
마감한다.

결론적으로 운초의 시세계는 다음과 같은 특징으로 요약된다.

재색을 겸비한 자신에게 스스로 만족하면서 지은 〈사절정〉과 〈자황〉

에서는 기녀의 풍모를 그대로 나타낸다. 그러나 시재에 있어서는 〈자조〉라는 시를 통해 자신에게 만족하지 못하는 자괴감을 여실히 드러낸다. 특히 중국의 화예부인과 조선의 허난설헌과 비교해서 자신의 시적 재능에 대한 자괴감을 나타낸다. 이와 같이 자족과 자괴의 모순된 감정이 운초 시의 정서적 바탕을 이루고 있다.

기녀 및 소실로서의 자의식이야말로 운초 시의 주조를 형성하는 요소라 할 수 있다. 이러한 자의식은 대상세계와의 심리적 분리감으로 표출되기도 하고 과거의 자기 경험을 환기시키는 기녀들의 자만에 대한 경계로 표현되기도 한다. 이렇게 양반사회에 참여하면서도 그로부터 소외될 수밖에 없는 기녀의 신분적 한계 인식, 표면적인 화려함과 이면적인 초라함의 괴리 체험이 운초 시의 두드러진 특징으로 나타난다.

만년의 운초 시를 특징짓는 요소는 비슷한 처지의 동료들과의 연대감으로서의 동류의식과 양반사회, 특히 연천과의 분리의식이라 할 수 있다. 연천의 죽음으로 양반사회와의 연을 잃은 운초는 한편으로는 삼호정시회를 중심으로 친구들과 깊은 동류의식에 빠져 생활하며 지내지만 다른 한편으로는 사회와 격리된 채 고독하고 소외된 삶을 잇다가 남편 연천을 따라간다. '어항 속 붕어'의 시적 비유 속에는 자기 일생을 부자유와 허무로 규정하는 운초의 자의식이 집약되어 있다.

이로써 보건대, 운초 시는 기녀 출신의 소실로서 외양상으로는 화려하고 풍족했지만 실질적으로는 결코 행복하다고는 할 수 없는 이중적인 삶을 살다간 조선 후기 한恨서린 여인의 시적 기록이라 할 것이다.

난설헌과 소설헌 1

- 소설헌의 난설헌 사숙私淑 -

1. 소설헌의 난설헌 사숙 관계

소설헌과 난설헌의 시의 최초의 대비는 찬자撰者 미상인 ≪동시총화東詩叢話≫에서 〈송궁인입도送宮人入道〉의 시를 화인華人이 평한 것이 시발始發이라 할 수 있다.102) 중국인의 평에서는 '대 여섯의 글귀가 난설헌의 원창原唱보다 낫다'라는 단순한 비교다. 그 후, 이필룡李弼龍의 「난설헌집과 난설헌의 풍류」라는 『고전총담』(국립중앙도서관 1977)에서 허난설헌의 문학이 중국에까지 널리 알려져, 허난설헌을 사모하여 그녀의 시를 차운하고 호를 소설헌이라고 짓고 이름마저도 경란이라 하였다고 소설헌을 소개하였다. 그 후, 논자도 1987년 소설헌의 시가 유선遊仙의 기품이 있어 개성 있는 시인임을 논증한 바 있다.103) 또한 통문관通文館의 재주再鑄 갑인자본 『난설헌집』과, 필자가 소장하고 있는 숙종肅宗 18년 숭정후崇禎後 임신壬申 동래부東萊府 중간본重刊本 인조 10년 (1632) 『난설헌집』과, 1913

---

102) 문희순, 『여성시비평연구』, 학민문화사, 1994, p.245
103) 김명희, 『허난설헌의 문학』, 집문당, 1987. p.150~155.

년 신활자로 인출된 안왕거 편정의 『허부인난설헌집부경란집許婦人蘭雪軒集
附景蘭集』104)의 대교를 통해 내용은 대동소이하며 글자에 있어 다소 경정
逕庭이 있음도 밝혔다.105)

　　허난설헌에 대한 연구 논문은 지속적으로 발표되었다.106) 다만, 소
설헌에 대해서는 본격 연구가 없었다가 필자가 소설헌 시를 처음으로 번
역, 해석하였고107), 〈소설헌 허경란 연구〉108)라는 논문을 학술지에 게재
하였다. 그 후, 이혜순 외 ≪한국고전 여성작가 연구≫에서 소설헌을 중인
집안의 시인으로 분류하며 "난설헌의 시와 소설헌의 차이가 계층적 차이
때문인지, 국가적 차이 때문인지 단언하기 어렵다"고 평하였다.109) 비교
논문으로는 김종순의 〈난설헌과 소설헌의 '유선사' 비교〉가 있다.110)

104) 이 논고에서 다루고자 하는 소설헌의 문집은 통문관에서 1987년에 구입한 大正二年
　　(1913) 一月 十日에 발간된 신활자본 一冊이며 장수는 27장으로 편자는 安往居이고
　　체재는 15.3× 21.9㎝이고 辛亥唫社(朝鮮 京城 東部 黃橋 37의 2번지에 있었던 출판
　　사로 계간지 시집을 냈으며 투고자가 간행비를 내어 시잡지를 내는 출판사.(辛亥唫
　　社 參入規例참조))에서 펴낸 것으로 刊記는 玄黓困敦(壬子;1912) 南至月(동짓달) 上浣
　　(10일) 中華國 吳自蕙로 되어 있다. 내용은 <난설헌傳畧>, <소설헌傳畧> 朱之蕃
　　의 <난설헌시집小引>, 梁有年의 <난설헌집題辭>, 安往居의 <緖言> 吳自蕙의
　　<跋>, 그리고 시편으로 짜여 있으며 소설헌 시(屬唱)는 난설헌 시(原唱)에 붙여 대
　　우하되 한 자를 내려씀으로써 다르게 구분하였다.
105) 김명희, 앞의 책, p.21~25,
106) 김명희, 『허부인 시 새로 읽기』, 이회문화사, 2002, pp.474~476.
　　김성남, 『허난설헌 시연구』, 소명출판, 2002, pp.9~211.
　　仲井健治 著, 허미자 역, 『일본인이 본 허난설헌 한시의 세계』, 국학자료원, 2003,
　　pp.11~169.
107) 김명희, 『소설헌 허경란의 시와 문학』, 국학자료원, 2000.
108) 김명희, 「소설헌 허경란 연구」, 『국어국문학』 122집, 1998, pp.119~141.
109) 이혜순 외, 『한국고전여성작가 연구』, 태학사, 1999, pp.65~66.
110) 김종순, 「여류의 유선세계-난설헌과 소설헌의 유선사 비교」, 『온지논총』 2001,
　　pp.29~52.

이번 논고의 텍스트는 『난설소설집』으로 『허부인許夫人난설헌집부경란집』이다. 차례는 〈난설헌시집소인小引〉111)과 〈난설헌집제사題辭〉112)와 〈서언緖言〉을 실었으며 서언에서 원집은 조선판 중간본이라 하고 이름하여 『난설헌집』이라 전한다고 했으며 다른 이름으로는 『난설재집, 난설집』이 있으나 거기에 허부인을 더 첨부하여 규방의 으뜸임을 나타낸다고 밝혔다. 오래된 판은 없어지고 와전되어 개정하고 소설헌 차운시를 얻어 정오正誤를 잡아 붙인다고도 하였다. 소설 차운 시도 없어진 부분이 많아 새로운 완고完稿를 기다려 재판再版을 보간補刊하기로 한다고 하였다. 목록은 원제 오언고시, 칠언고시, 오언율시, 칠언율시, 오언절구, 고부古賦 잡저雜著로 되어 있으며 별항으로 내려 쓴 소설헌 차운시도 이와 같다. 본 논문은 소설헌이 난설헌을 사숙하며 지은 시를 중심으로 대비 고찰하고자 한다.

2. 난설헌과 소설헌의 전략傳略 비교

난설헌은 명종明宗 18년 1563년 계해년癸亥年에 외가인 강릉 초당리 김참판 댁에서 태어났다. 어릴 때부터 재주가 비상하고 인물이 출중하였고 아명은 초희楚姬라 했다.113) 그녀가 살았던 시대는 문화가 찬란히 꽃피우던 운문 문학의 대전기였고.114) 난설헌의 가문 또한 당대의 문벌가

---

111) 萬曆丙午 孟夏 甘日에 朱之蕃이 碧蹄館 안에서 쓴 글.
112) 萬曆 丙午 嘉平 旣望에 進士출신 文林 郎刑科都給事中 前翰林院 庶吉士 欽差 朝鮮 副使 南海 梁有年이 쓴 글.
113) 허균,『학산초담』蘭雪 名楚姬 字景樊 草堂曄之女 西堂金誠立之妻.
114) 삼당시인의 황금기였으며, 성리학에는 서경덕・이황・이이, 시조에는 송순・황진이・임제, 가사에는 정철・박인로, 문장에는 심훈・이정구, 글씨에는 양사언・한호가 화려하게 자리 잡아 태평성세를 누리었다. 사회적으로는 주자학의 도덕주의・엄숙주의・청벽주의가 득세하여 주자 이념을 강요하던 시대다.

文閥家였다. 아버지 허엽은 선조조의 명신으로 자는 태휘太輝 호는 초당草堂115)으로 문체에 공을 남겼으나 동지중추부사로 부임하는 도중 상주 객관에서 별세하였다. 허엽의 첫째 부인은 청주 한씨로 서평군 한숙창의 따님이다. 한씨의 소생으로는 장남 성筬과 우성전 부인 박순원을 두었으며 재취 부인은 김씨로 난설헌의 생모다. 강릉 김씨는 명주태수로 유명한 김주원金周元의 후예인 예조참판 김광철의 따님으로 허봉·허난설헌·허균 삼남매의 생모生母다.116) 초당은 세 아들을 두었는데 그 중에서 둘째가 허봉, 허균이 막내며 딸이 난설헌으로 모두 문명을 날렸다.117) 이처럼 난설헌의 가문은 명문 귀족에, 재기才氣 넘치는 문벌이었다.118) 난설헌은 14세에 남편 김성립을 만나 안동 김씨 가문과 결혼하여 살다가 1589년 3월 19일(선조 22년) 27세로 생을 마감한다.

한편, 소설헌 허경란은 조선의 한류 문화 속에서 처음으로 난설헌을 사숙私淑한 여성이다. 소설少雪은 경란景蘭의 호이다. 부인의 성은 허씨요, 조선 역관 순䔅의 딸이다. 선조宣朝 때에 허순이 중국 금릉金陵(남경)으로

---

115) 서경덕·이황 등에게 師事 했으며, 두보 시의 대가인 노수신과도 교류하였다. 성균관·대사성·사간원·대사간·홍문관·부제학·경주 부윤·경상도 관찰사를 역임.

116) 『선조대왕 수정실록』卷之, 十四.

117) 홍만종 저, 안대회 역, 《소화시평》 국학자료원, 1993, p.279.

118) 큰오라버니 허성은 자가 功彦, 호는 岳麓으로 명종 2년에 출생하였으며 미암 柳希春에게서 수학하였다. 작은 오라버니인 許篈은 자가 美叔 호는 하곡으로 명종 6년에 출생하였으며, 형과 함께 유희춘에게 사사했다. 난설헌과는 13살 터울이었으나 우애가 남달리 돈독하여서 <송하곡적갑산>, <기하곡>이라는 작품이 있다. 허봉의 문장은 간략하면서도 중후하고 溫雅하기도 하여서 혜성 같은 재기를 지닌 천재라며 선조께서도 그의 시를 칭찬하였다. 동생 허균은 자가 端甫요 호는 蛟山으로 선조 2년에 출생하였다. 문장은 유성룡에게 사사했고 시는 이달에게서 배웠으며 제자백가와 불교·도교·서학에 이르기까지 박학하였으며 호탕한 성격의 소유자였다. 맏형부 우성전의 자는 景善 호는 秋淵으로 퇴계의 문하에서 성리학을 배웠으며 동인의 거두요, 남북 분당시에는 남인의 영수이기도 하다. 둘째 형부 박순원은 행적이 소상하지 않으나 관직이 군수에 이르렀다고 한다.

흘러 들어가 명나라 여인에게 장가들어 딸 하나를 낳았는데 그 딸 이름이 경란이었다. 경란은 모습이 어여쁘고 재주가 빼어나서 7, 8세 때부터 능히 시문을 잘하였다. 그러나 불행히도 부모가 일찍 죽어 외조 사씨가史氏家에서 길러졌다. 자라나서 시집 갈 나이가 되었는데도 시집을 가려하지 않고 항상 동방(조선)의 남겨진 족族으로 생각하며 고국산천인 조선을 볼 수 없는 것을 한으로 삼아 원망하는 소리가 시문 사이에 넘쳤다.

난설헌과의 관계에 대해서는 다음 기록에서 유추할 수 있다. "대명大明 만력萬曆 병오丙午에 주지번朱之蕃119)이 조선에 사신으로 와서 『허부인 난설헌집』을 얻어서 돌아가니 중국인들이 인쇄함이 성행하였고120) 경란이 그 것을 사모하여 전편을 이어서 화답하니 전당인錢塘人 양백아梁伯雅가 편집하고 『해동란海東蘭』이라고 했다". 차운次韻 형식으로 난설헌 시를 사숙한 소설헌은 난설헌의 시뿐 아니라 난설헌의 죽음마저도 흉내 내려고 했다.

소설헌의 어릴 적 이름은 어떻게 불렀는지 알 수 없으나 경란景蘭이 라고 부른 것은 난설헌을 사모하여서고 성씨가 우연히 같기 때문이었으 며, 자호字號를 소설少雪이라 한 것은 난설헌에 비해 자신이 작은 난설헌이 라 함에서 비롯하였다. "그녀는 항상 자신의 몸을 어루만지면서 스스로 슬퍼하며 말하기를 나는 난설헌이 환생한 몸이라 하였다"고 했다. 그의 나이 27세에 이르자 매일 의건衣巾을 깨끗이 닦아 쓰고 입고는 문을 닫고 분향하고, 외갓집에 살면서 집안사람들에게 말하기를 "금년에 나는 반드 시 죽을 것이다"라 하니 그것은 난설헌이 27세에 죽었다는 시참121) 때문 이었다.

난설헌이 그의 시 〈몽중夢中〉작作에 "연꽃 27떨기 붉게 떨어지니 서

---

119) 朱之蕃 : 명나라 금릉 사람. 자는 元介 호는 蘭嵎 우리나라 사신으로 왔었음. 서화에 능했고 眞蹟이라면 값을 묻지 않고 수집.
120) 오명제 선, 기경부 교주, 『조선시선교주』, 요령출판사, 1999, pp, 6~10.
121) 詩讖이란 시를 통하여 장래의 길흉화복을 점칠 수 있다는 뜻이다.

릿발 찬데," 라는 시구에서 27세라는 나이로 세상을 하직하게 될 것을 예견하였기 때문이다.122) 그러나 "소설헌은 27세가 되어도 죽지 않고 무사히 지나가자 오히려 용모를 바르게 고치며 근심하면서 말하기를 '나는 평범하게 태어난 사람'이라며 실망을 감추지 못하다가 광려산匡廬山에 들어가 여관女冠이 되어, 마친 곳을 알 수 없다고 한다. 〈소설헌전략〉123)에 『해동란』 문집 이름이 나오는데 『해동란』은 소설헌 시의 초간본이라 추정된다.

이상의 두 시인의 전략 비교에서 두드러지는 것은 국가이다. 난설헌은 조선 땅에서 시문학을 꽃피웠고, 소설헌은 중국 남경에서 시문학을 수학하였다. 또 하나는 계층의 차이다. 난설헌은 귀족 명문가 출신에 안동 김씨 세도가로 시집을 가 어머니, 부인, 며느리로 살았고, 소설헌은 중인 역관의 딸로 미혼未婚이었다. 더욱이, 소설헌은 중국인과 조선인 혼혈混血이었다. 죽음에 있어서도 난설헌은 자신이 스스로 택한 요절夭折이었고, 소설헌은 도관에 들어가 자취를 감추는 것으로 마감한다. 두 시인의 생애에 엄연한 차이가 있음을 알 수 있다.

---

122) 碧海浸瑤海 / 青鸞倚彩鸞 / 芙蓉三九朶 / 紅墮月霜寒 /.
  푸른 바다 요지에 번지어 가고 / 파란 난새는 오색 난새에 어울려 있네 / 아리따운 연꽃 스물 일곱 송이 / 분홍꽃 떨어지고 서릿발은 싸늘하이 /.

123) 少雪軒傳略, 少雪景蘭號也.
  夫人姓許氏 朝鮮譯人純之女也 宣廟時 許純流入中國之金陵 娶明女生一女 名曰景蘭 天姿丰異 才藝絶倫 自七八歲能詩文 因父母俱亡 就育于其外祖史氏家 及長不肯適人 常恨以東土遺種 不得見故國山川 俳怨之聲往往溢於吟咏之間 大明萬曆丙午 朱之蕃使 朝鮮得許夫人蘭雪集以歸 華人鋟鏤盛行 景蘭讀而慕之 續和全什 錢塘人梁伯雅編之 曰 海東蘭(詩集名)者是也 夫人幼名不知其謂何 而其曰景蘭者 景慕蘭雪軒 而氏貫偶同也 又自號少雪 常撫躬自悼曰 我乃蘭雪軒超生身也 年至卄七 每淨修衣巾 閉戶焚香 謂其 所居家人曰 今年吾必謝世矣 盖以蘭雪軒三九之識也 (蘭雪軒夢中作詩 有芙蓉三九墮月 霜寒之句 至二十七捐世) 是年無事安過 反怃然如有所失 曰吾乃凡胎也 遂入匡廬山爲 女冠 不知所終云 今其詩文雖不可得見 而散出於海東蘭草本者爲若干 故附剚於蘭雪軒 集中云爾.
  壬子仲秋下瀚編者 識.

3. 난설헌과 소설헌의 시 의식

1) 은유적 표현과 전고 인용

난설헌은 시를 비유적으로 구사하였다. 다른 여성 시인의 시에 흔히 나타나는 직설적인 글쓰기와는 다른 은유다. 필자는 난설헌시의 형식적 특징을 '사물에 기탁한 영상과 비유'로 표출된 것이라고 언급한 바 있다.124) 난설헌 시는 비유, 상징, 연상법을 써서 개인의 금회襟懷나 신세를 시대정신이나 사회 현상에 기탁하려는 의도가 배인 비흥比興의 수준이었다. 〈감우〉에서 난초에 자신을 기탁하였고125) 친정의 몰락과 흥망성쇠의 덧없음을 여우의 소굴, 고가古家, 부엉이 등에 기탁하는 수준 높은 표현 기법을 사용하였다.126) 그런가하면 '새장의 앵무새' 같다는 자조를 통해, 자신의 신세나 조선조 여인들의 신세, 〈궁사〉에 나오는 궁녀의 신세 등 총체적으로 '조선조 봉건 윤리 속에 갇힌 삶'에 대한 은유를 통해 시름을 삭히는 수법 또한 탁월하였다.127) 〈차손내한북리운〉, 〈염지봉선화가〉, 〈상현요〉, 〈견흥〉, 〈횡당곡〉 등은 제재의 다양함과 전고典故의 적절한 활용으로 함축성 있게 자신의 암울을 표출하였고 그리움에 대한 묘사도 직설이 아닌 은유로 사대부가 여성의 품위를 지켰다.

소설헌 시의 형식상의 큰 특징은 난설헌 시 123 수를 차운128)한 것

---

124) 김명희, 『허난설헌의 문학』, pp.25~36.

125) 盈盈窓下蘭 / 枝葉何芬芬에서 애지중지 자라 시집온 자신을 난초에 비유.

126) 「감우 2수」에서 '고가라 인적이 없고 뽕나무에서는 부엉이 울고 참새가 빈 다락에 깃을 치고 말과 수레 머물던 집에 지금은 여우의 소굴이 되었다'라는 완벽한 은유의 시다.

127) 「궁사」 20수는 난설헌의 불행한 일생을 대유하여 지은 시라는 평가다.
怨詞에 가까운 「궁사」는 '鸚鵡新調羽未齊 / 金籠鎖向玉樓棲'라 하여 새장에 갇힌 앵무새와 궁궐에 갇힌 궁녀의 신세를 동일 선상에 나란히 놓고 있다.

이다. 소설헌은 난설헌 시 가운데 칠언 절구 운을 제일 많이 밟았고, 그 중 〈유선사〉가 74수로 가장 많다. 차운하지 않은 시의 종류는 난설헌 개인의 비극인 자식을 잃고 난 후 쓴 〈곡자哭子〉, 오라버니가 귀양 간 친정의 몰락으로 인한 아픔을 쓴 〈기하곡寄荷谷〉, 〈송하곡적갑산送荷谷謫甲山〉, 여성의 시 소재로는 적당하지 않다고 비판을 받은 〈상봉행相逢行〉〈청루곡靑樓曲〉, 〈죽지사竹枝詞〉, 〈서릉행西陵行〉, 〈제상행堤上行〉, 〈추천사鞦韆詞〉, 〈양류지사楊柳枝詞〉, 〈횡당곡橫塘曲〉, 〈규원閨怨〉, 〈야야곡夜夜曲〉, 구중궁궐의 은밀한 이야기인 〈궁사宮詞〉, 난설헌이 이미 차운한 시 〈차중씨고원망대운次仲氏高原望臺韻〉, 〈차중씨견성암운次仲氏見星庵韻〉, 〈제심맹균중명풍우도題沈孟鈞中溟風雨圖〉, 〈차손내한북리운次孫內翰北里韻〉 등이다.

결국, 소설헌은 결혼하지 않았기 때문에 혈연이나 인간적인 감정에 관한 시 창작에 한계를 느낄 수 있으며 이 점이 난설헌과 차별화된 시 의식임을 재확인 할 수 있다.

전고典故 원용은 창작 기법에 있어 외부에서 사실을 끌어와 그 개념을 유형화하고 옛것을 빌어서 현실을 설명하는 것이다.129) 소설헌은 이런 전고를 적절히 사용했는데 〈소년행少年行〉의 사현謝玄의 고사, 〈감우感遇〉의 탁문군卓文君130)과 완씨阮氏 가문의 고사 〈견흥遣興 8수〉에서는 반첩여班婕妤131)의 용사用事로 시의 비유를 적절히 해주었다.

---

128) 오언고시; 少年行1 感遇4 遣興8 (13수).
　　칠언고시; 洞仙謠1 染指鳳仙花歌1 望仙謠1 湘絃謠1 四時詞4 (8수).
　　오언율시; 出塞曲2 效李義山體1 (3수).
　　칠언율시; 送宮人入道1 (1수).
　　오언절구; 築城怨2 莫愁樂2 貧女吟1 效崔國輔體 3 長干行2 江南曲2 賈客詞3 (15수).
　　칠언절구; 塞下曲5 入塞曲4 遊仙詞 74수 (83수).

129) 유 협, 『문심조룡』, 현암사, 1987, p.154.

130) 卓文君 : 漢 臨功 사람으로 卓王孫의 딸이다. 문학에 재질이 많고 과부 몸으로 司馬相如와 뜻이 맞아 같이 지내며 풍류했다. 白頭吟은 그의 작품이다.

우선, 난설헌과 소설헌의 〈소년행少年行〉을 비교하면 다음과 같다.

젊은이는 신의를 소중히 여겨
의협스런 사나이와 결의를 맺네.
백옥의 노리개 허리에 차고
쌍기린 수놓은 비단 도포에.
조회를 마치자 명광궁 나와
자락궁 언덕길로 말을 달리네.
위성의 좋은 술을 사 가지고서
화류가에서 노닐다 해가 저무네.
황금 채찍 잡히고 꽃에서 자며
향락을 누리며 놀이에 팔려.
누가 양웅을 관심이나 두었겠느냐
문을 닫고 ≪태현경≫을 초했다는데.

少年重然諾
結交遊俠人
腰間玉轆轤
錦袍雙麒麟
朝辭明光宮
馳馬長樂坂
沽得渭城酒
花間日將晚
金鞭宿倡家
行樂爭留連
誰憐揚子雲
閉門草太玄
난설헌 〈少年行〉

태어나 자라기는 장간 마을

131) 漢 班況의 딸. 成帝의 사랑을 받아 婕妤가 되었다. 첩여는 내명부 벼슬 이름.

장간 사람에게 시집을 가니.
낭군의 모습이 고운데다가
남들이 이르기를 기린 같다고.
평생을 사랑에 빠져 있어서
말 달려 산마루를 오르내리네.
낭군의 사랑을 어찌 돌릴꼬
아리따운 세월은 늦어만 가네
엎지른 물이라 거둘 수 없고.
끊어진 구름은 다시 못 이어.
난초와 아름다운 나무의 시구
부끄럽다. 사조는 가고 없으니

生長長干裡
嫁得長干人
良人美容姿
人謂玉麒麟
一生耽遊獵
馳馬上峻坂
恩愛何遷差
佳期且婉晚
覆水難再收
斷雲不復連
芝蘭與玉樹
慚愧謝家玄
소설헌 〈少年行〉

난설헌의 〈소년행〉은 젊은이들이 지녀야 할 신의와 의협에 대한 결의를 맺고 있음을 나타내고 있다. 또한 '젊은이의 상징'인 패물 이미지가 눈에 띈다. 고귀한 '백옥白玉의 노리개', '황금채찍' 등이 그것이다. 패물을 찬 젊은이들이 대궐을 빠져 나와서 곧장 환락의 거리에서 향락에 빠져 있으니, 누가 양웅揚雄의 ≪태현경太玄經≫과 ≪양자법언揚子法言≫을 읽고 글을 짓겠느냐는 탄식이다. 과거를 위한 독서와 조회를 핑계로 삼아 이렇듯 술타령과 꽃놀이에 빠진 남편 김성립을 표출한 것이 아닌가 한다. 따라서 남편과의 금실에 금이 가기 시작했을 때의 작품으로 짐작되기도 한다. 부녀자의 시답지 않게 근엄하면서도 따끔하게 훈계하고자 하는 의도가 엿보인다.

소설헌의 〈소년행〉도 '낭군의 얼굴이 옥기린같이 아름답다'라는 비유로 나타나고 있다. 난설헌이 '옥록로玉轆轤, 금포錦袍, 금편金鞭'과 같은 화려한 소재로써 낭만적인 젊음을 투영시키고 있는데 비해, 소설헌은 '수水, 운雲, 난蘭, 수樹' 등에 비유시켜서 젊은이들의 '향락적인 무위도식無爲徒食'을 깨우치려고 한다. 두 시인 모두 젊음을 노래하고 있는 점은 같으나, 젊음을 표출하는 태도는 다른 개성으로 형상화 되고 있다.

위의 예시에서 두 시인 모두 전고를 즐겨 인용하는 것은 같다. 또한 전고 인용과 함께 은유적 표현 기법을 쓰고 있음도 확인 할 수 있다. 다만, 전고 인용에서 소설헌은 더 구체적인 사례를 들고 있다.

다음은 소설헌의 〈입새곡入塞曲〉이다.

군사를 지휘하고 독려하여 북과 나팔을 불어
개선가의 노래는 복파장군 진영에 이어지다
관군들이 양주곡을 부를 줄 아니
멀고 먼 황하의 한 조각 성 안일세

振旅班師鼓角鳴
凱歌連續伏波營
官軍解唱凉州曲
遠遠黄河一片城
소설헌 〈入塞曲〉1

〈입새곡〉의 양주곡, 복파장군 이야기 등은 역사적 사실에 근거하고 있다. 마찬가지로 〈유선사〉에 나오는 신선, 선녀의 인용도 소설헌이 더 사실적이다. 소설헌 작품에 산재해 있는 전고의 인유는 소설헌 삶의 영향이라 본다. 중국인과 중국 땅에 살면서 중국 책을 읽으며 외가에서 중국식 교육을 받고 자란 인생으로 인함이다. 다음은 〈사시사四時詞〉를 통한 표현 기법의 차이를 고찰하면,

깊고 우거진 정원의 살구꽃 비에 젖고
날으는 꾀꼬리, 목란 꽃 언덕에서 울고 있네
오색실 장막에는 봄추위 엄습하고
박산향로 향불 한 실오리 가볍게 나부끼네
미인이 잠에서 깨어나 새 단장 하니
향기로운 비단 허리띠엔 원앙이 서려 있네
겹발 비스듬이 걷어 올려 비취 붙이고
천천히 은쟁을 잡고 봉황곡을 타네
금 굴레 조각한 안장 차고 어딜 가셨나
다정한 앵무새는 창가에서 속삭이네
풀섶에서 놀던 나비 뜨락으로 사라지더니
난간 밖 아지랑이 낀 꽃밭에서 춤추네
연못 있는 뉘 집에선 생황 노래 구성지다
달은 아름다운 술과 금파라를 비추고
시름 찬 사람이 밤에 홀로 잠 못 이루어
새벽에 일어나니 비단에 피눈물 흥건하리

院落深沈杏花雨
流鶯啼在辛夷塢
流蘇羅幕襲春寒
博山輕飄香一縷
美人睡罷理新粧
香羅寶帶蟠鴛鴦
斜捲重簾帖翡翠
懶把銀箏彈鳳凰

金勒雕鞍去何處
多情鸚鵡當窓語
草粘戱蝶庭畔迷
花胃游絲闌外舞
誰家池館咽笙歌
月照美酒金叵羅
愁人獨夜不成寐
曉起鮫綃紅淚多
난설헌 〈四詩詞 春〉

봄날이 찬란하게 아름다운데 반해 여인들의 생활은 고독하고 외롭다
면 그것이 여인들의 한恨의 원인이 되는 것이다. 봄의 소재인 '살구꽃, 꾀
꼬리 울음소리, 목란' 등이 어우러져 펼쳐진 광경에 여인이 몸단장을 하
고 발을 걷어 올려 봄을 맞이할 채비를 한다. 그런데 임은 화려한 말안장
을 타고는 어디론가 가 버린 지 오래다. 다정한 앵무새는 홀로 있는 여인
을 놀리듯 울고 있고 나비는 난간 밖에서 춤을 추며 놀고 있다. 밤에는
어디선가 누구의 집인지 모르나 생가가 구성지게 울려 퍼지고 달은 하얗
게 떠있어 금 술잔을 비추는데 여인만 시름에 겨운 채 잠을 이루지 못하
고 교인이 짠 비단 옷에 눈물만 흥건히 적실 수밖에 없다는 원망 서린 노
래다. 봄의 정경 속에서 임과의 유희를 꿈꾸고 있는 자신의 모습과 '홍루
다紅淚多'라는 결구에서 처량한 자신의 모습이 대조적임을 고도의 은유적
표현으로 마감한다.

지난밤의 싸늘한 추위 부슬비를 보내어
늦게 일어나니 붉은 해 꽃 언덕에 오르다
시누이가 수를 놓는데 익숙지 못하지만
구슬 손가락 이리저리 붉은 수술 헤지다
손을 금동이에 씻고 서둘러 단장하고
잠깐사이에 쌍 원앙새를 수본에 놓다

시누이 팔을 치면서 웃으며
다시금 봉황수 놓는 법을 배우고
언덕위로 날으는 꾀꼬리는 곳곳에서 울고
홀로 팔을 괴고서 말을 하지 못하다
눈썹을 낮기 하고 금루가를 외우며
눈물을 섞어서 장막 비단에 썼다
뜰 꽃이 절반 시들어도 임은 오지 않고
미인은 일생동안 봄꿈만이 많구나

昨夜輕寒送微雨
懶起紅日臨花塢
小姑刺繡苦不慣
玉指飜覆刓紅縷
盥手金盆速理粧
頃刻描與雙鴛鴦
小姑拍臂嫛娜笑
更願學得繡鳳凰
陌上流鶯啼處處
獨自支頤不語語
低眉念唱金縷歌
和淚深深寫帕羅
庭花半老君不來
美人一生春夢多
소설헌 〈四時詞〉春

　　난설헌은 〈사시사〉 봄에서 '홍루다紅淚多'라는 결구어를 핵심어로 봄의
화려한 소재와 대조되는 시적화자의 무거운 서러움을 표출한데 비해 소설헌
은 '어어語語, 처처處處' 같은 중첩어를 사용하여 생동감 있는 묘사로 봄의 경
쾌함을 표출하였다.132) 두 시인이 봄을 노래한 정서는 같되 표현법은 다름

---

132) 유독, 소설헌 시에서만 나타나는 표현상 기법은 첩어 사용의 예를 들 수 있다. 소설

을 발견 할 수 있다. 이것은 소설헌의 언어 습관에서 기인한 차별이겠다.

> 오동나무가 역양 땅에서 자라나
> 찬 응달에서 몇 해를 견디었다냐
> 다행히 세대에 드문 명공을 만나
> 베어내 다듬어 거문고 만들었다네
> 거문고가 이루어지자 한 곡조 타니
> 세상에는 음을 아는 사람이 없네.
> 이래서 광릉산 묘한 곡조가
> 예로부터 소리가 묻히고 말았나보다.

> 梧桐生嶧陽
> 幾年傲寒陰
> 幸遇稀代工
> 劚取爲鳴琴
> 琴成彈一曲
> 擧世無知音
> 所以廣陵散
> 終古聲埋沈
> 난설헌 〈견흥 1〉

난설헌은 〈견흥〉에서 오동나무를 소재로 인재를 알아보지 못함을 한
탄하고 있다. 역양땅 오동나무가 아무리 실하게 잘 자랐다고는 하나 명공
을 만나지 못하면 쓰임새가 없고 다행히 명공을 만나서 거문고가 만들어
졌다고 하나 거문고 소리를 들을 줄 아는 사람이 없으면 아무 소용이 없
는 것이다. 안타까운 세상 이치다. 그래서 '광릉산'이라는 혜강의 명곡이

헌은 猗猗 青青, 翹翹, 焰焰, 咄咄, 藹藹, 曦曦 등의 중첩어를 사용하여 의미를 부드
럽게 했다. 자연에서 감동을 받은 그는 생기를 전하는 모습을 사물에 따라 마음도
같이 움직였고 수사를 정돈하고 운율을 안배하는 마음도 같았음을 알 수 있다.

침몰하여 오늘날에 전하지 못하는 이치와 어찌 닮은꼴인지 모르겠다는 시대의 모순을 읊었다. 이 시는 난설헌이 자신의 재주 많음을 몰라주는 조선조를 원망한 시라고도 볼 수 있고, '여성'의 가치를 부정하는 조선조 이데올로기에 대항하는 외침이라 볼 수도 있다. 또는, 자기를 알아주는 인물을 찾고자 하는 몸부림으로 자기 인식과 자각의식도 엿보인다.

갈거미는 오래된 벽을 기고
귀뚜라미는 가을 그늘에서 울다
밤들면 항상 꿈이 없어서
상위에 있는 거문고를 타다
거문고 소리는 어찌 그리 맑을까
스스로 맑은 상성을 냄이라
잘 새가 숲 속에서 울고 있는데
연못엔 달빛이 어슴푸레 하다

蠨蛸行古壁
蟋蟀鳴秋陰
入夜常無夢
爲撫床中琴
琴聲何激楚
自發淸商音
宿鳥嘹林中
池塘月沈沈
소설헌 〈견흥〉

소설헌은 잠 못 이루는 밤에 거문고를 탈 수 밖에 없는 상황을 거문고[금琴]을 이어서 표출했으며 두 마음 가진 임[랑郎]을 연속해서 사용함으로 해서 신랑에 대한 원망의 마음을 은근한 강조로 나타내고 있다.
이와 같이 소설헌은 여성시의 매력인 은근한 멋을 나타내기 위해 중첩어를 사용하여 완곡하게 표현하는데 성공했고 연쇄법133)을 써서 절망적인 상황인데도 불구하고 재미를 더해주는 묘미를 보였고 고사故事로 실재實在의 현상을 정확하게 파악할 수 있게 했다. 소설헌은 난설헌 시를 본받으면서도 더 나아가 세련된 시어와 은유화된 전고의 실재화로 시의 의미를 부각시켜 생동감과 현실감을 나타내 준다.

2) 규원의식과 선계지향

난설헌은 짧은 생애에 비해 시의 내용이 다채롭다. 그만큼 그녀의 삶의 궤적이 남달랐기 때문이다. 미모의 여성이면서, 명문가 친정을 배경으로, 시댁의 높은 문벌과 남편 김성립과의 만남, 시댁 식구들과의 갈등, 그리고 자식들의 연이은 죽음과 친정의 몰락, 도교에의 귀의와 죽음에 이르기까지 그의 생애는 질곡桎梏 그 자체였다. 필자는 그녀의 문학을 삶의 체념에서 오는 미학과 몽환의 시학으로 크게 분류하였다.

난설헌과 소설헌, 그런 면에서 두 사람의 공통점은 여성이라는 사실이다. 여성성에 기인한 규원 의식을 고찰하고자 한다.

난설헌은 14살 어린 나이로 시집가 남편 김성립의 사랑을 받고자하는 사랑의 노래를 끊임없이 불렀다. 그러한 사랑가가 받아들여지지 않는 조선조 사회의 참담함을 〈빈녀음〉, 〈궁사〉로 사회상을 알리는 계기로 삼고 마침내, 자신의 일생을 함축한 〈한정일첩恨情一疊〉 부賦로 조선이라는 시대와 공간에서의 모든 인연을 끊는다.

---

133) 소설헌의 <견흥> 3에서도 郎을 이어 쓰는 연쇄법을 쓰고 있다.
  (전략)
  衣與二心郎   두 마음 가진 신랑에게 옷을 지어 주었다
  郎將憎我意   신랑이 나를 미워하는 뜻은
  咄咄不稱裳   아아 치마와 저고리가 어울리지 않음이로다

소설헌도 난설헌과 같은 제재로 그리움과 원망의 정서를 많이 표출한다. 〈견흥〉, 〈염지봉선화가〉, 〈효이의산체〉, 〈사시사〉는 '임의 부재에서 오는 공규空閨'가 여성의 원망怨望으로 이어지는 소리다.

나의 팔찌가 어찌나 희고 깨끗한지
나의 패물은 현란하게 빛나 있다
어려서부터 나는 이를 사랑해서
잠시도 옷깃에서 떠나지 않았는데
지난해 그대가 멀리 여행할 적에
패물을 빼서 차고 가라고 벗어 주었건만
그대가 와서는 내게 돌려주지 않으니
어떤 사람 띠에 매어 주었느뇨

儂環何皎潔
儂珮陸離光
小少儂愛此
斯須不離裳
去年君遠行
解脫充爲珮
君來不返儂
繫在誰人帶
허난설헌 〈遣興4〉

보배로운 기운이 엉긴 순금에
반월광을 아로새긴 노리개
시집올 때 시부모님 내주신 예물
이제껏 다홍치마에 차고 있었죠
오늘 아침 길 떠나는 임께 드리니
원컨대 서방님 패물로 삼으시오
길가에 버리는 것 아깝지 않으나
시앗의 허리띠엔 매어 주지 마소

精金凝寶氣
鑄作半月光
嫁時舅姑贈
繫在紅羅裳
今日贈君行
願君爲雜佩
不惜棄道上
莫結新人帶
소설헌 〈遺興4〉

　　예물로 받은 귀한 패물을 떠나는 임께 정표로 드리니 내 생명과 같
은 패물을 고이 차고 다니다가 다시 내게로 돌아와 달라는 당부가 들어
있다. 소설헌의 시에도 내 생명과 동격인 패물을 길에는 버릴지언정 시앗
에게는 주지 말라는 강한 당부의 메시지가 담겨 있다. 두 여인 모두 임에
게 정표를 주는 것은 같다.
　　그러나, 원망을 내뱉는 난설헌과 어디까지나 시앗에 허리에 채워주
지 말라는 소설헌 시와의 거리감은 실제 부녀자의 말하기와 소녀의 말하
기가 다르다는 것을 느끼게 한다. 난설헌의 원망은 '돌아오지 않는 임'이
고, 소설헌은 '돌아올 가능성을 열어둔 임'을 상징하고 있다. 난설헌은 '실
제 체험'이었고, 소설헌은 '상상적 체험'이 바탕인 문학이다. 〈견흥〉7, 8
수에서도 공규의 원망은 이어진다. "남편은 짧은 편지 한 장 없고 / 한
번 이별이 삼 년이요 / 밤마다 부질없이 생각하니 / 관산의 달이 옷깃을
비추네" 와 같은 시적인 맥락은 〈사시사〉, 〈효이의산체〉에서도 같다. 〈효
이의산체〉비교로 이 절을 마무리 한다.

　　　먼지 자욱한 거울이라 난새도 춤 멈추고
　　　빈집이라 제비조차 돌아오지 않네
　　　향기 아직 비단 이불에 남아있고

눈물은 하염없이 비단 옷자락 적시네
꿈은 난초 물가를 헤매고 있고
형주의 구름은 대궐을 감돌겠지
서강의 오늘밤 저기 저 달도
흘러서 금미산을 비추시겠죠

鏡暗鸞休舞
樑空燕不歸
香殘蜀錦被
淚濕越羅衣
楚夢迷蘭渚
荊雲落粉闈
西江今夜月
流影照金微
난설헌 〈效李義山體〉

관문이 있는 변방 요새가 얼마나 멀기에
해마다 사람들이 돌아오지 못하나
꿈길도 베개 머리를 떠나고
눈물만이 비단옷을 적시다
비가 자욱하니 난새가 거울을 시름하고
봄이 차가우니 제비가 중문으로 들어오다
당신의 모습을 볼 수 있을 것 같더니
기억이 다시 희미해지다

關塞何迢遞
年年人未歸
夢魂離角枕
涕淚染羅衣
雨暗鸞134)愁鏡
春寒燕入闈

---

134) 鷟자는 鸞의 오기.

容姿如可見
記憶更依微
　　소설헌〈效李義山體〉

　　거울을 들여다 본 지 오래라 먼지가 자욱이 끼었다. 집도 텅 비어 제
비조차 돌아오지 않는 폐가가 되어 가고 있다. '임과 함께 덮고 자던 비단
이불도 향기가 아직 남아 있다'라는 표현은 임이 떠난 지 얼마 안 된 상
태다. 임은 어디에 가신 것일까. 형주라는 지명이 나오고 대궐이 나오고
서강이 나오고 금미산이 나오는 것으로 보아 시의 공간적 배경은 중국이
다. 멀리 있는 임을 만나기 위해 여인이 할 수 있는 일은 꿈을 빌릴 수밖
에 없다. '꿈에 물가를 헤매는데 임이 계신 형주의 구름은 임이 계신 대궐
을 감싸고 있다'라고 했는데 여기서 구름은 '여인의 분신'이다. 또한 서강
에 비치는 저 달을 나도 보고 있고, 임도 볼 수 있는 공간의 두 극점에서
동시에 볼 수 있는 달에 의탁하여 여인의 마음을 절절하게 하는 심상이
돋보인다. '바로, 저 달이 금미산에 계신 임을 비출 것'이라는 구절에서
'여인의 정한'을 읽어 낼 수 있다.

　　소설헌의 시에서도 희미해진 기억을 더듬고 있다. 봉鳳에 가까운 난
鸞새는 짝을 잃으면 슬퍼하다가 따라 죽어버린다는 새다. 봄이 돌아와 강
남 갔던 제비는 돌아오건만 남편은 돌아오지 않고 너무 떨어져 있는 시간
이 오래되다 보니 기억마저도 희미해진다. 제비에 자신의 감정을 대유하
여 외로운 자신을 묘사한 부부 이별의 시다. 그 외〈효최국보체效崔國輔體〉
를 비롯한 많은 시에서 난설헌 소설헌 모두 홀로 봄을 감상하며 빗물이
처마에 떨어지는 소리를 듣는 고독한 여인으로 나타나 있다. 여성이 고독
한 이유는 임이 없기 때문이다. 따라서 나의 그리움과 원망의 대상인 임
의 부재에서 오는 '공규空閨'가 시적 제재가 되는 공통성을 지니고 있다.

　　두 여성 시인은 여선女仙문학인으로 재탄생한다. 김종순은 난설헌과

소설헌의 유선사를 비교하며 난설헌시 〈유선사〉 가운데 74수를 차운하였으며 선계 생활을 눈으로 본 듯, 모두 그 속에 있는 듯 아름답게 그려내고 있다고 했다135). 주제의식은 닮아 있고 다만 난설헌이 상대적 개념의 선계라면 소설헌은 종교적 의미의 선계라고 했다.136)

그러나, 난설헌과 소설헌 모두 신선세계에서 노닐면서도 항상 속세에 대한 미련도 갖고 있는 것을 발견하게 된다.

서단에서 잔치 파하니 북두성 성글고
용은 남으로 학은 동으로 날아가네.
단청한 방의 선녀님 봄 졸음에 겨워
난간에 기댄 채 새벽에도 돌아가질 않네.

宴罷西壇星斗稀
赤龍南去鶴東飛
丹房玉女春眠重
斜倚紅蘭曉未歸
허난설헌 〈遊仙詞6〉

달밤의 안개는 아득하고 꽃 그림자는 성근데
한 쌍의 청조가 공중을 돌면서 날고 있다
여러 무리 가운데 평범한 짝 생각하는 사람이 있고
붉은 눈물 흘리며 돌아가지 못함을 원망하다

月霧茫茫花影稀
一雙靑鳥繞空飛
衆中獨有思凡侶
紅淚闌珊怨未歸
소설헌 〈遊仙詞6〉

135) 김종순 앞의 논문, p.51.
136) 위의 논문, 같은 페이지.

난설헌은 잔치가 파한 뒤, 용은 남쪽으로 학은 동쪽으로 날아가고 선녀님은 졸음에 겨워 졸고 있는데, 자신은 난간에 기댄 채 돌아 가지 못하는 신세임을 나타내고 있고, 소설헌은 신선 고장에서도 어울리지 않은 평범한 짝을 생각하며 피눈물을 흘리며 역시 이승인 속세로 돌아가지 못함을 한탄하는 인간적인 여선을 그리고 있다. 선계에서 노닐면서도 속세를 못 잊는 신선이다. 끝으로, 선계에서 하염없이 노닐다 문득 깨어 보니 난설헌은 일만 년이 흐른 뒤고 소설헌은 일 년이 흘렀음을 나타내는 유선의 마지막 노래다.

여섯 폭 비단 치마 노을에 끌리어
완랑을 불러 영지 밭으로 올라가네
생황 노래 잠시 꽃 사이에 다하니
어느덧, 인간 세상 일만 년이 흘렀네

六葉罷裙色曳煙
阮郎相喚上芝田
笙歌暫向花間盡
便是人寰一萬年
허난설헌 〈遊仙詞87〉

평상 위에서 봄잠이 들어 잠시 연하계로 변했는데
낮닭이 다투어 겨자 꽃밭에서 울어대다
꿈을 깨서 삼청의 일을 기억해 보니
생황과 피리를 부는 가운데 일 년을 지내다.

床上春眠暫化烟
午鷄爭唱芥花田
覺來記憶三清事
笙笛聲中度一年
소설헌〈遊仙詞74〉

난설헌은 생황 노래가 그쳐 보니 일만 년이라는 끝없는 시간을 선계에서 보냈고 소설헌은 '낮닭이 싸우는 소리에 깨어 보니 일 년을 보낸 뒤'라는 매우 현실적이고 짧은 선계의 생활이었다. 두 여성 모두 선계를 지향하는 의식은 같으나 난설헌은 그 세계에 몰입하였고, 소설헌은 선계를 지향하여 선녀가 되고자 했으나 환상, 몽상 체험 없이 직접 종교로 귀의하는 현실 체험이 난설헌과 다른 점이다.

그러나, 제일 많이 난설헌을 닮고자 한 시세계는 유선문학이다. 소설헌은 〈유선사〉에서 난설헌처럼 선계를 바라보며 읊은 경치에서부터 선녀들의 일상사, 선계에서 신선들이 자상세계와 갈등을 빚는 일 등이 난설헌과 시적 제재가 유사하다.137) 그러나, 선계의 풍광 묘사나 『태평광기』138)에 나오는 신선들을 인용한 유선 세계는 난설헌 보다 더 사실적이고 구체적이다. 대신, 난설헌이 유선의 세계에서 신비체험을 하며 신선과 접하고 환상과 몽상의 세계에 몰입하는 종교 체험139)은 없고, 종교인으로 일상에서 탈피하여 도관道觀으로 들어가는 것으로 끝을 맺는다.

난설헌·소설헌 두 여성시인의 문학적 특징은 공교함이다. 그 공교성은 제재의 다양성과 표현기법의 우수성으로 인해 함축미로 이어진다. 단지, 소설헌의 문학에서는 난설헌과 같은 곡진曲盡한 인간적인 면모가 드러나는 시세계가 없고 난설헌의 문학에서는 환상과 몽상의 시적 체험은 두드러진데 비해 '충忠' 이라는 유교 덕목의 시가 없다.140)

---

137) 앞의 책, pp.195~204.
138) 李昉, 김장환 옮김, 『태평광기』, 학고방, 2000, pp.3~5.
139) 서강여성문학연구회, 『한국문학과 환상성』, 「허난설헌 유선문학에 나타난 도교적 환상양상과 기능」, 예림기획, pp.33~57.
140) 이종찬 외 『조선후기한시작가론』, 이회문화사, 1998, pp.350~355.

4. 난설헌과 소설헌의 운명적인 만남

위에서 소설헌이 난설헌을 사숙한 시점으로 문학을 고찰하였다.

난설헌·소설헌은 거의 동시대에 살았던 인물이다. 두 시인은 조선
과 중국이라는 지역적으로 떨어진 공간을 배경으로 하고 있다. 난설헌은
조선의 명문가의 집안에서 태어나 시를 정식으로 교육받은 여성이고 소
설헌은 중인(역관)인 조선 남성과 한족 사씨 여성과의 결합이어서 두 나
라 문화가 공존했던 시인이었다. 두 시인의 성장 배경이 다르지만 소설헌
은 『난설헌시집』을 얻어 그의 시에 차운함으로써 같은 운명의 여인이고
자 한다.

선경에서는 신선의 기를 얻은 사람은 모두가 숙명 곧 태어날 때의
성수星宿와의 만남에 의한 운명을 받고 있다면 소설헌은 중국인 사씨가
(외가)에서 자란 점과 조실부모한 점 등의 신분적인 계층의 차이가 난설
헌과 제일 다른 점이다.141) 운명 속에 내가 들어 있다.142) 는 숙명론에
의해 난설헌과 소설헌이 만났다. 소설헌은 난설헌의 문학 뿐 아니라, 운
명마저 흉내 내고자 했다. 소설헌은 27세가 되자 난설헌과 마찬가지로
죽고자 했으나 뜻대로 안되자 옷깃을 여미고 본인은 결코 난설헌 같은 인
물은 될 수 없다고 말하면서 광려산의 여도사가 된다. 중국에서 그녀의
시집을 『해동란』이라고 하여 간행한 것으로 미루어 그녀의 시가 인정받
았을 뿐 아니라 양란집兩蘭集을 조선에서도 간행하고 있었다는 점으로 미
루어 소설헌의 시가 난설헌 시 못지않은 대우를 중국에서 받았음을 짐작
할 수 있다.

----

141) 김명희,『소설헌 허경란의 시와 문학』pp.189~194.
142) 갈홍저 張泳暢편역,『포박자』, 자유문고, 1993, p.252 참조.

두 천재 여성 시인의 두드러진 차별은 '조선과 중국'이라는 지리적 공간, 기혼과 미혼이라는 차별성, 귀족과 중인이라는 신분계층, 그 외에 조선인의 순수 혈통과 중·조의 혼혈 혈통 등인데 이것이 시문학으로 형상화 되었다.

난설헌과 소설헌 2
- 여선 서왕모 숭배의 시 -

1. 난설헌과 소설헌의 여선女仙 숭배

　조상숭배祖上崇拜는 여조신女祖神 남신男神으로 병립되며 상제上帝의 출현으로 천명관天命觀, 상제上帝 숭배 사상이 나타난다. 중국의 충신, 효자, 열녀, 성현을 모두 신선의 열列에 포함시켜143) 조령 사상으로 영향을 미치고 있다. 포박자抱朴子는 선인仙人을 천선天仙과 지선地仙으로 구별하고 있다.144) 대부분 현세에서 영웅이라 일컫는 사람들이 죽어 신선神仙이 되는데 이것은 인간의 욕망을 긍정하고 그것을 초월하고 욕망의 세계를 자유롭게 출입하는 무한한 욕망의 세계 속에서의 영원을 보는 욕망 정화라 한다.145) 현세에서 살고 있는 인간의 한없는 욕망이 길고 높게 뻗어 나가 결국은 꿈속에서 환상의 세계를 만들어 낸 현실 초월이 중국 선계다. 신선이란 죽지 않고 영원히 살고 싶은 생각에서 나온 것이다. 이런 조상의

---

143) 김현룡, 『신선과 국문학』, 평민사, 1978, p.44.
144) 葛洪·장영석 편역, 『포박자』, 자유문고, p.19.
145) 앞의 책, p.28.

생각들이 선계문학으로도 표출되어 문학의 장르마다 신선들의 활약이 대단하다. 따라서, 중국인, 한국인 모두 중국 신선들에게 경도되어 살았다.

서왕모와 곤륜산 역시 인간에게는 동경의 경지요, 중간 단계의 신선이 사는 곳이라 한다.

서왕모는 인간인가, 동물인가, 남성인가, 여성인가, 여신인가, 여왕인가, 외계인인가를 분간할 수 없을 정도로 혼미하게 나타난다.

조선시대 최고의 여성 시인인 허난설헌의 〈유선사〉는 선계의 노래다. 그 노래 속에 서왕모는 어떻게 표출되어 나타나는지, 허난설헌은 서왕모를 어떻게 해석하였는지를 고찰하고, 중국 명대明代 시인인 소설헌의 정체와 소설헌이 추구하던 이상향인 선계에서 서왕모는 어떤 영향을 미쳤는지에 대해서도 그녀의 〈유선사〉를 중심으로 밝혀보고자 한다.

2. 서왕모의 정체성과 역사적 고찰

서왕모라는 명칭은 《산해경》 이전의 기록에는 없다.146)

서왕모는 성은 구縃씨고 이름은 회回며, 자는 완금婉妗이다.147)라고 기록하였고 무천국武天國의 《중국문화정품中國文化精品·신선神仙》148)에서는 "애초에 서왕모는 서쪽 곤륜산崑崙山에 있는 한 부락의 우두머리이었다. 서왕모에 관한 전설이 신화로 변천하면서 서왕모도 사람으로부터 신선으로 변했다. 처음 신이 되었을 때 서왕모의 모습은 《산해경山海經》의 묘사를 보면 다음과 같다.

---

146) 오문의, 「서왕모 신화」, 서울대 대학원, 1984, p.4.
147) 黃海德 李剛 編著, 《簡明道敎辭典》, 四川大學出版社, 1991, p.76.
148) 武天國, 《中國文化精品·神仙》, 中州古籍出版社, 2000, pp.6~7.

"몸은 사람이고 표범의 꼬리, 호랑이의 이빨을 가지고 있다. 큰소리로 부르짖는 것을 좋아하며 머리카락이 흩어져 청조 세 마리가 교대로 곤륜산에서 먹을 것을 갖다 주었다."

그러나, 동한東漢 말기에 도교인들이 서왕모의 영향이 큰 것을 깨달았고 그의 이미지를 온화하고 부귀한 여신으로 발전시켰다. 이후로 서왕모의 이미지가 점점 완벽해지고 복수福壽를 다스리는 직능도 갖게 되었다."는 것이 전통적인 관점이다. 서왕모의 신분의 변천과정은 대체적으로 세 단계로 나뉜다. 처음 이러한 관점을 제시하는 사람은 모순茅盾149)이었으며 그 이후 학자들도 거의 모순의 견해를 그대로 받아들였다. 마서전馬書田도 그 중에 대표적인 학자인데 마서전馬書田의 ≪중국도교제신中國道教諸神≫150)에서도 세 가지로 분류하고 있다.

서왕모는 본래 서쪽에 있는 원시 부족의 명칭이었다. 곤륜산崑崙山의 동굴에서 살았던 서왕모의 성별性別 또한 확실하지 않았다. 가장 많이 인용되고 있는 〈목천자전穆天子傳〉에는 서왕모가 서역西域에 있는 한 부락의 우두머리였으나 도교가 중국에 퍼지면서 서왕모가 지고지상至高至上의 신령으로 변하였다.151) 〈한무제내전漢武帝內傳〉의 기록에도 서왕모는 많은 신선을 다스리는 지위가 혁혁奕奕한 신이라 하며 서왕모는 나이가 30세쯤 된 온화한 이미지에 점잖으면서도 부귀한 상이다. 이러한 서왕모의 이미지가 도교라는 종교의식을 거쳐 현세까지 전승되어왔다고 본다. 더욱 구체적인 기록인〈고금도서집성古今圖書集成. 신이전神異典〉에는 서왕모가 신주이천神州伊川에서 태어나 성은 구씨이고 이름은 완령 또는 성은 양 이름은 회라 한다. 동왕공東王公과 각각 남녀신선을 다스리는 것을 분담한 것은

149) 茅盾,『신화연구』天津 百花文藝出版社, 1982, pp.88~90.
150) 馬書田, ≪中國神祇文化全書·中國道教諸神≫, 團結出版社, 1998, pp.51~58.
151) ≪天池西王母≫, 우루무치 천지 관광해설서 참조.

남신, 여신을 가르기 위함이고 서왕모 또한, 옥황제玉皇帝와 배필하여 여신선을 다스리는 여신선의 우두머리로 신분이 상승 되었고 서왕모는 딸 7명을 낳은 어머니로 완전한 모성을 지닌 여인으로도 변신한다. 칠선녀七仙女가 바로 서왕모의 일곱 번째 딸이다.

서왕모의 반인반수의 기괴한 모양은 중국 고대의 동물숭배와 토템숭배에서 기원된다. 서왕모는 천하의 재난災難과 형법刑法을 다스리는 천신이 되어 인격화 되는 과정에서 나온 혼합체의 모습이다. 한편, ≪역세진선체도통감歷世眞仙體道通鑒≫권일卷 —152)의 기록에는 ≪산해경山海經≫에 묘사된 서왕모의 모습은 그의 실제 모습이 아니라 그의 사자使者인 백호신白虎神의 모습이라는 반론도 있다. 〈산해경山海經〉에서 서왕모를 천하의 재난災難과 형법刑法을 다스리는 천신天神이라 하였다. 애초에 서왕모는 옥산玉山에 기거하는 신이라는 것이다. 서쪽 곤륜산에 있는 한 부락의 우두머리인 족장이었으나 서왕모에 관한 전설이 신화로 변하면서 서왕모의 모습이 기이한 동물의 무서운 형상으로 바뀐 것이다. ≪산해경≫의 대부분의 신들이 사람과 동물의 혼합체인 것처럼 말이다. 처음 신이 되었을 때 서왕모의 모습은 몸은 사람이고 표범의 꼬리, 호랑이의 이빨을 가지고 있고, 큰소리로 부르짖는 것을 좋아하며 머리카락이 흩어져 있으며153) 사자使者 청조 세 마리가 교대로 곤륜산에서 먹을 것을 갖다 주었다. 이러한 "반인반수의 모습은 라깡식으로 말하면 거울 단계로 진입하기 전의 미분화시기로 인간의 무의식을 반영한 상상계에서 자유로운 무정형된 모습이다"154)라고 말하기도 한다.

---

152) 窪德忠[日] 著, 蕭坤華 譯, 『道教文化探秘縱書·道教諸神』, 四川人民出版社, 1996, p.85.

153) 『이아』에서는 또한 "서왕모는 머리를 풀어헤치고 화려한 머리꾸미개를 꽂았으며, 호랑이 이빨을 지녔고 휘파람을 잘 부는 자"라고 말하기도 하고 서북쪽 곤륜산을 중심으로 여성의 최초의 지도자로 부각시키기도 하였다.

154) 송정화, 『중국신화에 나타난 여신연구』, 고려대 대학원, 2002, p.114.

이어 동한말기부터 도교가 세차게 일어나 서왕모를 존신尊神으로 모시기 시작했다. 이때부터 서왕모의 이미지는 동굴에서 사는 괴수怪獸에서 아름다운 신선으로 변하며 득도得道한 진인眞人으로 신비한 색채를 띤다. ≪목천자전穆天子傳≫155)에서 서왕모가 천제天帝의 딸이라고 자칭自稱한 것은 그의 신분이 높아진 것 뿐 만 아니라 그의 성별 또한 확실시 된 사건이다. 서왕모는 불사약과 신령스러운 복숭아를 소유하고 음력 3월3일 자신의 생일행사 때마다 복숭아 잔치를 열었다. 도교에서는 점차 서왕모를 더 높이 추앙하기 위해 서왕모가 도교의 제일 신인 '원시천존元始天尊의 딸'이라고 날조하여 그의 출신을 높이고, 서왕모의 권능權能을 강조하였다. 동진東晉사람인 갈홍葛洪도 ≪침중서枕中書≫에서 '원시천존元始天尊과 태원성모太元聖母가 동왕공을 낳고 원양부元陽父라고 호를 지어 주었다' 고하고 또 '구광원녀九光元女를 낳고 태진서왕모太眞西王母라는 호를 지어주었다'고 했다. 이때부터 서왕모는 여러 신선들을 다스리게 된다고 했다. 〈고금도서집성古今圖書集成, 신이전神異典〉의 기록에는 서왕모가 신주이천神州伊川에서 태어나, 성은 구緱씨며 동왕공東王公과 각각 남녀신선을 다스리는 것을 분담했다. 서왕모는 옥황제玉皇帝와 배필하여 여 신선을 다스리는 신선의 우두머리가 되었다. 서왕모의 이러한 이미지는 ≪장자편 대종사편大宗師篇≫에서 신선으로 변형되는 과도기적인 기록을 통해 전해오다 도교를 중심으로 민간인에게 크게 유포된다. 〈회남자淮南子. 남명覽冥〉의 기록에도 "후예后羿가 서왕모한테 불사약不死藥을 달라고 했는데 항아姮娥가 훔쳐 먹고 신선이 되어 달로 날아갔다." 라고 하여 서왕모가 불사약을 지닌 존재임을 재확인해준다.

서왕모가 남자였다156)는 기록도 있는 것으로 보아 성별이 확연치

---

155) 전국시대의 기록으로 주나라 목왕의 서쪽 여행기로 환상적인 내용을 담음.
156) 潛明玆, 『中國神話學』, 寧夏人民出版社, 1996, p.67.

않게 전승되다가 '왕모대승王母戴勝'이 내포하는 여성적인 의미로 인해 여성화되었다. 승勝을 여자의 머리 수식이란 뜻으로 한정하면서 여성으로 인정하기에 이른다. 원가袁珂는 서왕모가 남자에서 여자로 전변轉變했다고 주장한다. 최근 연구자료 중에 파해破解〈산해경山海經〉은 서왕모를 외계인이라고 주장하고 있다. 이 이론에 의하면 서왕모와 황제는 외계인이었고(지구가 아닌 다른 천체에서 살았다),157) "서왕모는 황제와 같은 천체에 살면서 황제의 부하였고 "사천지려司天之厲"와 "오잔五殘"은 다 암호인데 어떤 직업을 의미한다고 했다. 또한, 주목왕이 만난 서왕모는 진짜 서왕모가 아니며 그 이유는 서왕모는 지구의 공기를 받아들이지 못하기 때문에 주목왕을 만나기 힘들었으며 주목왕이 보았다던 서왕모는 진짜가 아닌 그의 괴뢰나 로봇이었다라고 해석하기에 이르렀다.

그러나, 서왕모와 목천자의 만남은 3천 년 전에 서역西域과 중원中原이 벌써 교류를 통해 제녀帝女가 서방의 제후諸侯로 여성이었다는 최초의 기록이며 왕모가 요지에서 거주하였다는 것도 입증하는 동시에 목왕과의 로맨스며, 사랑의 화신으로, 여왕과 왕과의 사랑이어서 신이 아닌 인간들의 '성 문학의 시발점'이라 할 수 있다. 규덕충奎德忠은 〈목천자전穆天子傳〉에 대해158) 목천자가 서역에 와서 서왕모를 만나 옥과 비단을 선물하고 요지에서 술잔을 들었다. 이에 서왕모가 목천자를 위해 노래를 부르고, 목천자가 엄산弇山에 올라가 바위에다 자신의 자취를 남기며 홰나무를 심어 "서왕모의 산西王母之山"이란 글자를 새겼는데 이것은 서왕모와 목천자의 만남을 기록한 것이어서 3천 년 전에 이미 서역西域과 중원中原이 교류를 시작했고 서왕모가 요지에 거주한 여성임을 입증한다고 풀이한다.

이처럼, 목왕과 서왕모의 만남은 매우 중요한 의미를 지닌다.

---

157) 丁振宗, 『馬來西亞』, 破解, 『山海經--古中國的X檔案』, 中州古籍出版社, 2001, pp.7~16.
158) ≪天池西王母≫, 우루무치 천지 해설서 참조.

서왕모가 여신女神에서 선인仙人으로, 반인반수에서 인간人間으로, 성별性別 없이 혼합체로 지내다가 남성男性으로 남성에서 젊은 여성女性으로 변전變轉의 변전을 거듭하는데 중요한 모티브가 되기 때문이다. 주목왕 모티브는 선계를 지향하는 인간들의 내면 심리를 나타내준다.

또한, 목왕은 젊어서부터 신선의 도를 좋아해서, 늘 황제처럼 천하를 주유하며 자신의 흔적을 남겨 황제를 본받고자 했다. 목왕이 요지에서 서왕모를 만나 술을 바치자, 사랑에 빠진 모습으로 변모된 서왕모가 노래로 답했다.

흰 구름은 하늘에 떠 있고
산 구릉이 스스로 드러나네
길은 아득하여 멀며,
산천이 가로막고 있으니,
그대여 죽지 말고,
다시 돌아 오소서,

白雲在天
山陵自出
道里悠遠
山川間之
將子無死
尚能復來

이에, 목왕이 화답하였다.

내 동쪽 땅으로 돌아가,
여러 나라를 조화롭게 다스려,
만민이 편안해지면,
당신을 보러 오겠소.

내 3년 안에,
당신의 들로 돌아오겠소.

予歸東土
和治諸夏
萬民平均
吾顧見汝
比及三年
將復而野

위의 노래가 아름답다 하여 당나라 이상은李商隱이 두 사람에 대한 시를 썼다.

요지에서 사는 서왕모가 창문을 열고 부르는
황죽가黃竹歌가 온 천하를 슬프게 하네.
여덟 마리의 준마가 하루에 3만 리를 뛰는데
목왕穆王이 무슨 일 때문에 오지 않는가."

瑤池阿母倚窗開
黃竹歌聲動地哀
八駿日行三萬里
穆王何事不重來

위의 예시에서 서왕모는 서역에 있는 한 부락의 여성 우두머리로 지고지상인 도교의 신령159)이라는 것을 이라는 것을 나타낸다. 위의 시에서 주목왕이 속세의 인간이라면 서왕모는 자연이요, 주목왕이 이성의 화

---

159)『淮南子·覽冥』의 기록:
"후예(后羿)가 서왕모한테 불사약(不死藥)을 달라고 했는데 항아(姮娥)가 훔쳐 먹고 신선이 되어 달로 날아갔다." 여기에는 서왕모가 신선의 모습으로 나타나다.

신이라면 서왕모는 감성의 화신이다.160)

서왕모의 이미지가 점점 완벽해지고 복수福壽를 다스리는 직능도 갖게 되면서, 반도원蟠桃園도 서왕모와 밀접한 상관관계를 지닌다. 반도원은 천지에 있고 그 안의 복숭아나무가 3천 년 만에 한 번 꽃 피고 또 3천 년 만에 한 번 열매를 맺는 것이다.161) 그러나, 도교 경서에 묘사된 서왕모의 아름다운 이미지는 보통 백성들한테는 완전히 받아들여지지 못했다.162) 그녀는 로맨스에는 성공했으나 어머니로서의 인정은 받지 못한 모성성이 배제된 불완전한 여성이며 선인仙人이었기 때문이다.

따라서, 서왕모는 국가명 또는 부족명으로 서왕모, 또는 군주의 인명이 나라를 대표하는 서왕모가 곤륜산 천지를 중심으로 살았던 부족의 장長 또는 여왕女王으로서의 군림 하였으며, 신화로 재창조되어 반인반수로 재난을 관장하는 신으로 존재하다가, 동한 말부터 일어난 도교로 인해 신선으로 전환되어 오늘날까지 부귀영화를 주관하고 선도와 불사약을 지니며 동왕163)의 부인, 옥황의 부인으로 지내다가 중국의 전설적인 임금의 역사와 접목되어 순임금과 연관되어 나타나는 가공架空의 나라, 가공架空의 인물일 수 있다는 것이다. 서왕모의 변이된 모습을 그림에서 확인할 수 있다.

---

160) 송정화, 앞의 논문, p.121.

161) 『서유기』에 손오공이 천장을 어지럽게 했을 때 거의 그 복숭아를 다 먹어버려 서왕모가 크게 화를 냈다

162) 예로부터 백성들은 서왕모를 교만하고 제멋대로이며, 인정(人情)이 없는 악한 여자로 평가해왔다. 동영(董永)과 칠선녀(七仙女), 견우와 직녀 사이를 떼어놓았다는 민간 전설에 의하기 때문이다.

163) 서왕모는 동왕과 함께 천선에 속한다. 특히 중국의 성현들 요. 순. 우. 탕. 공자. 안회 진시황. 조맹덕이 모두 천선에 속하며 하늘은 낙원이며 모든 행복이 존재하는 곳으로 설정함.

西王母   明朝西王母像   元朝瑤池金母像

산해경에 나오는 반인반수의 서왕모→ 명조明朝의 30대 미모의 서왕모→원元대의 서왕모.

도교에서의 왕모낭낭王母娘娘→반도원 세계의 서왕모→서왕모의 7째 딸 칠선녀.

한편, 조선에 중국의 신선사상이 유입된 것은 ≪태평광기≫ 언해가 일반에 보급되면서부터다. ≪태평광기≫가 우리나라에 전래된 시기는 분명하지 않으나 ≪고려사≫, 〈한림별곡〉에 이미 ≪태평광기≫란 책명이 나오는 것으로 보아 고려 고종 이전에 전래되지 않았을까 추측한다. 대략 서기 1101년에서 1213년 사이에 백 년간에 걸쳐 전래되었을 것이라 추정할 수 있다. ≪조선실록≫에 조선조 세조대왕이 양성지에게 ≪태평광기≫

이야기를 해 달라는 기록과 조선 세종때 성임이 가려 뽑은 ≪태평광기 언해≫를 보급시켰다164)라는 기록으로 미루어 난설헌도 ≪태평광기≫를 즐겨 읽고 도교의 선계사상이나 선경 묘사를 사실적으로 표출한 유선사를 노래하지 않았을까 추정할 수 있다. ≪태평광기≫에 나오는 선경은 인간세상서 볼 수 없는 아름다운 장식물과 동식물이 조화를 이루는 평화로운 세상이다. 난설헌 시에 나오는 선경도 이와 흡사한 것으로 보아 비교 고찰하면 더욱 확연해 질 것이다. 우리나라에 유포된 ≪태평광기≫언해에 기록에,

> 서왕모는 구령태묘귀산금모九靈太妙龜山金母이며 또 다른 이름은 태허구광귀대금모원군太虛九光龜臺金母元君이다.
> 서왕모는 서화西華의 지극히 신묘한 분이며 동음洞陰의 지극히 존귀한 분이다.
> (중략)

존귀한 분이다라고 하였다. 중략된 부분에 나타난 서왕모는 화려한 머리꾸미개를 꽂고 호랑이 무늬 장신구를 차고 있으며, 그 왼쪽에는 서녀, 오른쪽에는 우동이 시중들고 있다. 신주는 곤륜산165)의 동남쪽에 있다. 때문에 『이아爾雅』에서는 "서왕모의 눈 아래에 있는 곳이 바로 그곳이다."라고 말하고 있다. 『이아』에서는 또한 "서왕모는 머리를 풀어헤치고 화려한 머리꾸미개를 꽂았으며, 호랑이 이빨을 지녔고 휘파람을 잘

---

164) 김일근 편교,『태평광기언해』, 박이정, 1990, p.3~4.
165) 서왕모가 사는 궁궐은 龜山과 春山에 있는 西那都·崑崙圃·閬風苑이다. 천리마다 성이 있고, 12개의 玉樓·瓊華闕·光碧堂·九層玄室·紫翠丹房이 있다. 왼쪽으로는 요지가 띠처럼 감싸고 있으며, 오른쪽으로는 취수가 둘러져 있다. 산 아래에는 깊고 깊은 약수가 있는데, 큰 물결이 만 장(丈) 높이로 넘실거리기 때문에, 飄車(바람을 모는 수레)와 羽輪이 아니면 그곳에 있을 수 없다. 이른바 玉闕은 하늘에 이르며, 綠臺는 창천에 닿아 있다. 靑琳宇·주자방에는 옥으로 장식된 채색휘장이 이어져 있고, 맑은 달은 사방을 환하게 비춘다.

부는 자"라고 말하고 있는데, 이는 서왕모의 사자인 금방백호신이지 서왕모의 진짜 모습은 아니다. 원시천왕은 서왕모에게 '방청원통구산구광목'을 주고서는 온갖 신령들을 제어하고 불러 모으며, 진인과 성인들을 총괄하고, 맹세를 감독하며 신표를 증명하면서, 여러 하늘의 의례를 관리하도록 했다. 서왕모는 천존과 상성이 조회를 열거나, 연회를 베풀거나, 사건을 판결하는 자리에 모두 다녀왔다. 『상청보경. 동옥서』166) 등을 가르치고 전해주는 일은 모두 서왕모가 주관하는 일이다.

≪태평광기≫의 기록 또한 앞장에서 밝힌 서왕모의 정체성과 일치한다.

따라서, 조선에서도 서왕모는 천재天災를 다스리는 여신, 동왕과 더불어 서쪽을 다스리는 여왕, 장생불사를 주관하는 여선, 임금을 돕고, 백성을 다스리는 전지전능한 여신으로 인지되어 있음을 알 수 있다.

3. 난설헌과 소설헌 시에 나타난 서왕모의 실체

1) 난설헌의 거울보기 : 영생의 공간, 서왕모 국가

동한東漢 말엽에 사람들은 현실을 도피하려는 심정으로 선경 낙원을 추구하게 되고 낙원을 다스리는 서왕모에 대해 무한한 동경을 품게 된다.167) 그러나, 선계는 가고 싶다고 갈 수 있는 곳이 아닌 현실 세계 너

---

166) (중략) 또한 주나라 목왕때에는 팔준마와 칠화사에게 명하고, 조보에게 수레를 몰게 하여 서쪽 곤륜산에 오르도록 했는데, 곧 서왕모에게 손님으로 간 것이었다. 주나라 목왕은 백규와 중금을 가지고 가서 서왕모에게 새를 선물하였는데, 『주목왕전』에 자세히 기록되어 있다. 이후 한나라 궁궐로 강림했다는 것은 『한문제전』 안에 기록되어 있어 여기에는 중복해 싣지 않는다. 『집선록』, 이방 모음, 김장환 옮김, 『태평광기』 3, 학고방, pp.133~138.

167) 송정화, 앞의 논문, p.216.

머에 있는 공간이며 거짓된 공간이 아닌 가능성 있는 공간이다.168)

조선에 살았던 난설헌도 도교에 심취하였다. 조선이 유교를 국시로 하는 나라여서 유교적인 시가가 풍미하던 조선 중기에 난설헌의 시에만 유독 선계나 신선이 많이 등장한다. 조선시대를 통틀어 어느 누구의 시에서도 볼 수 없는 기이한 현상이다. 난설헌의 시 가운데 선계를 그린 시는 〈유선사〉 87수를 비롯해 그녀의 시 210여수 가운데 60%가 선계나 신선에 관한 시다. 그녀의 시에 나타나는 여선들은 옥비, 서왕모, 상원부인, 허비경, 동쌍성, 복비, 채소하, 남악부인, 마고, 농옥, 능화, 서한부인, 동황장녀, 단릉공주, 옥진군, 후토부인, 옥녀 등이다.

위에 열거된 여선들의 이름만 보아도 얼마나 많은 여선들에 심취되어 살았는가를 알 수 있다. 난설헌이 응신凝神과 적조寂照의 세계에서 자신의 내면을 비추어 보는 세계에 빠진 것이다. 그중에서 가장 난설헌에게 영향을 미친 여선은 아마도 서왕모일 것이다. 난설헌은 영생의 나라 서왕모의 국가로 가기 위해 명상하며 신령이 깃든 거울을 보며 신비의 세계로 빠진다.169) 〈유선사〉 첫째 수부터 서왕모에 대한 노래다.

> 천년 요지에서 목왕을 하직하고
> 잠시 청조를 앞세워 유랑을 찾는데
> 날 샐 녘 천상의 생소 소리에 돌아오니
> 시녀들이 하얀 봉황 타고 따라 오네

> 千載瑤池別穆王
> 暫敎靑鳥訪劉郞
> 平明上界笙簫返
> 侍女皆騎白鳳凰

---

168) 동아시아고대학회, 『동아시아 고대인의 영혼관』, 2003년도 국제학술대회, p.195.
169) 갈홍, 앞의 책, 거울보기로 명상하며 신선과 마주하며, 미래를 점침, pp.207~214.

유선사 첫 수이니 주목왕과 서왕모와의 가연佳緣보다는 개벽開闢을 실어야 함이 원칙이나 난설헌은 삼황오제三皇五帝의 신화를 취하지 않고 바로, 주 목왕과 한무제(유랑)의 고사에서부터 시화한 것이 서사적이다. 서왕모가 살았다는 선경 요지에서 주목왕을 하직하고 나선다. 서왕모의 사신이며 서왕모에게 먹이를 날라 준다는 청조170)를 앞세운다. 청조는 천상에서 하강하는 신비로운 여선인 서왕모를 매우 상서롭게 해주는 역할을 한다. 유철이라고도 하는 한 무제인 유랑을 찾아 나서는데 날이 새자 생소 소리에 맞추어 서왕모의 시녀들이 일제히 봉황새를 타고 화려하게 따라 나오는 장면은 도교적인 종교체험으로 들어서는 서막序幕임을 알린다.

한가히 청낭 풀고 신선 경전 읽는데
이슬 바람과 희미한 달, 계수나무 꽃 성글고
서왕모 소녀가 봄이라 할 일이 없어
웃으며 비경에게 보허사를 부르라시네

閑解青囊讀素書
露風煙月桂花疎
西妃小女春無事
笑請飛瓊唱步虛

유선사 8수에서는 곽박郭璞에게서 받은 푸른 주머니를 풀어 경전을 읽는 신선들의 공부하는 광경이다. 곽박은 푸른주머니에 도가의 술서術書를 넣어 간수함을 자랑했다. 서왕모의 시녀도 손님이 없어 한가하게 도경을 읽고 있다. 이때 서왕모가 여선인 성이 허씨며 생황을 잘 불렀다는 선녀 비경에게 〈보허사〉를 부르라고 했다는 것이다. 〈보허사〉는 도사가 허

---

170) 머리털은 붉고 눈은 검다. 그 새의 형상은 몸의 깃털은 파랗고 서왕모의 왕림을 알리는 새로도 나온다.

공을 거닐며 경經을 읽는 노래로 도관道觀에서 제창했다고 하는 악곡이며 우리나라에서도 고려 이후 오늘날까지 전하고 있다. 서왕모의 한가로운 생활과 선녀들의 일과를 엿볼 수 있다.

> 고래 탄 한림학사 백옥경에 예 올리자
> 서왕모 반가워 벽성에서 잔치 베푸네
> 손으로 채색 붓날려 옥자를 쓰니
> 취한 얼굴 오히려 청평조 바침과 같네
>
> 手展彩毫書玉字
> 王母相留宴碧城
> 手展彩毫書玉字
> 醉顔猶似進淸平

선계로 올라 신선이 되었다는 시선 이백에 대한 노래다. 인간은 죽으면 누구나 신선이 된다. 육체의 무거운 껍질을 벗게 되면 훨훨 날 수 있는 신선이 되는 것이다. 이백이 선계로 올라왔다는 소리를 들은 서왕모가 반가워 벽성에서 이백을 위해 잔치를 베푼다. 이때 이백도 응답하기를 구슬 옥玉자를 날려 써 왕모에게 바치니 그때의 모습이 '이백이 취한 얼굴로 청평조시를 당 현종에게 바치던 모습과 같다'라는 '사실史實과 상상想像'과의 접합이 이루어낸 노래다. 난설헌은 이처럼 현실과 상상의 세계를 넘나들며 시를 썼던 것이다. 이런 글쓰기 수법도 시선인 이백과 같아 환상과 상상에서 꿈을 매개로 마음껏 자유를 누렸던 두 시인이었다.

> 선녀 무리 가운데 가장 이름 있어
> 열 번이나 서왕모 모시고 선도 먹었다네
> 한가로이 잡고 있는 붓, 손보다 흰데
> 말하기를 월궁의 하얀 토끼털이라 하네

玉女群中價最高
十陪王母喫仙桃
閒持玉管白於手
道是月宮霜兎毫

　　서왕모를 모시고 선도를 먹었다는 자랑이다. 선도는 사악함을 피하
는 것으로 인식하였으나 선물仙物로 변화되어 나타나면서 불사약과 혼동
하여 쓰이고 있다. 늙지 않고 오래 산다는 것이 지상적인 '최고의 도道며
신선의 도'인데 자신이 여선들 가운데 그래도 이름이 나있어 한 번 먹기
도 힘든 선도를 열 번이나 먹었다는 우쭐함이 배어 있다. 뿐만 아니라 하
얀 토끼털로 만든 붓으로 글을 쓰는 하얀 손이 대비되어 있어 난설헌 자
신이 선녀임을 재차 자랑하는 노래다.

　　　　자양궁 궁녀가 단사를 받들고
　　　　서왕모의 영으로 무제의 집을 지나다가
　　　　창 밑에서 우연히 동방삭을 만나 웃었네
　　　　이별 후 기수나무는 여섯 번이나 피었다네

紫陽宮女捧丹砂
王母令過漢帝家
窓下偶逢方朔笑
別來琪樹六開花

　　서왕모와 한무제 그리고 동방삭에 얽힌 고사가 주요 제재다. 한의 무
제 때의 기록이라 전해지나 실은 육조기의 위작僞作이라는 ≪한무내전≫이
다. 이 책은 서왕모가 무제를 방문한 이야기를 쓴 것인데 그 때의 서왕모
의 정체는 '나이는 30쯤 되고, 키는 크지도 작지도 않고 자태姿態는 고우
며 절세絶世의 용색容色을 지닌' 여성으로 되어 있다. 16, 17세 되는 시녀

를 앞세우고 푸른 비단옷의 웃옷과 황금색 치마를 두른 신비하고 존귀한 몸으로 강림하는데 이것은 고대 신화에 비로소, 미적 관념이 부가된 흔적을 보이는 전형典型이라 하겠다. 그리고 한무제와 같은 '정욕이 아직도 왕성한' 인물에게는 주기를 거부했지만, 서왕모는 단사로 만든 불사약을 가지고 있었다. 창밑에서 우연히 마주친 동방삭은 한무제 사람으로 서왕모의 선도를 훔쳐 먹어 장수하였으므로 '삼천갑자三千甲子'라 불리고 있다. 기수나무는 여섯 번이나 꽃을 피웠다는 선계의 시간개념이다. 한 번 꽃 피우는데 500년이라고 하니 6번을 곱하면 3000년이 된다. 결국 이 노래는 한무제에게 불사약을 주지 않은 지 3000년이 흘렀다는 기록을 노래한다.

　　붉은 촛불 같은 달이 찬란한 하늘에서 지는데
　　해가 궁전 앞 난간의 옥화로 위에 뜨네
　　끝없는 난새와 봉황이 서왕모 따라서
　　동황님 일만 년의 수를 누리시라 하례하네

　　絳燭螢煌下九天
　　日升螭陛玉爐煙
　　無央鸞鳳隨金母
　　來賀東皇一萬年

　　동쪽을 주관하는 봄의 신 동황님께 '일만 년 축수'를 노래하는 시다. 끝없는 난새의 아름답고도 신비로운 모습과 상서로운 새들인 봉황이 서왕모를 쫓아서 나는 선계의 광경이 황홀하고 장엄하다. 난설헌이 일만 년의 수를 누리시라고 동황께 하례를 올리는 것으로 보아 서왕모의 산 곤륜산에서의 놀이는 일단락 된 것이다. 서쪽의 여왕과 동쪽의 왕이 우주를 지배하는 위엄 있고 화려한 선계의 하늘에서 권위가 묻어난다.
　　이처럼 난설헌 시에 나오는 서왕모의 정체는 선계의 여신이며, 여선의 우두머리다. ≪태평광기≫처럼 청조와 봉황을 앞세우는 위엄 있는 여선이다. 한무제와 목왕, 동왕과의 관계에서 서왕모는 천하를 나누어 다스리는 관계로 설정되어 있어 매우 긍정적이다. 서왕모는 인간들이 모두 탐내는 불사약도 있고 선도도 있고 항상 반도원에서 잔치를 주관하는 자비로운 여선으로 존재한다. 이 세상에 없어서는 안 되는 서왕모의 존재는 난설헌에게는 조물주와 같은 존재며 어머니와도 같은 따스한 인도자로 이상국가의 이상형의 여성이다.

난설헌은 마음속에 욕심을 버리고 가슴 속을 맑게 하여 평정한 마음으로 자신의 내면을 비추는 거울보기의 적조寂照를 거쳐 심신을 수련하고, 자기 투사投射 방식으로 27세에 영생의 고장인 선계(불사不死의 땅)로 떠난다. 자신이 선택한 죽음이었고 지상地上을 탈출한 성공 비행이었다. 난설헌은 비거飛車를 타고 서왕모 국가로 가기 위해 서왕모의 분신처럼 화관을 쓰고, 향을 불사르며, 청낭에서 경전을 꺼내 외우며, 거울 보며 신선 만나기를 시도하다 서왕모의 선도仙桃를 먹고 완전한 자유의 나라로 회귀回歸한 것이다.

2) 소설헌의 운명과 자유 : 여선이 되는 숙명宿命

자연은 사물과의 만남이요, 만남은 별과의 만남이다. 운명이 그대로 자기의 자유에 화해해 나가는 것이 도가의 자연이다.171) 선도仙道에는 숙명의 사상이 있다. 난설헌과의 운명적인 만남, 조선과 중국의 운명적인 만남이 우연이 아닌 필연이 되어 신선의 도를 믿고, 믿고 좋아하는 자유가 있고, 선법을 배우는 여인이 되어 도관에 들어가 종적을 감춘다.

중국은 조선보다 ≪태평광기≫를 비롯한 도교 책이 더 널리 보급되

---

171) 갈홍, 앞의 책, pp.246~256.

었고 자국의 언어로 쉽게 읽을 수 있다는 장점을 가진 소설헌의 시에 나타난 선경과 서왕모 신선사상 등을 짚어 보고자 한다.

소설헌少雪軒은 경란景蘭의 호이며 경란이라는 이름도 허난설헌을 사모해서 지은 이름이다.

소설헌은 난설헌보다 선계시는 적다. 소설헌의 〈유선사〉에 나타나는 여선들은 옥비, 서왕모, 상원부인, 허비경, 동쌍성, 복비, 채소하, 남악부인, 마고, 농옥, 능화, 여와 등이다. 소설헌 시에도 많은 영향을 끼친 신선은 단연 서왕모다.

　　　한가롭게 서왕모 따라 요단에 오르니
　　　오래도록 부는 강풍에도 춥지 않다
　　　동산 속 대낮인데 두 백록이 졸고 있고
　　　주렴 앞에는 붉은 난새가 다수 있네

　　　閑隋金母上瑤壇
　　　陳陳罡風吹不寒
　　　園裏晝眠雙白鹿
　　　簾前七十二紅鸞

서왕모가 살았다는 천지의 요단이다. 옥황상제와 배필이 되었다는 서왕모는 칠선녀를 낳은 어머니다. 왕모는 곤륜산 부족의 족장이었다가 선인으로 된 것은 '천인합일天人合一, 인신합일人神合一'사상의 철학관의 형태라고 본다. 이러한 철학의 형태는 장생불로長生不老를 위한 불사약을 제조하게 된다. 이러한 선계의 배경 속에서 반도원蟠桃園은 도화나무가 삼천년에 한 번 피는 '요요작작夭夭灼灼, 연기대록胭肌帶綠'172)의 선경이다. 서왕모를 따라 요단에 오르니 추운 겨울인데도 그곳은 춥지 않다. 대낮이라

172) 《詩經》 國風, 周南, 桃夭 "싱싱한 복숭아나무에 꽃이 활짝 피었네".

백록이 졸고 있고 태평을 구가謳歌하는 붉은 난새가 화려하게 펼쳐 있는 상서로운 광경이며 '왕모王母 낭낭娘娘'에 대한 찬양이다.

> 천종과 만곡의 노을 다 먹었으나
> 돌아가 복숭아꽃 심는 것만 같지 못하이
> 도화가 열매 맺은 지 삼천 년
> 서왕모 문 앞에는 수레가 메워지네

> 餐盡千鍾萬斛霞
> 不如歸去鍾桃花
> 桃花結子三千歲
> 王母門前塡玉車

서왕모의 선도仙桃173)를 얻기 위해 모든 수레가 즐비하다. 요단은 서왕모의 선도를 먹으려고 찾은 방문객의 수레로 메워질 지경이다. 손오공이 선도를 모두 따 먹어 서왕모가 화를 냈다는 고사가 있고 동방삭은 서왕모의 선도를 훔쳐 먹었다. 선도에 대해 ≪산해경≫에서는 "여기(부주산不周山)에 아름다운 과실나무가 있어 그 열매는 복숭아와 같고 그 잎은 대추나무 같고 노란 바탕에 붉은 빛을 띠고 이것을 먹으면 죽지 않는다. (원유가과爰有嘉果, 기실여도其實如桃, 기협여조基叶如棗, 황화이적부黃華而赤付, 식지불로食之不老)"라 하며 먹으면 죽지 않는 과실이어서 '왕모도王母桃'라고 부르기도 하였다. 왕모는 자신의 생일 3월 3일에 천궁 요지에서 반도회蟠桃會를 크게 여는데 반도회에 대한 청淸나라 시 〈죽지사竹枝詞〉 가운데 〈도문잡영都門雜咏〉174) 이 있다.

....

173) 『洛陽伽藍記』 권1, 선인의 복숭아 그 색은 붉고 겉과 속이 투명하고 서리 내리면 곧 익고 역시 곤륜산에서 나온다. 그것을 왕모도라 한다. 有仙人桃, 其色赤, 表裏照徹, 得霜卽熟, 亦出崑崙山.一日王母桃.

삼월 초삼일, 봄날에
반도궁 안에 향香불 사름을 보네
강가 주변에 바람이 가볍게 일고
온갖 수레 먼지가 온 땅에 자욱하다

三月初三春正長
蟠桃宮裏看燒香
沿河一帶風微起
十丈紅塵匝地揚

각계의 선인들이 모여 선계의 큰 행사가 열리는데 왕모는 이때 제일 여
선이 되어 16, 7명의 여신선을 거느리고 절세미인의 모습으로 군림한다. 이
때 선도를 먹기 위해 즐비한 수레가 먼지를 일으키며 서왕모의 집 앞에 머물
러 있는 광경에서 '선도의 위력威力'과 '서왕모의 신력神力'을 느낄 수 있다.

일찍이 구씨 여인 만나 곤륜산에서 마시며
웃으며 술잔 들고 상원 부인과 만나다
넉넉히 여덟 마리 천리마 얻어 말굽 뚫으니
목왕은 무슨 일로 헌원을 배우려하나

曾逢緱女飮崑崙
笑把瑤觴接上元
贏得八驄蹄已穿
穆王何事學軒轅

주나라 목왕175)과 서왕모에 대한 고사가 제재다. 성姓이 구緱씨인 서

174) 馬書田, 『中國神祇文化全書・中國道敎諸神』, 團結出版社, 1998, p.50.
175) 주목왕은 이름이 만이고 방후의 소생이며 소왕의 아들이라고 한다. 소왕이 남쪽으
    로 순행 나갔다가 돌아오지 않자 목왕이 왕위에 올랐는데, 그 때 나이 이미 50세였
    다. 왕위에 오른 지 54년 되던 해 그는 104살이 되었는데 젊어서부터 신선의 도를

왕모가 인간 세상에 내려올 때 항상 상원부인176)을 동행하기 때문에 한 무제를 만났을 때도 함께 있었다. 목왕이 서쪽으로 여행하여 서왕모를 만나 정교한 벽옥과 견물을 선물한 후 서왕모와 시를 주고 받았는데 이 시가 최초의 선가仙家 문학이며 그 표현 또한 훌륭하다는 평가다.

주목왕이 그 후 곤륜산에 올라 헌원의 궁전에서 놀며 종산의 봉우리를 바라보며 천제의 보물을 구경하고 왕모산에 문자를 새겨 사적을 기념한 글을 현포에 남겼으며 그 주변의 진귀한 보물을 가지고 돌아와 중국에서 양식했다는 것이다. 세계 팔방의 끝을 주유하며 환락을 극도로 누린 후 돌아왔다는 고사177)를 인유한 것은 주목왕의 호기심 많은 주유천하周遊天下에 관심을 표현한 증거다. 목왕은 곤륜산에서 봉산의 석수를 마시고, 옥수의 열매를 먹었으며, 군옥산에 올라 하늘로 비상하는 신비한 도를 터득한 후 서왕모와 함께 구름을 타고 떠났다.178)

소설헌의 〈유선사〉에 나타난 서왕모에 대한 묘사도 난설헌과 같다.

서왕모가 살고 있는 곤륜산 요지의 화려함과 한가로운 선계의 풍경에서부터 출발하여 서왕모가 살고 있는 궁궐 앞이 수레로 메워지는 정경에서 서왕모의 선도의 위력은 삼월 삼일 반도원에서 해마다 열리는 서왕모의 잔치에 대한 화려함을 더해주는 것이다. 마지막으로 서왕모와 주목왕과의 노래로 이어지는 고사를 통해 주목왕이 헌원을 배워 백왕의 으뜸

좋아해서, 늘 황제처럼 천하를 주유하며 자신의 흔적을 남겨 황제를 본받고자 했다.

176) 상원부인은 두 번째 서열의 여선으로 서왕모와 함께 항상 동행한다.

177) 목왕이 8마리의 준마를 타고 응으로 달려가면서 조보에게 말을 몰게 하고 흰 여우와 검은 오소리를 잡아 물의 신 하백에게 제사를 지냈다. 하백은 수레를 끌어 약수를 건네주고 물고기·자라·악어로 다리를 만들어 주어 목왕은 마침내 용산에 오르게 되었고 요지에서 서왕모에게 술을 바치게 되었다는 이야기다. 목왕은 이곳에서 윤회를 만나 신선을 배우고자 했던 것이다.

178) 『선전습유』, pp.63~64.

이며 천지에 교화를 두루 미칠 수 있는 비술秘術도 지닌 황제黃帝 헌원을 배우고자 했다는 것이다.

소설헌은 서왕모를 선계의 여왕이며 남성을 다스릴 수 있는 존재로 인식하고 있다. 따라서, 선도를 지니고 있고, 선도를 나누어 주는 신령스러운 왕모王母로 인식하며, 반도원의 화려한 잔치를 그리며 서왕모와 같은 삶을 누리고 싶어한다. 그런 면에서 주목왕의 예를 인유해 헌원 같은 존재로까지 될 수 있는 비술秘術은 서왕모만 지닌 '신력神力과 권력權力'이라는 것이다. 소설헌은 서왕모를 선계의 여왕이며 여선의 우두머리며 목왕이나 한무제도 다스릴 수 있는 조화의 여선으로 경모하고 있었다.

4. 신령한 여선인 서왕모

서왕모의 조령사상이 어떻게 난설헌과 소설헌의 문학에 투영되었는가를 파악하였다.

서왕모는 서쪽 부족의 여왕인데 신으로 추앙되어 위엄과 위압을 주는 반인반수의 여신으로 존재하다. 목왕과의 만남의 전설로 인해 아름다운 30대의 금모金母로 다시 재창조되고, 여왕으로 승격되어 중원과 서북지방의 문화, 역사, 정치, 경제를 연결지어주는 교량역할을 하다가, 반도원蟠桃園이라는 선계를 설정하여 재난災難을 평정해 주고 불사不死를 관장하는 여신선의 우두머리로, 선계로 진입한 여선의 우두머리가 되어 동왕의 부인, 옥황의 부인 역할을 한다. 불사약을 관장하던 중에 항아가 불사약을 먹고 달아난 사건과 칠선녀의 전설로 인해 민간인에게 친숙하지 못한 존재로 전락해 불모성으로서 남아 있다. 최근에는 외계인이라고 주장하는 연구가 나올 정도로 황당한 여선으로 인식 된다.

기존의 문헌과 역사적 고찰에서 부족이름, 국가 이름, 서쪽을 관장하는 왕모, 금모인 서왕모는 결국 서쪽을 다스리는 여왕이었다가 반인 반수로 창세신화의 주인공이 되어 ≪산해경≫에 삽입되었다가 주목왕과 로맨스를 벌이는 30대 미모의 여왕으로 ≪목천자전≫에 다시 기록되었다. 동쪽을 다스리는 상상의 동왕과 함께 서쪽을 다스리는 여왕이 되어 재난을 다스리고 반도세상을 열어가는 여선의 우두머리로 도교적인 변전을 하다가 민간전설로 전승되어 왕모낭낭王母娘娘의 주체가 된다. 이때에는 긍정적인 여선의 우두머리보다는 모성성이 없는 어머니로 견우와 직녀의 사랑을 훼방하는 여신으로 백성들에게 교만하고 인정 없는 여선으로 전락한다.

서왕모의 존재는 여러 형태로 혼합되어 내려오는 변전變轉의 모습으로 문헌에 산재散在되었다. ≪산해경≫에서의 반인반수의 모습 ≪목천자전≫에 나타난 30대의 미모의 여왕, ≪한무제전≫에 나오는 불사약과 선도를 지닌 여선의 우두머리 등 세 가지 형태가 주류를 이루고, 후에 도교에 '왕모낭낭王母娘娘'이라하여 내려오는 전설에는 칠선녀를 낳은 모성으로까지 존재하고 더 나아가 남녀 간의 사랑을 이어주는 가교架橋 역할도 한다. 이때의 서왕모의 정체성은 민간인들에게 외면당하는 존재다. 긍정적이며 매우 신령스러운 조령祖靈신에서 부정적이며 인색하고 못된 여선으로 부각되어 전승된다.

이러한 정체성을 지닌 서왕모가 한국에서는 ≪태평광기≫가 번역되어 보급되면서 신선사상을 꽃피우는데 난설헌의 〈유선사〉가 그 중심이 된다. 서왕모는 난설헌에게서는 조물주와 같은 창조신, 선도를 지닌 신령한 여선으로 비춰진다. 그녀는 서왕모와 목왕과의 로맨스도 즐기며 그 같은 삶을 좇고자 도교 경전을 배우는 서왕모의 시녀의 존재로 인식하고 있다.

소설헌도 서왕모의 존재를 일찍이 알았듯이 서왕모가 사는 요단의 정경이 평온하고, 서왕모의 선도를 먹으러 오는 많은 수레 가운데 소설헌도 들어 있다. 화려한 반도원의 잔치 가운데 왕모도王母桃를 먹는 즐거움 속에서 살아가고자 한다. 주목왕과 서왕모의 만남 속에서 주목왕이 헌원이 되어 나라를 통치하고 싶은 욕망을 알아차리는 기지奇智도 지닌 여선이다. 소설헌은 실제 도관에서 생을 마친다.

두 시인에게 있어서 서왕모는 현세의 고통을 벗어나게 해주는 여선이며 여왕이었다. 서왕모는 부족의 여왕도 아니고 반인반수의 여신도 아닌 다만, 복을 나누어 주고 재난을 없애주고 선도를 먹게하여 영원히 살게 하는 유토피아의 여신선의 우두머리로 자리 잡고 있었다.

임윤지당

1. 조선조 최고의 여성 성리학자

　여성 주체성의 측면에서 볼 때 가부장제적 사회의 가장 큰 문제점은 여성을 남성보다 열등한 존재로 인식하도록 사회화해 온 데 있다179). 열등한 존재로 사회화된 여성은 남성과 동등한 가치를 지닌 인간으로 살아가는 것이 아니라 남성에게 지도 받으며, 남성을 돕는 존재로 살아갈 때 그 사회적 가치를 인정받게 된다. 우리의 전통사회에서 이러한 여성상을 재생산하는 이념적 기저에는 유교가 있었다. 그렇게 때문에 유교는 동양 사회에서 가부장적 권력을 재생산해낸 주범으로 몰려 현대의 페미니스트들과는 거의 적대적 관계를 유지하고 있는 것처럼 비쳐진다180). 유교적 사회는 '삼종지의'를 내세워 여성을 일생 동안 남성에게 묶어 두었다. "부인에게는 삼종지의가 있고, 오로지 할 도리가 없다. 그러므로 시집가기 전에는 아버지를 따르고, 이미 시집가서는 남편을 따르며, 남편이 죽으면

179) 벨훅스 지음, 박정애 역,『행복한 페미니즘』, 백년글사랑, 2002. p.45.
180) 한국유교학회 편,『유교와 페미니즘』, 철학과 현실사, 2001.

아들을 따른다."181)

'오로지 할 도리'가 없는 여성을 강조하는 이 구절에 의하면 여성은 일생 동안 자신의 의지로 결정할 수 있는 일이 없다. 자신의 일은 아버지, 남편, 아들로 지칭되는 남성이 결정하며, 여성은 이 결정에 따르기만 하는 수동적 존재일 뿐이다. 여성은 부덕이라는 이름으로 삼종지도에서 벗어나지 않는 행동양식을 내면화시키고 준수하기를 강요받았다. 만약 이에서 벗어나게 되면 작게는 윤리적 비난을, 심하게는 사회적 불이익을 감수해야만 했다.

실제로 우리 전통사회에서 여성들의 행동반경은 '뜨락 안'으로 제한되었다. 유교적 이념에 따르면, 여성의 행동영역은 '내內'가 정위正位이기 때문이다. "가인은 여자가 안에서 위치를 바로 하고, 남자가 밖에서 위치를 바르게 함이니, 남녀가 바른 것이 천하의 대의人義이다182)." 여자는 안의 일을 남자는 바깥일을 보는 것이 천하의 대의人義이고 이를 벗어나는 것은 천하의 대의를 어지럽히는 것이 되기 때문에 용납될 수가 없다는 인식에서 여성차별은 기인한 것이다.

이러한 가치기준에서, 여성의 사회적 활동은 여성의 능력 유무有無나 사회적 공과功過를 떠나서 사회활동, 그 자체가 비난의 대상이 되기 때문에 여성의 활동영역은 자연히 가정 안으로 제한될 수밖에 없었다. 결국 유교적 사회의 규범적 여성은 비주체적이고 비사회적인 존재일 수밖에 없었다. 따라서 성리학적 이념이 더욱 완고하게 경직화 현상을 보인 조선후기 이후 여성이 주체성을 자각하고 사회적 공민으로서의 권리를 획득

---

181) 『十三經注疏』 4, 「儀禮」 권제30, 예문인서관인행.
　　婦人有三從之義無專用之道 故未嫁從父 旣嫁從夫 夫死從子.

182) 『주역』 부언해3, 권13 家人卦, 학민문화사, 1990. p.87.
　　家人女正位乎內 男正位乎外 男女正 天地之大義也.

하는 과정이란 곧 여성의 '탈유교화'의 과정일 수밖에 없을 것이다. 이러한 인식이 오늘날 유교계와 페미니스트들의 불화로 표출되고 있다고 여겨진다.

그런데 성리학적 이념이 경직화되는 모습을 보이면서 여성억압이 최고조에 다다랐다는 조선후기에 "내가 비록 부녀자이지만 천부적으로 부여받은 성품은 애당초 남녀가 다름이 없다."[183]고 선언한 여성이 있었다. 그녀는 조선시대에는 드문 여성 성리학자라 할 수 있는 임윤지당(1721~1793)이다.

윤지당은 노은 임적과 윤부의 따님이었던 파평윤씨 사이에서 출생하여 임성주와 임정주 등 남자형제들과 같이 학문을 논하면서 자라났다. 신광유에게 출가하였으나 일찍 남편을 여의고, 슬하에 자식이 없어 양자를 들여 양육하였으나 그마저 윤지당보다 앞서 세상을 떠났다. 조선시대 여성을 평가하는 기준으로 보면 그다지 평탄하다고 할 수 없는 일생을 살았다. 윤지당의 일생은 여러모로 조선시대가 규정한 '규범적 여성상'에 부합하지 않았음에도 불구하고 그녀는 조선시대의 바람직한 여성으로 평가받으며 가문 구성원의 절대적 신임 속에 일생을 마쳤다. 그녀의 사후 친정동생 임정주와 시동생 신광유는 윤지당이 생전에 지은 글을 모아 『윤지당유고』를 간행하고 이것도 하늘의 뜻이라고 하였다[184].

조선시대에 윤지당이라는 여성이 존재하였다는 것은 여러 의미에서 예외적 사건에 해당한다. 무엇보다도 윤지당의 특이성은 그녀가 성리학자로서 조선시대에 가해지던 여성 차별이 성현의 뜻에 어긋난다고 지적하

---

183) 이영춘, 『임윤지당』, <극기복례위인설>, 혜안, 1998. p.205.
　　噫 我雖婦人 而所受之性 則初無男女之殊

184) 『임윤지당』, p.284.
　　今日印行 抑亦非天意也歟

며 이를 넘어서고자 시도하였다는 점과 그것이 타인들에게 수용되었다는 점이다. 공교육기관에서 제도적 보호를 받으며 학자이자 문인으로 성장하였던 조선시대 남성들과 달리 여성들은 철저히 교육에서 소외되었고 여성의 학문적 재능은 부정되었다. 이러한 시대에 윤지당이 자신의 학문적 능력을 발휘하고 가문 구성원의 존경을 받으며 일생을 마쳤다는 점은 매우 예외적이라 할 만하다.

전통사회에서 한자는 문자 이상의 상징성을 띠고 있다. 한자는 공적 담론의 도구였고, 남성들의 문자로 간주되었다. 여성이 가정 안에 갇혀 일생을 지내며 공적 영역으로 진출하는 것이 철저하게 통제되고, 남성과 여성의 역할이 엄격하게 구분되었던 조선시대에 여성들이 한자로 저술활동을 한다는 것은 자부심이자 금기에의 도전으로, 여기에는 엄격한 자기 검열이 요구되었다. 윤지당은 이 같은 시대적 관습에 굴하지 않고 자신의 학문과 저술 생활을 지속적으로 유지하고 이를 굳이 숨기지도 않았을 뿐 아니라 오히려 여성을 차별하는 것이 성인의 뜻에 어긋난다고 피력하였다. 윤지당의 여성에 대한 이러한 인식은 명민한 개인적 자각으로 끝나지 않고 후세 강정일당 등에게까지 영향을 미쳤다는 점에서 의미를 찾을 수 있다.

이 글은 여성성리학자 윤지당이 조선시대 여성들에게 가해졌던 편견을 뛰어넘어 인간으로서 자신을 자각하고 주체성을 확립하게 되는 과정과 그에 대한 성리학의 역할을 1. 여성 교육론. 2. 정치론. 3. 여성성인론. 4. 저술론으로 구분하여 살펴보고자 한다.

2. 여성 교육론

중국의 저명한 학자 강유위(1858~1927)는 유교사회의 남녀 불평등 사례를 13개 항목으로 설정하여 설명하였는데 그 중 하나가 여성은 학자가 될 수 없다는 것이다[185]. 물론 유교를 주 이념으로 채택한 사회에서 여성에게 교육이 전혀 행해지지 않았던 것은 아니며, 이는 조선시대 역시 마찬가지이다. 그러나 여성들이 받을 수 있는 교육은 한계가 정해져 있었다. 조선시대의 여성교육은 여성이 가정사를 수행하는데 필요하다고 판단되는 최소한의 요건을 갖추는 선까지만 허용되었다. 여성교육에 대해서는 "부인은 마땅히 서, 사기, 논어, 소학, 여사서를 읽어 그 뜻을 통하고 백가의 성과 조상의 족보와 역대의 나라 이름과 성현의 이름만 통하면 된다[186]"는 것이 당대의 통념이었다.

여성에게 행해진 교육은 여성을 학자로 키우기 위한 것이 아니기 때문에 집안의 족보나 읽고 사리를 분별할 정도의 최소한의 지식을 갖추는 선까지만 허용되었다. 이 한계를 넘어선 여성 교육은 득보다는 실이 많은 것으로 여겨졌다. 구체적으로,

> 독서 강의는 장부의 일이다. 부인은 조석과 한서에 따라 가족을 공양하고 제사와 손님을 받들어야 하는 일이 있으니 어느 결에 책을 대하여 풍송할 수 있으리요. 고금의 역사에 통하고 예의를 논하는 부인들이 반드시 몸으로 실천하지 못하고 그 폐해가 무궁하였음을 많이 볼 수 있다[187].

---

185) 안병주, 「유교의 이론 보완: 페미니즘 수용과 관련하여」, 한국유교학회 편, 『유교와 페미니즘』, 철학과 현실사, 2001. p.22.

186) 이덕무, 「사소절」.
婦人當略讀書史論語小學女四書 通其義 識百家姓 先世譜系 歷代國號 聖賢名字而已

187) 『성호사설』 권3 상, 인사편 3, 친속 17.

라고 하였는가 하면,

부인은 규중에 있으면서 음식을 주관하는 자[188]

라고 하여 남성과 여성의 역할을 구분하였다. 독서 강의는 남성의
일이고 음식을 주관하는 것은 여성의 일이다. '안분安分'을 강조하는 유교
적 분별의식에 의하면 자신에게 주어진 한계를 벗어나는 것은 바람직하
지 못한 것이다. 따라서 남성이 음식을 만드는 것도 안되고 여성이 학문
을 연마하는 것도 안된다. 여성에게 주어진 일은 음식을 주관하는 것과
가정내의 잡사를 처리하는 것이다. 만일 여성이 학문을 한다면 그것은 바
람직하지 못한 단계를 넘어 끝없는 폐해를 가져올 것이다. 여성교육에 대
한 부정적 인식이 이처럼 팽배하였던 시대에 임윤지당은 학문에 종사하였
고, 여성에 대한 당시의 이러한 교육관과 배치되는 견해를 갖고 있었다.

한씨는 비단 식견과 행실이 탁월하였을 뿐 아니라 문예에도 재주가 있
었다. 친정부친이 구구한 소리를 믿고 글을 가르치지 않았으나 혼자서 사
서 삼경의 경서와 역사책을 배우고 어지간히 그 뜻에 통달하였다[189].

'자신의 일을 오로지 할 권리'가 없던 여성 한씨가 아버지의 뜻을 어
기고 '혼자서' 글을 익혀 경서와 역사에 통달하였다. 유학자들의 보편적
인식에 따르면 한씨의 행위는 부친의 뜻을 어겼다는 점과, 학문을 했다는
것 두 가지만으로도 비난거리가 되기에 충분한 것이다. 그러나 윤지당은

---

188) 성백효 역주, 현토완역 『주역전의 하』 권13, 가인괘. p.103.
婦人居中而主饋者也.
189) 『임윤지당』. p.123.
韓非特有識行而已 亦有文才 其父親以世俗區區之語爲信而不敎書 然往往涉書史 略通
大義焉

조선 후기 유학자 운평 송능상의 첫 부인이었던 청주 한씨의 전기에서 한씨가 문예적 재주를 갖춘 것과 학문적 식견이 있는 것을 긍정적으로 평가하고, 한씨의 아버지가 한씨를 교육시키지 않은 행위를 '구구한 소리를 믿고'라고 쓴 데서도 알 수 있듯이 부정적으로 평가하고 있다. 여성교육에 대한 남성들의 부정적 인식과 이에 대한 논의를 '구구한 소리'로 치부하는 것은 여성도 당연히 배울 권리가 있다는 것을 피력한 것이다. 윤지당의 이러한 인식은 여성의 교육을 금기시하는 당대의 일반적 견해와는 배치되는 견해라 아니 할 수 없다. 윤지당이 이러한 견해를 드러낼 수 있었던 것은 여자가 공부하는 것은 남성들처럼 하늘이 부여한 천품을 닦고 도를 궁구하기 위한 것이기 때문에 금지시킬 이유가 없다는 인식에서 기인한 것이다.

> 남녀가 비록 하는 일은 다르지만 하늘이 부여한 성품은 언제나 같은 것입니다. 이 때문에 경전을 공부하다가 그 뜻에 의문이 있으면, 오라버니께서 친절하게 가르쳐주어 제가 완전히 깨우친 다음에야 그만두셨습니다[190].

윤지당은 남녀의 차이는 하는 일에 있는 것이고 천품은 남녀가 동일하기 때문에 여성이 교육을 받는 것은 당연하다고 보았고, 이러한 뜻에서 자신의 오라버니도 자신이 완전히 깨우칠 때까지 자신을 가르쳐 주었다고 여겼다. 성리학적 견해에 따르면 사람으로 태어난 이상 누구나 성인이 될 수 있고, 또 인간이라면 누구나 성인이 되도록 노력해야 하는데 이는 교육을 통해서만 가능한 것이다.

---

190) 『임윤지당』, p.241.
男女雖曰異行 而天命之性 則未嘗不同 故其於經義 有所疑問 則公必諄諄善喻 使之開悟而後已

사람이 학문을 하는 것은 나의 심이 성인의 심과 같지 않기 때문이다. (중략) 그러므로 배우는 자는 반드시 먼저 통달한 이의 말에 의지하여 성인의 뜻을 구하고 성인의 뜻에 의지하여 천지의 이에 통달하여야 한다[191].

선현은 사람은 누구나 타고난 천품이 있지만 태어난 모든 사람이 성인은 아니기 때문에 학문을 통해서 성인의 경지에 이르도록 노력해야 한다고 하였다. 그러나 조선시대의 남성들은 여성의 교육을 금하였다. 여성의 교육을 금하는 것이 "사람이라면 배워 성인의 경지에 이르도록 노력해야 한다"라고 하신 선현의 뜻에 어긋나지 않는 것이라면 이는 여성은 사람이 아니라는 뜻이 되고, 여성이 사람이라면 조선시대에 여성의 교육을 금한 것은 선현의 뜻과는 어긋나는 것이 된다. 그럼에도 조선시대 여성에 대한 교육은 매우 제한적인 범위 내에서 이루어졌다. 선현의 뜻에 비춰볼 때 이는 명백히 조선의 제도가 잘못된 것이었음을 의미한다. 윤지당이 여성의 교육을 금하는 당시의 관행을 비판한 것은 여성도 인간인데 천품을 닦고자 하는 여성의 공부를 금하는 것이 선현의 말씀에 비춰볼 때 과연 온당한가라는 비판적 인식이 내재해 있는 것이다. 따라서 윤지당은 공부하는 일에 힘을 쏟았고 구체적 목표를 정해놓고 이를 성취하였다.

주희는 학문의 우선 순위를 논할 때 경전을 역사서 앞에 위치시켰다. 또한 학문의 방법을 논할 때에는 반드시 『논어』와 『맹자』를 읽고 그 다음에 경전을 읽어 의리에 통달한 후 역사서를 읽도록 하였다[192].

---

191) 『주문공문집』 권42, 「답석자중」.
人之所以爲學者 以吾之心未若聖人之心故也 (중략) 故學者必因先達之言以求聖人之意 因聖人之意 以達天地之理.

192) 『주문공문집』 권35, 「답여백공」.
爲學之序 爲己而後可以及人 達理然後可以制事 故程夫子教人 先讀論孟 次及諸經 然後看史 其序不可亂也.

윤지당의 학문 역시 사서에서 시작되고 있다.

둘째 형님께서 기특히 여기시고 효경, 열녀전, 소학, 사서 등의 책을 가르치셨는데 누님이 매우 기뻐하셨다[193].

사서에서 시작된 윤지당의 공부는 남성들과 같은 학문적 경지를 이룩하는데 이르렀다. 임윤지당의 동생 임정주는 윤지당의 학문에 대해서 아래와 같이 언급하였다.

누님의 학문은 유래가 있다. 우리 고조부이신 평안감사 금시당今是堂(임의백)께서는 사계沙溪선생 문하에서 수학하여 마음을 스승으로 삼으라는 교훈을 들었다. 선친이신 함흥판관 노은공老隱公(임적)께서는 백부이신 참봉공(임선)과 함께 황강黃江(권상하) 선생의 문하에 출입하여 정직에 대한 가르침을 받았다. 둘째 형님 성천부사 녹문공鹿門公은 도암陶庵(이재) 선생의 문하에서 '도는 잠시도 떠날 수 없다는 철학을 전수 받으셨고, 누님은 형님에게서 수학했다. 가문에서 전승된 학문 연원이 유구하고 그 영향이 이와 같이 심원하였다. 그러므로 필경에 성취하신 것이 그와 같이 성대하고도 쉬웠다[194].

사계沙溪-우암尤菴-수암遂庵-도암陶庵으로 내려오면서 전해진 윤지당 가문의 학문적 연원은 율곡栗谷에서부터 시작하는 기호 서인의 정통 성리학을 계승한 것이다. 특히 윤지당의 이기심성설, 인심도심사단칠정설, 예악

---

193) 『임윤지당』, p.277.
　　　仲氏奇之 遂授孝經烈女傳及小學四子書等書 姉大喜
194) 『임윤지당』, 「유사」. p.281.
　　　孺人學有所自 我高祖平安監司今是堂公諱義伯 受業沙溪金先生之門 得聞師心之訓 先
　　　考咸興判官 老隱公諱適 與伯氏參奉公諱選 出入黃江權先生之門 得聞直字之敎 仲氏
　　　成川府使鹿門公諱聖周 蚤遊陶庵李先生之門 得聞道不可離之義 而孺人又受業於仲氏
　　　蓋其家庭之間 淵源之遠 擩染之深 如彼 故其畢竟所成就 又若是盛且易

설 등의 성리설은 아래의 예문을 비교해 보면 알 수 있듯이 율곡학파의 학설을 계승한 것으로 보인다[195].

대개 성에는 인의예지신이 있고 정에는 희노애락애오욕이 있으니, 이와 같을 따름으로 오상 밖에 따로 성이 없고 칠정 이외에 다른 정이 없다. 칠정 가운데 인욕이 섞이지 않고 순수하게 천리에서 나온 것이 바로 사단인 것이다[196]

사단이라는 것은 인의예지의 네 가지이니 성품 가운데서 감응 발동하여 곧장 나온 것을 지칭한다. 칠정이라는 것은 타고난 본성과 형체의 기질이 발동한 것을 합쳐서 총괄적으로 이름한 것일 뿐이다. 칠정 이외에 별도로 사단이 있는 것이 아니다[197]

율곡은 사단四端과 칠정七情의 관계는 사단이 칠정 이외에 따로 존재하는 별개의 개념이 아니고 칠정 가운데 포용되는데 칠정 중의 선한 부분이 사단이 된다고 인식하였다. 윤지당 역시 사단이 칠정 밖에 별도로 존재하는 것이 아니라 하였으니 이는 윤지당과 율곡의 주장이 동일한 것임을 나타내는 것이다.

또한 윤지당은 대학과 중용에 대한 경의經義까지 집필할 정도로 사서에 대한 이해가 깊었고 의리에 밝았을 뿐만 아니라 학문에 대해 스스로 이룬 자신의 견해를 갖고 있었다.

---

195) 이영춘, 상계서 p.64.
196) 『율곡전서』 권14, 잡저1, 「논심성정」p.7.
蓋性中有仁義禮智信 情中有喜怒哀樂愛惡欲 如斯而已 五常之外 無他性 七情之外 無他情 七情之中之不雜人欲 粹然出於天理者 是四端也.
197) 『윤지당』, 「인심도심사단칠정설」, p.195.
四端者 指其仁義禮智四 性中感動直出者而爲言 七情者 合性命與形氣之所發者而摠名之耳 非謂 七情之外別有四端.

이 문제에 대하여 비록 선배학자들의 정론이 있기는 하지만, 나는 감히 이를 모두 신뢰할 수 없다. 다만 내 견해를 적어두고 후세 성현들의 판단을 기다린다[198].

선배 학자들의 정론을 신뢰할 수 없다고 선언하고 성리학의 핵심 이론인 '인심 도심설'에 관해 자기 나름의 견해를 피력하며 자신의 주장이 옳다고 주장하는 윤지당의 이러한 기백은 당시 주자학의 권위에 눌려있던 남성학자들에게도 보기 드문 일이었다. 윤지당의 이러한 언설은 자신의 주장이 틀리지 않았다는 확신에서 기인한다. 윤지당은 어려서부터 옳지 않다고 판단한 행동은 아무리 작은 것이라도 어기지 않도록 노력하였다.

집안에 과일나무가 많았으나 사당에 올리기 전에는 입에 가까이 하시지 않았다. 모친이 재계하며 채식을 하시는 날에는 비록 먼 조상이라도 육식을 행하지 않으셨다. 어른들이 누님이 어린 것을 생각하여 책망하기를 "너와 같은 어린아이는 반드시 그렇게 할 필요가 없다"고 하면 "모친께서 잡수시지 않는 것을 제가 어떻게 먹겠습니까"하고 응대하셨다[199].

윤지당은 어린아이라 반드시 육식을 금하지 않아도 된다고 어른들이 꾸짖듯이 말하여도 합리적인 이유를 들어 자신의 의견을 관철하는 고집스러운 면모를 보인다. 이뿐 아니라 외가에 갔을 때 몇 달을 마루 아래로 내려가지 않는다든지, 단정한 용모를 평생 흐트러트린 적이 없다든지 등등 여러 측면에서 유가적 가르침은 아무리 작은 것이라도 철저히 실천하는 면모를 보였다. 그런데도 여성의 교육에 관한 것만은 당대의 관행을

---

198) 『임윤지당』, <임심도심사단칠정설>, p.196.
此雖有先賢之論 吾斯之未敢信也 聊識以待知者.

199) 『임윤지당』, <유사>, p.278.
家多木實 而薦廟之前 未嘗近口 母氏行素之日 雖遠代亦不食肉 長者念其幼 或責之曰 汝小兒 不須爾也 對曰 母氏所不食 女何以下咽.

따르지 않았다. 이는 인간이면 누구나 할 수 있는 학문을 여성이라는 이유만으로 이에서 소외되는 것이 옳지 않으며, 여성을 교육에서 소외시키는 것이 선현의 뜻에도 어긋난다고 하는 확신이 있었기 때문이다. 결국 윤지당은 자신의 일생 동안 성리학을 연구하고 일정한 성과를 냄으로써 여성과 남성의 학문적 능력에는 차이가 없다는 것을 증명하고 당대의 여성교육에 대한 관행을 비판한 것이라 할 수 있다.

3. 정치론

전통유학과 신유학(성리학)의 특징은 외왕外王과 내성內聖이라는 말로 요약할 수 있다. 내성이란 안으로 성인됨, 즉 내면적인 수양을 통하여 도덕성을 함양하는 것을 말하고, 외왕이란 밖으로는 천하를 다스림, 즉 경세치술을 통하여 정치를 베푸는 것을 말한다. 따라서 유자들의 학문은 정도의 차이는 있지만 궁극적으로는 정치적 실현을 염두에 두고 행해지는 것이다.

유가적 입장을 견지했던 남성들이 여성들의 교육에 부정적이었던 가장 큰 이유는 학식 있는 여성들이 종종 정치적 영향력을 행사했기 때문이다. 여성들의 정치적 논의는 그 논의 자체의 시비를 떠나 여성들이 정치적 견해를 피력했다는 것만으로도 남성들에게는 재앙으로 받아들여졌다.

> 부인은 공사가 없거늘
> 누에치고 베짜는 것을 쉬도다
> 부인은 조정의 일이 없거늘 누에치고 베 짜는 일을 버리고서 조정을 일을 도모하니, 그렇다면 어찌 죄악이 되지 않으리오[200]

---

200) 성백효 역주, 『시경집전 하』 권18, 대아 첨앙, 전통문화연구원, 1993. pp.345~346.

유교적 규범으로 유지되는 사회의 여성에게는 공사가 없고 오직 가
정사만이 있을 뿐이다. 이러한 부인이 집안 일을 팽개치고 조정 일을 논
의하는 것 자체가 남성들에게는 죄악으로 받아들여졌다. 여성들이 정치에
참여하려는 것은 남성들의 입장에서 보면 범죄행위일 뿐이다.

> 명철한 지아비는 나라를 이루거늘
> 명철한 부인은 나라를 전복시키느니라
> 남자는 밖에서 자리를 바로 하여 국가의 주인이 된다. 그러므로 지혜가
> 있으면 나라를 세울 수 있거니와 부인은 잘못함도 없고 잘함도 없음을 훌
> 륭하게 여겨서 명철함을 일삼을 바가 없으니 명철하면 나라를 전복시킬
> 뿐이다[201].

명민한 남성은 국가의 주인이 될 수 있지만 명민한 여성은 나라를
망하게 한다. 부인은 잘함도 없고 잘못함도 없음을 훌륭하게 여겨 남에게
경계받는 대상이 되어서도 안되고 남의 본보기가 되어서도 안 된다. 성리
학의 집대성자 주희는 여성이 명철하여 정치적으로 이러저러한 견해를
피력하면 나라가 망하게 된다고 하여 강력하게 여성의 정치적 참여를 금
하였다. 윤지당의 학문적 연원에 해당하는 기호성리학파의 수장 율곡도
여성의 명민함과 정치적 참여를 극도로 경계하였다.

> (여성으로) 오직 총명한 재주와 지혜가 족히 다른 사람을 복종시킬 수
> 있는 이는 가장 두려운 사람입니다[202].

婦無公事 / 休其蠶織 // 婦人無朝廷之事 而舍其蠶織以圖之 則豈不爲慝哉.

[201] 성백효 역주, 『시경집전 하』 권18, 대아 첨앙, 전통문화연구원, 1993. p.345.
哲夫成城 / 哲婦傾城 // 言男子正位乎外 爲國家之主 故有知則能立國 婦人以無非無儀
爲善 無所事哲 哲則適以覆國而已

[202] 『국역율곡전서』 5, <형내>, 정신문화연구원, 1994. p.222.
惟聰明才智 足以服人者 最可畏也.

율곡은 남성의 총명함과 지혜는 복이지만 여성이 총명하고 지혜로워 다른 사람을 복종시킬 수 있는 능력이 있다면 이러한 여성은 정치적 참여를 통해 나라를 망하게 한다고 인식하였다. 따라서 율곡은 어리석은 여성이 총명한 여성보다 해악이 덜하다고 평가하기도 하였다. 총명한 여성을 해악으로 인식하였던 율곡은 여성의 정치적 참여를 막기 위해 남성과 여성의 영역을 정확하게 구분하였다.

남자는 안 일에 대해서 말하지 아니하고, 여자는 바깥일에 대해서 말하지 아니한다[203].

남성의 영역은 밖이고, 여성의 영역은 안이기 때문에 남자는 가내사에 대하여 이러저러한 말을 하지 않으며 여성은 가정 내의 일 이외의 것은 말하지 않는다는 것이다. 특히 여성이 국가적 통치에 대하여 말하는 것은 크게 경계의 대상이 되었다.

그런데도 윤지당은 〈왕안석을 논함〉과 〈난국을 다스리는 법은 인재를 얻는 것〉이란 글에서 자신의 정치적 견해를 피력하고 있다.

천하 국가를 다스리는 데는 두 가지 방법이 있다. 왕도정치와 패도정치가 그것이다[204].

밝은 임금과 어진 정승이 함께 만나서 서로 협조하여야 국가가 잘 통치되고 만백성이 편안하게 살 수 있다. 내가 여기서 시험삼아 그 대강의 원리를 말해 보겠다[205].

---

203) 『국역 율곡전서』 5, <근엄>, 정신문화연구원, 1994. p.239.
　　　男不言內 女不言外.
204) 『임윤지당』, <왕안석을 논함>, p.159.
　　　凡爲天下國家 有二焉 日王道也 覇道也.

윤지당은 위의 글 서두에서 자신의 글이 정치적 견해에 관한 것임을 명백하게 밝히고 글을 시작하였다. 윤지당의 주장은 통치자는 왕도정치를 실행하고 어진 인재를 고루 등용해야 한다는 것을 골자로 한 것으로 이는 유가적 정치관의 원론에 해당하는 것이다. 그러나 실사구시의 학풍이 유행하고, 왕권강화가 행해졌던 당시를 생각할 때 이는 당대의 정치에 대한 비판을 함의한 것이라고 할 수 있다. '논'을 통해 역사고금의 인물을 평하였던 윤지당은 특히 왕안석을 통렬히 비난하였다. 윤지당이 왕안석을 비난한 이유는 그가 인의를 저버린 체 부국강병에만 힘썼기 때문이었다.

> 왕안석이 평소에 스스로 기약한 바가 어찌 직이나 설보다 못하였겠는가! 그러나 그의 소행을 보면 오패라도 하지 않았던 일들을 추구하였다. 그의 정치는 근본을 소홀히 하고 지엽에만 치중하여 재화의 이득만을 숭상하고 부국강병만을 꾀하였다.(중략) 송나라 국운이 그나마 유지되었던 것은 왕안석이 조정에서 물러나 곧바로 죽었기 때문이다[206].

정치가로서 송나라 부흥의 책임을 지고 등용되었던 왕안석은 여러 가지 혁신책을 발표하였다. 그러나 왕안석은 자신의 혁신책에 반대하는 구법당과의 정치투쟁에서 패배하여 실각되었다. 윤지당은 왕안석이 일찍 죽은 것이 송나라를 위해서는 불행 중 다행한 일이라고 표현하였다. 이는 왕안석이 성인의 학문을 공부하고도 지나치게 이익을 추구한 인물이기 때문이었다. 윤지당은 국가를 다스리는 요체는 부국강병에 있는 것이 아

---

205) 『임윤지당』, <난국을 다스리는 법은 인재를 얻는 것>, p.206.
明良相得 上下相濟 然後可以共天位治天職 以安天民者 乃自然之理也 吾且試擧其槩而言之.

206) 『임윤지당』, <왕안석은 논함>, p.161.
安石之平日所自期者 豈在稷契之下 而迹其所行 反出於五覇之所不爲 外本內末 惟貨利是崇 富强是謀(중략) 宋祚不絶 安石非久去國而死爾.

니라 인의의 실현에 있다고 보았다.

> 아! 이득을 추구하는 것은 진실로 재난의 핵심이 된다. 그러므로 군자
> 는 인과 의를 이득이라 생각하고 세속적인 이득을 이득이라 생각하지 않
> 았다[207].

이득을 추구하는 것이 재난의 핵심이라는 윤지당의 견해는 원론상으
로는 잘못 된 것이 없지만 실용과 공리를 추구하는 당시의 실학자들의 정
치적 견해와는 배치되는 것이다. 따라서 윤지당의 글 〈왕안석을 논함〉은
실용성을 중시하는 당대 정치를 바라보는 윤지당의 비판적 시각을 드러
낸 정치적 논술이라고 할 수 있다. 윤지당이 부정적으로 인식했던 정치적
폐해의 다른 하나는 왕권이 지나치게 강화되어 신하들의 간언이 받아들
여지지 못하는 것이었다.

> 아아 옛적에 성군과 현군들이 천하 국가를 다스릴 때는 대성인이 군림
> 하면서도 현명한 신하들을 등용한 연후에야 이와 같이 훌륭한 정치가 실
> 현되었다. 후세에는 용렬한 군주와 비루한 사람들이 통치하면서 잘 다스려
> 지기를 바라니 참으로 어려운 일이다. ..... 오직 자기의 편견만 믿고 자기
> 에게 아첨하는 사람만 좋아한다. 오직 내 말대로만 하고 내 뜻을 어기지
> 말라고만 한다. 그러니 평화로운 시대가 적고 혼란한 시대가 많아지는 것
> 도 당연하다. 아! 한탄스럽다.[208]

---

207) 『임윤지당』, <왕안석을 논함>, p.160.
　　利誠亂之樞也 故君子以仁義爲利 不以利爲利.
208) 『임윤지당』, <난국을 다스리는 법은 인재를 얻는 것>, pp.207~208.
　　古昔聖帝明王之爲天下國家也 以大聖之君而猶必得賢佐 然後致治如此 後世 則以庸君
　　與鄙夫爲國 而欲其治 難矣 (중략) 偏任己見 好人佞己 唯其言而莫予違 宜乎 治日常
　　少 而亂日常多矣 吁可 歎也已.

옛적의 통치자는 자신이 성인이면서도 훌륭한 신하를 과감히 기용하였기 때문에 태평성대를 이룩하였다. 그러나 후세에는 용렬한 임금이 비루한 신하와 통치하면서 자신의 견해만 고집하기 때문에 혼란이 끝이지 않는다고 하였다. 이는 윤지당의 큰 오빠 임명주가 사간원 정언이 되었을 때 당시의 현안에 대하여 논박하는 글을 올렸다가 귀양간 것과 관련시키면 신하의 말을 용납하지 않는 당시의 정치 풍토에 대한 비판이라고 할 수 있다.

윤지당의 이러한 글은 여성의 정치적 참여를 직접 요구한 것은 아니지만 여성의 관심사를 가정 밖으로 확대시킨 것이며, 당시 여성의 영역을 집안으로 제한하려던 남성들에 의해 그어진 한계를 넘어선 것이다. 또한 여성의 정치적 발언을 재앙이라고 여기던 당시의 풍토에서 당대 정치에 대한 비판적 인식을 내포한 이러한 글을 쓴 것 자체가 하나의 파격이라고 아니할 수 없다.

4. 여성 성인론

윤지당 역시 조선시대를 살았던 여성으로서, 자신이 여성이기 때문에 겪어야하는 한계를 분명히 인식하고 있었다.

> 그러나 여자의 몸으로 자유를 얻지 못하여 이제야 비로소 도착하게 되었습니다[209].

---

209) 『임윤지당』, <큰오라버니께 올린 제문>, p.236.
女子之身 不獲自由 今始來到.

자신이 가장 존경하는 큰오빠가 아프다는데도 시댁 일에 매여 오빠를 문병할 수 없었고, 그 오빠가 죽었지만 장례일에도 맞추어 올 수가 없었다. 동기간에 우애를 나누고 걱정하는 인간으로서의 당연한 삶도 여성인 윤지당은 제대로 누릴 수가 없었다. 윤지당 자신은 여성들도 학문을 하는 것이 당연하다고 생각했지만 남성들은 자신을 '동학'으로 받아들여주질 않았다.

> 여자의 처지로 함께 강론하고 질정할 사람이 없었다[210].

남성들은 동학들과 함께 모여 공부하며 의문점을 묻고, 토론할 수 있었지만 여성인 윤지당에게는 이러한 동학이 없었다. 따라서 윤지당의 학문을 자신의 남자 형제들과의 교류와 독학으로 이룩한 것이다. 그러나 여성에게 가해지던 이러한 차별에도 불구하고 윤지당 자신은 스스로 여성이라고 미리 한계를 긋는 삶을 거부하였다.

> 아 빛난다. 비수여
> 나를 부인이라 여기지 마라[211]

여기서 비수는 마음의 결단력을 말하는데 이러한 비수를 품고 있어야 사욕을 끊고 정심을 확립할 수 있게 된다. 윤지당은 "나를 부인이라 여기지 말라"라고 선언하면서 자신이 남성들과 다름없이 마음 공부를 하고 있다는 것을 천명한 것이다. 이러한 인식을 갖춘 윤지당은 공부를 통

---

210) 『임윤지당』, <중용후기>, p.272.
　　 而其奈閨內無講質之益.
211) 『임윤지당』, <비수에 새기는 명문>, p.225.
　　 朂哉匕劍 / 無我婦人.

해서 '부덕을 갖춘 여성'이 아니라 완전한 인간 곧 유자가 학문을 통해 궁극적으로 도달하고자 하는 성인이 되고자 하였다. 윤지당은 학문의 궁극적 목표점에 도달하는데는 남성과 여성을 구분할 필요가 없다고 생각하였다.

성리학을 공부하는 남성들이 학문을 하는 궁극적 목표는 성인이 되고자 함에 있었다.

> 어떤 사람(호안정)이 물었다. "성인의 문하에 그 학도가 삼천 명이었지만, 유독 안자만이 학문을 좋아했다고 칭찬받았다. 대체로 시서詩書 육례六禮를 삼천 제자가 모두 배워서 통달했다. 그런데도 안자 홀로 학문을 좋아한다고 칭찬받았으니 안자의 학문은 무엇인가?" 이천 선생이 대답했다. "그 학문이란 바로 성인에 도달하는 길이다."[212]

성인의 문하에 삼천 명의 제자가 있었지만 안자만이 호학으로 평가받은 것은 그의 도달점이 성인이 되고자 하는데 있었기 때문이다. 성리학자들은 안자가 학문을 통해서 성인이 된 것처럼 사람은 누구나 학문을 통해서 성인이 될 수 있다고 여겼고 자신들이 학문을 하는 목적 역시 성인이 되고자 하는 것에 있다고 여겼다. 이들처럼 윤지당의 학문적 목표 역시 성인이 되는 것에 있었다.

> 요 순 주공 공자 안자 맹자의 성품을 내가 참으로 가지고 있으니 안자가 배운 것을 나만 홀로 배우지 못하겠는가?[213]

....

212) 정이천, 『이정문집』 권7, 「안자소호하학론」.
   或問 聖人之門 其徒三千 獨稱顏子爲好學 夫詩書六禮 三千子非不習而通也 然則顏子 所獨好者 何學也 學以至聖人之道也.

213) 『임윤지당』, <극기복례위인설>, p.203.
   堯舜周孔顏孟之性 我固有之 則顏子之學 我獨不可學也.

임윤지당은 학문을 시작한 이래로 옛 성인과 같아지는 것을 목표로 일생을 살아왔다. 이러한 학문을 통해서 윤지당은 차별 받는 한 여성에서 자각한 개인으로 거듭났고 여성을 남성과 다르게 한계 짓고 억누르던 시대에 여성과 남성은 다름이 없다는 선언을 하기에 이른다.

> 내가 비록 부녀자이기는 하나 천부적으로 부여받은 성품은 애당초 남녀 간에 다름이 없다. 비록 안연이 배운 것을 능히 따라 갈 수는 없다고 하더라도. 내가 성인을 사모하는 뜻은 매우 간절하다.[214]

여성을 교화의 대상으로 파악하던 남성들의 관점으로 본다면 여성이 성인이 된다는 것은 애초에 불가능한 것이다. 그런데도 윤지당이 이처럼 여성도 성인이 될 수 있다고 주장한 것은 여성과 남성의 차별적 대우를 거부한 것이고 여성 역시 주체적으로 자신의 삶을 꾸려갈 수 있다는 선언이다.

여성은 남성보다 부족한 존재로 남성에 의해서 교화되어야 하는 대상이 아니다. 유교적 성인은 밖에서 만들어지는 것이 아니라 자신의 내적 천품을 닦아 이루어지는 것이며, 일단 성인이 되면 어떤 제재도 받지 않는 존재가 된다. 따라서 윤지당이 여성도 성인이 될 수 있다고 선언한 것은 여성 스스로가 자기 삶의 주체임을 밝힌 것이다. 여성은 스스로의 완전한 능력으로 좋은 어머니도 되고, 부인도 되는 것이지 오로지 할 뜻을 가지지 못한 채 수동적으로 남성을 쫓는 존재는 아니라는 것이다. 여성 존재에 대한 이런 자긍심은 현대에도 보기 드문 것이라 아니할 수 없다.

---

214) 『임윤지당』, <극기복례위인설>, p.205.
    噫我雖婦人 而所受之性 則初無男女之殊 縱不能學顔淵之所學 而其慕聖之志則切.

5. 저술유세

조선시대의 여성은 글을 깨우치기도 어려웠지만 자신의 저서를 갖기는 더더욱 어려웠다. 이는 여성의 글이 밖으로 전파되는 것을 매우 꺼려한 사회적 통념에 기인하는 것이다.

> 부인은 마땅히 서, 사기, 논어, 소학, 여사서를 읽어 그 뜻을 통하고 백가의 성과 조상의 족보와 역대의 나라 이름과 성현을 이름만 통하면 된다. 헛되이 풍월과 가사를 지어 밖에 전파해서는 안 된다[215].

따라서 지금까지 남아 전하는 여성의 글 중에 문집으로 된 것은 그 수가 매우 적다. 이는 글을 아는 여성들이 간혹 창작을 하더라도 스스로 없애버리는 경우가 많았기 때문이다. 일례로 안동 장씨는 자신이 시문을 창작한 것을 어렸을 적 객기로 치부하고 자각이 든 이후로는 글을 짓지 않았다고 실토하였다. 허난설헌과 남정일헌 등 많은 수의 여성작가들은 죽기 전에 자신의 작품을 스스로 태워 세상에 전하지 못하도록 하였다. 또한 지금 전하는 조선시대 여성들의 저서는 남편이나 자식들이 부인이나 어머니를 추모하는 마음으로 문집을 간행한 경우가 대부분이다. 그러나 윤지당은 자신의 글을 세상에 남기려는 의식을 가지고 저술활동을 하였다. 여성들에게 교육을 금하는 것이 부당하다고 생각하였던 윤지당은 다른 여성작가들이 글을 아는 것을 숨기고 규방 안에서 홀로 시문을 짓다가 민멸시켜버린 것과는 달리 자신의 저작이 자신의 사후 방치되다가 세상에 간행되지도 못하고 사라질 것을 염려하였다.

---

215) 이덕무, 「사소절」.
　　婦人當略讀書史論語小學女四書 通其義 識百家姓 先世譜系 歷代國號 聖賢名字而已 不可浪作詩詞 傳播外間.

이제 노년에 이르러 나도 죽을 날이 얼마 남지 않았다. 문득 하루아침에 갑자기 죽으면 아마도 초목과 같이 썩어버릴 것이다. 그래서 집안 일을 하는 틈틈이 여가가 날 때마다 글로 써 두었다216).

따라서 평상시 문집간행을 목적으로 자신의 글을 정서하거나 수정하는 작업을 꾸준히 진행하였다.

그러나 옛것보다는 훨씬 나은 것 같다. 먼저 것을 버리고 이것을 넣는 것이 어떠하겠는가?217)

비록 식견이 천박하고 문장이 엉성하여 후세에 남길 만한 투철한 말이나 오묘한 해석은 없지만 내가 죽은 후에 장독이나 덮는 종이가 된다면 또한 비감한 일이 될 것이다. 그래서 한 권의 책을 정서하여 양자 재준에게 넘겨주었다.218)

자신의 글이 그대로 없어진다면 비감한 일이 될 거라는 언설은 동시대의 다른 여성에게는 찾아보기 힘든 발언이다. 또한 윤지당 자신이 남길 글을 스스로 고르고, 이미 완성된 글을 수정하는 것은 사후 자신의 문집간행을 염두에 둔 행위이다. 아마도 윤지당은 자신의 저서를 세상에 간행할 것을 염두에 두고 저술활동을 한 흔치 않은 여성작가인 듯하다. 윤지당은 당대에는 남성들에게 자신이 동학으로 받아들여지지 못했지만 언젠

---

216) 『임윤지당』, <문집초고를 베껴 지계로 보내며>, p.249.
逮至暮年 死亡無幾 恐一朝溘然 草木同腐 遂於家政之暇 隨隙下筆 遽然成一大軸.

217) 『임윤지당』, <중용후기 별지>, p.273.
然猶勝於舊 刪彼存此 如何.

218) 『임윤지당』, p.249.
雖其識根淺陋 筆力短卒 無透語妙解可以遺後 然於身沒之後 仍成覆瓿之紙 則亦足可悲 故書諸一 冊子 以授子在竣.

가는 자신의 글과 생각이 받아들여질 것이라고 믿었기에 자신의 글을 살아생전 손수 정리하고자 한 듯하다.

> 이제 칠순의 나이가 다가와 심신이 쇠약하고 병이 많아지니, 스스로 남은 세월이 얼마되지 않음을 알게 되었다. 이에 병오년 겨울에 일찍이 어거지로 생각하던 뜻을 대략 저술하게 되었다. 그러나 여자의 처지로 함께 강론하고 질정한 사람이 없었다. … 그래도 이 작업을 한 것은 평소의 욕구를 조금이라도 실천해 보고자 한 때문이다. 또한 지혜로운 분의 질정을 기다리고자 함이다[219].

윤지당에게 글은 어머니, 아내, 딸이 아닌 윤지당 자신으로 세상과 소통하는 도구라고 여겨졌다. 윤지당은 자신의 사후라도 자신의 생각이 자신의 의도대로 세상에 받아들여지기를 원했기에 자신의 글을 정리해 둔 것이다. 이러한 윤지당의 바람대로 윤지당보다 50년 후에 태어난 강정일당은 윤지당의 말에 공감하고 적극적으로 수용하여 여성이 아니라 인간으로 살아갈 것을 선언했다.

> 윤지당께서 말씀하시기를, "나는 비록 부인이지만, 하늘에서 받은 성품은 애당초 남녀가 차이가 없다"라고 하셨고, 또 부인으로 태어나 태임과 태사와 같은 성녀가 되기를 스스로 기약하지 않는 사람들은 모두 자포자기한 사람들이라고 하셨습니다. 그렇다면 부인들이라도 큰 실천과 업적이 있으면 가히 성인의 경지에 이를 수 있습니다[220].

여성도 남성과 다름없는 천품을 가지고 있으니 그들과 동등한 학문

---

219) 『임윤지당』. pp.272~273.
220) 이영춘, 『강정일당』. 가람기획, 2002. p.90.
   允摯堂曰 我雖婦人 而所受之性 初無男女之殊 又曰 婦人而不以任姒自期者 皆自棄也
   然則雖婦 人而能有爲 則亦可至於聖人.

적 업적을 이룰 수 있다는 윤지당의 자각과 자부심은 자신의 저작이 세상에 전해지도록 하려는 노력으로 나타났다.

윤지당이 조선시대에 여성들에게 가해지는 차별의 부당함을 소리 높여 외치지 않아도 이러한 그녀의 존재 자체가 조선 사회에 대한 비판이 된다. 현명한 신하를 내버려두는 것이 곧 임금의 허물인 것처럼 남성과 다름없는 천품을 가지고 그들과 동등한 학문 수준을 이룩한 여성들이 단지 여성이라는 이유만으로 공적영역의 진입이 막히고 규문 안에서 탄식하며 살다가 죽을 수밖에 없다면 이는 사회의 제도가 부당한 것이지 여성에게 잘못이 있는 것이 아니기 때문이다. 또한 윤지당의 논리의 정당성은 성리학에 철저할수록 더욱 인정받을 수 있었다. 결국 윤지당이 조선시대의 금기 밖에서 학문을 계속하고 저술을 남길 수 있으려면 그의 학문이 성리학적인 틀을 벗어나서는 안 되었을 것이다. 윤지당은 역설적이게도 성리학의 철저한 실천을 통해서 성리학을 기반으로 성립된 조선시대에 여성에게 가해졌던 억압과 차별의 부당함을 드러내었다고 할 수 있다.

6. 성리학적 논리 속에서의 삶

유교를 이념으로 하는 가부장적 사회에서 여성에게 가해진 불평등은 크게 여성이 교육받을 권리를 박탈하고 공적 영역에의 진입을 거부한 것에서 파생된 것이다. 따라서 여성은 자신의 삶을 주체적으로 설계할 수 없었고, 사회적 인간으로 남성과 더불어 살아갈 수 없었다. 여성들은 남성들의 교화의 대상이었고, 남성들에게 순종해야 하는 수동적 존재였을 뿐이다. 유순하고 순종적인 여성상이 규범적 여성상으로 정립되어 확대 재생산되던 시대에 윤지당은 자신이 평생 탐구했던 성리학적 논리를 빌려 여성도 남성과 다름없는 천품을 타고난 존재임을 선언하였다. 윤지당은 성리학의 논리를 가지고 여성의 교육받을 권리를 주장하였고, 정치적 영역까지 관심사를 넓혔다. 남성을 돕고 보완하는 여성으로 살아갈 것을 강요하던 시대에 여성도 남성처럼 학문을 통해 성인이 될 수 있다고 주장하고 여성이 자신의 삶의 주체임을 천명하였다. 또한 자신의 저서를 통해 스스로의 생각을 후세에까지 전승하여 주체적 삶에 대한 여성의 자각이 일회성에 끝나지 않고 재생산 될 수 있도록 한 것은 매우 의미 있는 것으로 평가되어야 할 것이다.

페미니즘적 관점과 여성의 주체적 자각 및 자기 존재에 대한 자긍심은 근대적 학문의 결과만은 아니다. 모든 억압받는 것들은 자기 성찰을 통하여 그 부당함을 개선하고자 노력하고 또한 그럴 수 있는 능력을 갖고 있다. 조선시대의 여성을 가부장제적 삶의 질곡에서 신음하다가 죽어간 피해자로만 인식하는 것은 여성의 자기문제 해결 능력을 과소평가하는 편견일 수 있다. 또한 여성의 주체적 자각의 과정이 반드시 탈유교화의 수순을 밟는 것도 아니다. 여성성리학자 임윤지당의 선언은 유교와 페미니즘의 관계 재정립에 여러모로 시사하는 점이 많다.

강정일당-성리학적 남녀 평등론자

1. 양반 여성의 여성 의식

성리학을 국시로 세워진 조선의 모든 것(국가 제도, 행동규범, 이상적 인간형 등)은 성리학적 질서의 실현으로 귀착된다. 조선시대 여성의 삶 역시 '성리학적 이념을 구현할 수 있는 여성'을 벗어나지 않는 선에서 통제되었다. 조선이라는 국가가 요구한 이상적 여성의 삶은 "여성은 남자의 가르침을 수종하여 그 일을 돕은 자"라는 공자의 발언에서 비롯되었다고 할 수 있다. 공자의 가르침에 따라 여성의 일생은 "삼종지도"로 요약되고 삶의 공간은 가내家內로 한정되었다221). 그런데 "1898년 9월 서울 북촌의 양반부인 400여명이 모여 '남녀동권男女同權'을 주장하는 여권통문女權通文을 반포하였다. 그리고 이를 실천하기 위해 고종황제에게 관립여학교 설립을 청원하고 우리나라 최초의 사립여학교인 순성여학교를 설립하였으며, 또한 최초의 여성단체인 찬양회를 조직하였다."고 한다222).

---

221) 『공자가어』 6권, 「본명해」 26, 『한문대계』, 26(富山房), p.17.

222) 박용옥, 「여성근대화 운동」, 한국사연구회 편, 『한국사연구입문』 제2판(지식산업사, 1998), p.515.

삶의 공간이 가정 내로 한정되어 평생을 담장 안에서 자신의 의견을 억누르고 살아가도록 교육받아온 조선조의 양반부인들이 어떻게 400여 명이나 모여 단체행동을 할 수 있었을까?

남존여비男尊女卑의 위계적 가족질서를 고수하는 가부장적 가족제도 속에서 삼종지도를 묵수하며 아버지, 남편, 자식에게 매여 평생을 지내는 것을 당연하게 여기던 양반여성들이 어떻게 '남녀동권'을 주장하게 되었으며 그 사상적 기반은 무엇이었을까?

양반여성들이 사회를 향해 최초로 요구한 것이 왜 '여학교설립'이었을까? 하는 여러 가지 의문이 꼬리를 물고 일어난다.

물론 인간평등권 실현을 전제로 하는 여성근대화 운동의 내재적 태동을 실학이 발전하던 18~19세기 중엽으로 보고, 19세기 중엽 이후 서세西勢의 충격에 대응하려는 새로운 사상체계인 동학사상, 개화사상, 위정척사사상, 여성들의 천주교신앙운동 등의 영향으로 인한 여성의 자각화 과정을 설명한 연구서들이 많이 있다223). 기존의 이러한 연구들은 '가치혼미적인 유교이념'을 극복하고 새로운 가치체계를 형성하려는 이들의 주체적인 의지가 여성의 자각화에 기여했다고 설명하고 있다224).

그러나 '남녀동권'을 주장하는 여성들에 의해서 세워진 최초의 여성사립학교였던 순성여학교의 교과과정은『천자문』,『동몽선습』,『소학』등의 유교과정과『태서신서』를 통한 역사교육 및 재봉틀을 사용한 실기교육이 전부였다225). 이는 유교적 교양을 갖춘 여성을 양성하기에 적합한

223) 김미란, 「조선후기 여류문학의 실학적 특징」, 《동방학지》 84호, 연세대학교국학연구원, 1994.
한국여성연구소 여성사연구실,『우리여성의 역사』, 청년사, 2002.
박용옥, 앞의 글.

224) 박용옥, 앞의 글, p.514.

225) 한국여성연구소 여성사연구실, 앞의 글, p.261.

교육과정이지 '가치혼미적인 유교이념'을 극복하고 새로운 가치관을 형성하기에 알맞은 교과내용이라고 할 수 없다. 지극히 서구적인 가치관으로 보이는 '남녀동권'을 주장하는 양반여성들이 어째서 기존의 유교적 교과목을 위주로 하는 학교설립을 청원하여 이를 관철하였는가? 이는 적어도 북촌의 양반여성들이 '유교이념'과 '남녀동권'을 대립적으로 인식하지 않았으며, 유교적 가치관을 벗어나야 남녀동권이 실현된다고 생각하고 있지 않았음을 반증하는 것이라고 판단된다. 그렇다면 우리는 여성의 자각화 과정을 촉발한 내재적 동인이 몇몇 선구자들에 의한 계몽화의 과정이나 서구사상의 유입에 의한 것이 아니라 조선후기 성리학을 사상적 기반으로 하는 여성학자의 등장과 관련시켜 설명하는 것이 더욱 타당한 것이 아닌가 하는 의구심을 갖게 된다. 이 글은 이를 해명하기 18세기에서 19세기에 걸쳐 살았던 양반여성 강정일당(1772~1832)의 글을 통해 여성의식의 자각화 과정과 그 이념적 토대를 구명하고자 한다.

2. 천품동일론

주자(朱子, 1130~1200)에 의하면 천지사이는 이理와 기氣의 두 요소로 구성되어 있는데 이理는 형이상자形而上者로 사물생성의 본체이며 기氣는 형이하자形而下者로 사물을 생성하는 질료가 된다. 주자는 사람과 사물이 생겨날 때 이理를 품수받아 성性을 갖게 되고 기氣를 품수받아 형形을 갖게 된다고 서술하여 인간을 포함한 만물의 존재는 이理와 기氣로부터 생성된 성性과 형形의 두 요소에 의해 이원적으로 형성된 것으로 파악하고 있다226).

천지 사이에 이理와 기氣가 있다. 이理는 형이상의 도道요 기氣는 형이하의 기器이다. 만물이 생성될 때에 갖추게 된다. 이런 까닭에 사람과 만물이 생겨날 때에 반드시 이 이理를 품수받은 연후에 성性을 갖게 되고 또 이 기氣를 받은 연후에 형체를 갖게 된다[227].

이理와 기氣로 이루어진 천지만물이 차별되는 것은 이理는 일원一原이지만 기氣가 고르지 못하기 때문이다. 바르고 통한 기를 얻으면 사람이 되고 치우치고 막힌 기를 얻으면 사물이 된다. 마찬가지 이치로 사람 역시 기질의 차이에 따라 대략 네 가지 등급으로 나뉘게 된다.

공자께서 말씀하셨다. 태어나면서 아는 자가 상등이요, 배워서 아는 자가 다음이요, 불통하여 배우는 자가 또 그 다음이니 불통한데도 배우지 않으면 백성으로서 하등이 된다.
.... 사람의 기질이 같지 않음이 대략 이 네 가지 등급이 있음을 말씀한 것이다[228].

인간은 기질의 차이에 따라 등급이 나누어지지만 이 기질은 불변적인 것이 아니라 학문을 통해서 변화될 수 있다. 물론 기질의 차이에 따라 노력의 정도는 달라지지만 중단 없이 나아가면 그 공을 이룸은 성인이나 어리석은 사람이나 차이가 없게 된다. 이러한 성리학적 인성론에 따르면 인간은 누구나 이理를 품수 받아 성을 가지고 있다는 측면과, 학문을 통

---

226) 이기동 저, 정용선 역, 『동양삼국의 주자학』, 성균관대학교 출판부, 1995, p.177.
227) 『주자전서』 권58, 「答黃道夫」.
天地之間 有理有氣 理也者 形而上之道也 氣也者 形而下之器也 生物之具也 是以人物之生 必稟此理然後有性 必稟此氣然後有形.
228) 『논어』, 「계씨」 16.
孔子曰 生而知之者는 上也 學而知之者 次也 困而學之 又其次也 困而不學 民斯爲下矣.
... 言人之氣質不同 大約有此四等.

해서 기질의 차이를 극복하고 '누구나 성인이 될 수 있다'는 측면을 공유한다는 점에서 그 가치는 같다고 할 수 있다. 따라서 유가적 학문의 첫 단계는 뜻을 세우는 '입지立志'에서 시작되는데 이 단계에서 학문을 하려는 자라면 누구나 성인이 되려는 것으로 뜻을 세워야 한다고 유학자들은 공통적으로 되되었다. 요는 누구이며, 나는 누구인가?라는 이들의 물음은 자신을 끊임없이 확충하여 성인이 되려는 성리학자들의 노력을 보여준다. 그런데 이러한 남성유학자들의 입장은 여성을 대할 때면 종종 돌변한다. 남성들은 종종 '여성편성론'을 말하면서 여성도 성인이 될 수 있다는 것에 대한 회의를 공공연히 내보인다.

> 부인은 타고난 성품이 편협하고 바탕이 유약하다. 성품이 편협하니 의리를 깨우치기 어렵고, 바탕이 유약하니 선을 강제하기 어렵다229).

여성은 타고난 성품이 편협하고 바탕이 유약하여 남자들과 달리 의리를 깨우칠 수 없고 선을 강제할 수 없다. 성리학자들은 남성에게는 타고난 기질이 편협할수록 남보다 더욱 노력하여 자신의 한계를 넘어서려 해야 한다고 독려하면서도 여성들에게는 쉽게 한계를 긋고 여성이 그 한계를 넘어설 수 없다고 단정한다. 남성유학자들의 주장에 따르면 타고난 기질에 따른 한계를 지닌 여성은 남성과 달리 성인이 될 수 없다. 결과적으로 성인이 될 수 없는 여성은 남성에 의해서 바로잡아져야 하는 대상이 된다230). 따라서 여성은 남성에게 순종하고 어떤 일도 전제專制하려고 해서는 안 되는 존재이다. 그러나 강정일당은 남성유학자들의 이러한 여성

---

229) 정범조, 『해좌집』, 「규감서」 권21, 서경출판사, 1996, p.434.
　婦人性褊而質柔 性褊則難於喩義 質柔則難於彊善 必有以感發鼓動之也.
230) 여성에 대한 공자의 발언과 이를 잇는 율곡의 「刑內」장은 남성들의 그러한 시각을 대변한 것이다. 형은 바로잡는다는 의미이고 내는 여성을 의미한다.

차별론적 시각을 무시하고 성리학적 인성론을 그대로 여성에게 준용시켜 여성과 남성은 차이가 없다고 주장한다.

비록 부인들이라도 큰 실천과 업적이 있으면 성인의 경지에 이를 수 있습니다. 당신은 어떻게 생각하십니까?231)

강정일당이 남편에게 여성도 성인이 될 수 있다는 자신의 의견을 어떻게 생각하는 지를 물은 것은 자기 확신이 결여된 단순한 질문이 아니다. 또한 남편이 여성은 성인이 될 수 없다고 하면 그 의견에 따르기 위한 것도 아니었다. "부인도 성인의 경지에 이를 수 있습니다"라는 단정과 "당신은 어떻게 생각하십니까"라는 반문의 어법은 강정일당이 남편과 남성에게 여성은 성인이 될 수 없다는 당시 그들의 편견이 잘못되었다는 것을 확인시키고 있는 것이라 할 수 있다. 여성도 남성과 마찬가지로 성인이 될 수 있다는 자신의 생각이 옳다는 확신이 있었던 강정일당은 현실적 한계를 뛰어넘어 스스로 성인이 되기 위해 성실히 노력할 것을 다짐하였다.

사람의 성품은 본래 모두 착하니
각기 최선을 다하면 성인이 되네
도덕을 갈구하면 도덕이 이루어지리니
진리를 밝혀서 스스로 성실을 다하리

人性本皆善
盡之爲聖人
欲仁仁在此
明理以誠身232)

---

231) 『강정일당』, p.90.

232) <性善>, p.51.

사람은 누구나 최선을 다하면 성인이 될 수 있다면, 여성도 자신의 노력에 따라 성인이 될 수 있다는 강정일당의 이러한 생각은 그녀만의 독창적인 사고방식은 아니었다. 임윤지당(1721~1793)을 비롯한 성리학적 소양을 조금이라도 갖춘 조선후기 양반가 여성들은 이러한 생각을 공유하였다고 할 수 있다.233) 조선후기 양반가 여성들의 이러한 남녀의 가치에 대한 동등 의식이 쌓여 결국에는 양반여성들의 남녀동권 선언이 이루어졌다고 판단한다. 이들 양반여성들의 '남녀동권의식'의 이념적 기반은 개화사상이나 서구사상이 아니라 성리학이라고 할 수 있다. 이는 여성의 자각화 과정의 내재적 동인을 밝히기 위한 중요한 논거점이 된다. 따라서 조선시대 여성에 대한 아래와 같은 평가는 재론을 요구한다.

> 조선에서 남성과 대비되는 전체 여성은 인식되지 않았으며, 신분제도 속에 분화된 하위 주체로서의 각 여성층은 가족 관계 하에서 인식될 뿐 독자적인 개성을 가친 주체로 인식될 여지가 없었다234).

조선후기 양반가 여성들은 공자를 비롯한 남성유학자들의 요구인 "여성은 자신의 의견을 오로지 할 수 없고, 아버지 남편 자식을 따라야 하는" 존재에서 벗어나 자신의 가치에 대한 눈을 떴고, 이러한 의식을 여성끼리 공유하였다. 그렇지 않다면 북촌 양반여성 400여명의 단체행동은 매우 돌출된 것으로 평가할 수밖에 없게 될 것이다.

---

233) 졸고, 「임윤지당론」,『여성문학연구』 9호, 예림기획, 2003, pp.132~153.
234) 전경옥 외 3인,『한국여성정치사회사』, 숙명여자대학교 출판국, 2004, p.40.

3. 교육평등론

조선시대 남성들이 성균관, 향교, 서원, 서당, 개인교습 등 공교육기관과 사교육 기관을 통해 체계적 교육을 받을 수 있었던 것에 비해 여성은 가정사를 수행할 수 있는 최소한의 요건을 갖추는 선의 사적인 교육만이 허용되었다. 조선시대 공교육 기관에서 여성을 교육시키기 위한 과정은 전무했다고 해도 과언이 아니라고 할 수 있다.

> 부인은 마땅히 서, 사기, 논어, 소학, 여사서를 읽어 그 뜻을 통하고 백가의 성과 조상의 족보와 역대의 나라 이름과 성현을 이름만 통하면 된다. 헛되이 풍월과 가사를 지어 밖에 전파해서는 안 된다[235].

조선시대의 여성은 교육을 체계적으로 잘 받을 필요도 없었고, 혹여성이 글을 안다고 하여도 자신이 글을 안다는 것을 밖으로 나타내어서도 안 되었다. 조선시대 남성들이 여성의 교육을 이처럼 제한한 것은 일차적으로는 공자의 여성에 대한 아래와 같은 발언에서 기인한다.

> 여자는 남성의 가르침을 수종隨從하여 그 일을 돕는 자이다. 때문에 여자는 모든 일을 전제로 할 의리는 없고 오직 세 가지를 좇는 도리가 있을뿐이다......(중략) 여자는 교령이 규문 밖을 나가지 않고 하는 일은 식사를 제공하는 일이 있다. 분상奔喪을 해도 국경을 넘어가지 못하며, 무슨 일이고 독단으로 처리하지 못하며 행동하는 일도 혼자도 결정하지 못하며 무슨 일이라도 남자에게 알린 후에 움직이며, 무슨 말이라도 경험해본 뒤에 말한다[236].

---

235) 이덕무, 「사소절」.
婦人當略讀書史論語小學女四書 通其義 識百家姓 先世譜系 歷代國號 聖賢名字而已 不可浪作詩詞 傳播外間.

공자에 의하면 여성은 자신이 스스로 무엇을 결정할 수 없는 존재이다. 여성은 규문 안에 살면서 가속에게 식사를 제공하는 일을 수행할 뿐이다. 이처럼 제한된 여성의 역할과 축소된 삶의 공간에서 일생을 마쳐야 하는 여자에게 천하의 일을 걱정하고 '수기치인修己治人'을 목적으로 하는 유가적 교육은 애시당초 필요치 않은 일이라고 남성유학자들에게는 생각되었을 것이다. 성리학적 이념으로 통치되는 이상사회를 조선에서 구현하고자 했던 조선시대 남성유학자들 역시 공자의 이러한 생각을 이어받아 공부는 남성만의 일이고, 여성교육은 득보다 실이 많은 것으로 인식할 수밖에 없을 것이다.

> 독서 강의는 장부의 일이다. 부인은 조석과 한서에 따라 가족을 공양하고 제사와 손님을 받들어야 하는 일이 있으니 어느 결에 책을 대하여 풍송할 수 있으리요. 고금의 역사에 통하고 예의를 논하는 부인들이 반드시 몸으로 실천하지 못하고 그 폐해가 무궁하였음을 많이 볼 수 있다[237].

남성들은 성실하게 학문을 수행해야 하지만, 여성이 학문을 하면 폐해가 무궁해진다는 인식 때문에 조선시대 내내 공교육에서 소외된 여성들의 교육은 가학을 통해서 제한적으로 이루어질 수밖에 없었다. 그런데 강정일당은 여성교육에 대한 당시의 이러한 관행을 직설적으로 비판하였다.

> 부모된 사람들이 세속의 구구한 말을 듣고 딸을 공부시키는 것을 큰 금기로 여기기 때문에 부녀자들 중에 전혀 도리를 알지 못하는 사람들이 있

---

236) 『공자가어』, 앞의 글, p.17.
女子者順男子之敎而長其理者也 是故無專制之義 而有三從之道 (중략) 敎令不出於閨門 事在供酒食而已 無閫外之非儀也 不越境而奔喪 事無擅爲 行無獨成 參知而後動 可驗而後言.
237) 『성호사설』 권3 상, 인사편 3, 친속 17.

으니 매우 가소로운 일입니다[238].

강정일당은 "세속의 구구한 말을 믿고 딸을 교육시키는 것을 금기로 아는 것은 가소로운 것"이라고 하여 여성을 교육하지 않는 것을 당연시하는 조선시대의 교육적 관행을 직설적으로 비판하였다. 물론 강정일당이 남성과 동등한 공부를 요구하였다고 해서 여성의 삶의 공간이 갑자기 확장되거나, 유교적 예법을 벗어던지고 가정을 뛰쳐나가지는 않는다. 그렇다고 주어진 환경에 순응하면서 순종적인 태도로 남성을 대하지도 않는다. 강정일당은 조선시대적 여성교육 관행에 비판적이었기 때문에 다른 여성들과는 달리 자신이 공부한다는 것을 숨기지 않았고[239] 자신의 남편에게 그 날 공부한 것을 기록하여 자신에게도 보여 달라고 요구하였다.

매일 토론하신 것을 쪽지에 기록하여 보여주신다면 매우 고맙겠습니다[240].

강정일당이 아무리 교육을 받으려는 의지가 굳다고 하여도 공교육기관에 나아가 교육을 받을 수는 없었다. 마찬가지로 강정일당은 여성의 교육적 차별은 부당하다고 생각하였기 때문에 다른 여성들처럼 여성들에게 허용된 부분적인 교육만 받는 것을 수용할 수도 없었다. 그래서 강정일당은 자신의 남편에게 그가 동료들과 토론한 것을 기록한 쪽지를 보여 달라고 요구하였다. 남편이 토론한 쪽지를 보고자 하는 것은 강정일당이 추구한 학문의 도달점이 부덕의 함양이라는 제한적 여성교육의 목적을 달성

---

238) 강정일당, 앞의 글, p.90.
　　　爲父母者 信世俗之語 以敎女子讀書爲太忌 故婦女往往全不識義理 甚可笑也.
239) 대부분의 양반가 여성들은 숨어서 공부하거나 자신이 글을 안다는 것을 숨기려고 노력한다.
240) 『강정일당』. p.86.
　　　願以日日討論者 錄于片紙 下示則幸心幸心.

하는데 있지 않았다는 것을 의미한다. 강정일당은 여성으로서 제한된 공간을 벗어날 수 없는 현실적 어려움과 여성에게서는 동학을 구할 수 없는 제약을 남편의 토론 쪽지를 보는 것으로 극복하고자 하였다. 학문을 할 수 있는 현실적인 방법을 찾아내면서 강정일당은 자신의 학문의 목표를 남성들과 동등하게 설정하였다.

> 어떤 사람(호안정)이 물었다. "성인의 문하에 그 학도가 삼천 명이었지만, 유독 안자만이 학문을 좋아했다고 칭찬받았다. 대체로 시서詩書 육례六禮를 삼천 제자가 모두 배워서 통달했다. 그런데도 안자 홀로 학문을 좋아한다고 칭찬받았으니 안자의 학문은 무엇인가?" 이천 선생이 대답했다. "그 학문이란 바로 성인에 도달하는 길이다."[241]

안자는 성인이 되기 위해 공부하였고 이 때문에 공자의 칭찬을 받을 수 있었다. 이후 성리학을 공부하는 남성들은 이를 본받아 성인이 되기 위해 공부하였고, 강정일당의 학문적 목표 역시 이들과 다르지 않았으니 그 궁극처는 성인이 되는 것에 있었다.

> 나이 서른에 비로소 공부를 시작하니
> 학문의 방향을 종잡을 수 없네
> 이제부터라도 모름지기 노력하면
> 거의 옛 성인과 같아지리라

> 三十始課讀
> 於學迷西東
> 及今須努力

---

241) 정이천,『이정문집』권7,「안자소호하학론」.
或問 聖人之門 其徒三千 獨稱顔子爲好學 夫詩書六禮 三千子非不習而通也 然則顔子所獨好者 何學也 學以至聖人之道也.

庶幾古人同[242]

여생이 단지 사흘밖에 남지 않았는데
부끄럽게도 성현이 되기로 한 기약을 저버렸네
늘 증자를 사모하였으나
이제는 자리를 바꾸고 죽을 때가 되었네

餘生只三日
慙負聖賢期
想慕曾夫子
正終易簀時[243]

시집 와 남편의 공부를 뒷바라지하면서 나이 30에 학문을 시작한 강
정일당은 학문을 시작하는 날부터 마치는 날까지 학문의 목표를 오직 성
인이 되는 것에 두었다. 강정일당이 여성이면서도 조선시대의 교육적 관
행을 비판하고 당당하게 학문에 전념할 수 있었던 것은 여성에게 학문을
금하는 것은 선현의 뜻이 아니라는 인식이 있었기 때문이다.

　　사람이 학문을 하는 것은 나의 심이 성인의 심과 같지 않기 때문이다.
　　(중략) 그러므로 배우는 자는 반드시 먼저 통달한 이의 말에 의지하여 성인
　　의 뜻을 구하고 성인의 뜻에 의지하여 천지의 이에 통달하여야 한다[244].

선현들이, 배우는 자는 학문을 통해서 성인의 경지에 이르도록 노력
해야 한다고 하였으니 조선시대의 남성들이 여성 교육을 금하거나 제한

---

242) 강정일당, 앞의 글, p.50.
243) 강정일당, 앞의 글, p.60.
244) 『주문공문집』 권42, 「답석자중」.
　　人之所以爲學者 以吾之心未若聖人之心故也 (중략) 故學者必因先達之言以求聖人之意
　　因聖人之意以達天地之理.

적으로 허용하는 것이 선현의 뜻에 어긋나지 않는 것이라면 여성은 사람이 아니라는 뜻이 되고, 여성이 사람이라면 조선시대에 여성의 교육을 금한 것은 선현의 뜻과는 어긋나는 것이 된다. 선현이 옳다면 과연 잘못은 누가 하고 있는가? 강정일당은 이러한 의식을 가지고 있었기 때문에 자신이 공부하는 것을 굳이 숨기지 않았고 남성과 동등한 교과과정을 이수하려고 노력하였다. 공자를 비롯한 남성유학자들이 제한적인 여성교육을 통해 남성을 보조하는, 돕는자로서의 여성을 양산하고자 했다면 강정일당은 학문을 통해 남성과 대등하게 서고자 하였다.

> 유교의 13경을 두루 읽으면서 깊이 침잠하고 연구하여 매번 홀로 앉아 읊조렸다. 여러 전적을 널리 보아서 고금의 정치변동을 손바닥처럼 밝게 알았다[245]

조선시대 여성들이 《소학》, 《열녀》, 《여교》 등을 읽고 여성적 덕성을 함양하는데 치중했다면 정일당은 유교 13경을 두루 읽었고, 바깥일에 해당하는 고금의 정치변동을 손바닥처럼 밝게 알았다.

> 밤늦어 잠잘 때까지 독서를 하며 연구할 계획입니다. 접 때 사서를 읽었으나, 맹자 뒷부분 3편은 아직 미치지 못했습니다. 그러나 오래지 않아 끝낼 것입니다[246].

조선시대 여성들이 길쌈 등의 가내사家內事를 처리하기 위해 밤을 새웠다면 강정일당은 밤새워 맹자와 주역을 읽고, 예학을 연구하였다. 이를

---

245) 강정일당, 앞의 글, p.150.
246) 『강정일당』, p.86.
    中夜下帷之際 看字理會爲計矣 向讀四書 而孟子下三篇 尙未訖 然不久當訖.

통해 이들은 남성과 소통하게 되었고(비롯 남편이나 누이의 학문적 열망은 이해하는 제한된 남성 뿐이지만) 바깥일을 말하게 되면서 '바깥일은 말하지 않는다'는 유교적 금기를 넘어서게 된다. 남성과 동등한 교육을 받으려는 강정일당을 비롯한 조선후기 양반가 여성들의 욕구가 관립여학교 설립청원운동으로 이어지게 되었고, 이러한 행동의 이면에는 성리학을 연구하며 남성과 여성이 동등한 천품을 갖고 있다는 여성들의 자각이 중요한 작용을 하고 있음을 알 수 있다.

4. 강정일당의 문학247)

이능화가 여성들의 한시를 "기녀의 시가 사족 첩실의 시 보다 낫고, 사족 첩실의 시가 사족 부녀의 시보다 나으니 정감과 감발이 달랐기 때문"이라고 논평한 이래로 여성한시의 특징은 주로 기녀나 소실들의 시에 나타나는 감정의 진술함에 연구의 초점이 맞추어져 왔고248), 여성들에 의해 창작된 작품들은 '정한과 교화의 한계를 넘지 못하는 수준'이라는 평가를 면치 못하였다249). 그러나 정일당의 문학은 감정에 진술함을 특징으로 하는 여타의 여성문학과는 다른 양상을 보여준다. 강정일당의 문학은 입지, 낙도, 수양, 달관 등을 시화한 것으로 조선시대 문학의 주요 이념인 문이재도론文以載道論에 입각한 문학의 특성이 강하게 나타난다. 강정

---

247) 졸고,「임윤지당과 강정일당 문학의 사상적 기반」,『한중인문학연구』제9집, 한중인문학회, 2002, pp.29~34 의 논의를 재구성함.
248) 이능화 저, 김상억 역,『조선여속고』, 동문선, 1990, pp.408~409.
249) 이숙희,「조선조 여성한문학사」, 김상홍 외 2인 편,『한국문학사상사』, 계명문화사, 1991, p.784.

일당의 시는 총 38수가 전하는데 그 중에서 사례와 송축(4수) 및 남편을 대신해서 지은 시(8수)를 제외한 시의 구체적 내용을 작품 목록과 함께 확인해 보면 아래와 같다.

① 학문과 관련된 시

경차존고지일당운敬次尊姑只一堂韻: 학문에 대한 입지

시과始課: 학문의 시작

견서동피달見書童被撻: 학동에게 학문에 힘쓸 것을 훈계

자려自勵: 권학

정부자呈夫子-3수: 남편에게 학문을 권함

경정부자행가敬呈夫子行駕: 남편 경계, 당부

면제동勉諸童: 면학훈계

② 안빈낙도와 자족을 읊은 시

산가山家: 안분자족

야좌夜坐: 달관

탄원坦園: 안분자족

객래客來: 안빈낙도

제야우작除夜偶作: 달관, 자경

③ 수양과 수신의 뜻을 담은 시

성선性善: 심성수양

제석감음除夕感吟: 수신

병후病後: 체인성명

우음偶吟: 수양

독중용讀中庸: 학문, 수양

제정초除庭草: 수양

주경主敬: 수양

탄원전로통호강장坦園前路通乎康莊: 수양

성경음誠敬吟: 수양

④ 기타

시종손근진부示從孫謹鎭婦: 훈계

시성규질示誠圭姪: 훈계

청추선聽秋蟬: 자연감흥

앙공부자仰孔夫子: 공자찬양

임종시臨終詩: 후회, 각오

근차왕구계흡연초운謹次王舊戒吸煙草韻: 자경

우음偶吟: 추모

　　강정일당의 한시를 전체적으로 보면 시의 주제는 거의 대부분 학문
에의 집념, 심성수양, 자신과 남들에 대한 도덕적 훈계, 안빈낙도의 생
활, 자연 속의 관조, 달관과 체험 같은 도학적 문제에 집중되어 있고 음
풍영월류에 속하는 한가한 서경시나, 애정과 이별, 연모 등을 노래한 서
정시는 하나도 없다250). 정일당 문학의 이러한 특징은 화산花山 권우인權
愚仁의 평가에서 다시 한 번 확인할 수 있다.

---

250) 이영춘, 앞의 글, p.40.

> 비록 부인이 지은 것이기는 하나 향수나 분가루 냄새가 없고, 초야에
> 은거한 학자의 뜻이 보이니 규중 여인들의 사랑타령이나 경치를 읊은 것
> 은 비할 바가 아니었다.[251]

　당시 대부분의 여성 한시작가들이 성리학적 문학의 범주 밖에서 사
랑타령이나 하고 주변의 경치를 읊조렸던 것과는 달리 정일당의 시문학
은 성리학적 문학관의 드높은 수준을 보여주고 있다.

　정일당의 시가 도학자들의 그것에 근접해 있음은 자연을 접하면서
경치가 아니라 이법을 체현하려 한 성인들의 경지를 따르고자 하는 심경
을 읊은 아래의 시를 통해서도 확인할 수 있다. 성리학적 세계인식에서
자연은 도덕의 원천이다. 유자들은 자연에서 객관적인 법칙을 찾아내려
하기보다는 그를 통해서 도덕적 근거를 확보하려 한다. 따라서 성리학자
들이 힘쓰기를 주장한 '격물格物'의 목적 역시 객관사물을 인식하려는 데
있는 것이 아니라 격물을 통해 인간의 내재적 천리를 회복하려는 데 있
다[252]. 하늘을 나는 새와 연못에 뛰노는 물고기를 통해서 그들이 보는
것은 경치가 아니라 이치이다.

> 시에 솔개 날아 하늘에 이르고 물고기 연못에서 뛰노네라고 하였는데
> 그 위아래로 살펴야함을 말한 것이다. … 자사가 이 시를 인용하여 화육
> 유행하여 위 아래로 밝게 들어난 것이 이 이치가 아님이 없음을 밝혔으니
> 이른바 뜻이 넓은 것이다. 그러나 그 소이연은 견문이 미칠 바가 아니니
> 이른바 은미하다는 것이다[253].

---

251) 앞의 책, p.188. 雖婦人所作 而無香奩粉脂之氣 有山林藏脩之意 非慧閨才姬思懷詠物
　　之比.

252) 候外廬 外, 박완식 역,『송명이학사』, 이론과 실천, 1993, p.39.

253) 원본비지『중용』, 명문당, 1984, p.34.
　　詩云鳶飛戾天 魚躍于淵 言其上下察也 … 子思 引此詩 以明化育流行 上下昭著 莫非
　　此理之用 所謂費也 然其所以然者 則非見聞所及 所謂隱也.

물고기는 연못에서 뛰고 소리개는 하늘에서 난다. 물고기는 하늘에서 날지 않고 소리개는 연못에서 뛰지 않는다. 이는 소리개와 물고기를 통해서 타고난 자신의 분수에 맞춰 사는 것이 하늘의 이치이며 분수에 맞춰 사는 속에 넘치는 생동감을 드러낸 것이다. 주자가 소리개와 물고기를 통해 본 것은 경치가 아니라 이러한 이치이다. 강정일당도 일상적으로 접하는 자연의 풀 한 포기를 통해서도 옛 성현의 이러한 경지를 본받고자 하였다.

> 작은 호미로 우거진 잡초를 뽑는데
> 시원스런 소나기가 먼지를 적시네
> 비록 주염계 선생의 뜻에 부끄러우나
> 산속 모옥에 옛길이 열리네
>
> 小鋤理荒穢
> 快雨灑塵埃
> 縱愧濂翁意
> 山茅舊逕開254)
> 〈除庭草〉

주염계가 자신이 거처하는 집에 잡초가 무성했는데도 뽑아내지 않자 사람들이 그 이유를 물으니 "내 뜻과 같은 것일세"라고 대답하였다. 이는 끊임없이 생성하는 대자연과 융합하여 일체가 되려는 그의 인생 포부를 드러낸 것이라고 한다255). 여성인 강정일당은 남성인 주염계처럼 무성한 잡초로 집이 황폐해지는 것을 그냥 두고 볼 수는 없었을 것이다. 정일당은 잡초를 제거하면서 잡초를 놓아두고 본 주염계의 경지를 생각하며 주

254) 강정일당, 앞의 글, p.60.
255) 진래 지음, 안재호 역, 『송명이학사』, 예문서원, 1997, p.78.

염계의 뜻에는 부끄럽다고 하였다. 그러나 "산속 모옥에 옛 길이 열리네"
라는 결구에서 자신도 일상 속에서 옛 성현이 걸어간 그 길을 따르고자
하는 뜻이 있음을 표현하였다. 또한 성현의 뜻을 따르는 것을 기준으로
본다면 남성과 여성이 같은 경지에서 노닐 수 있다고 보았다.

(전략)
책 속에 표준이 있으니
선현들의 자취를 역력히 보네
힘써서 곧장 한 길로 달려가면
도의 경지에서 함께 노니리

卷中指南術
歷歷在前修
勉哉駕直轡
道域偕優遊[256]
〈贈安秀才駿甲兼示高信義〉

'책속의 표준을 보고 선현의 길을 곧장 달려가면 도의 경지에서 함께
노니리' 이는 책을 통해서 도달할 수 있는 경지는 남녀가 다르지 않다는
것을 표현한 것이다. 이러한 학문적 체험을 통해서 자연스럽게 '부위부강
夫爲婦綱'의 불평등한 부부관계를 학문적 동반자로 재설정하게 되었을 것이
고 이러한 체험이 쌓이면서, 강정일당의 남녀동권의식은 더욱 확고해질
수 있었을 것이다. 강정일당은 이러한 시들을 통해 생활 속에서 이법을
체인하고 그것을 시화하는 능력이 여성이나 남성이 크게 다르지 않다는
것을 보였고, 남성들의 긍정적 평가를 끌어낼 수 있었을 것이다. 또한 그
의 시세계가 이러했기에 그의 문집이 간행될 수도 있었을 것이다. 구획된

---

256) 앞의 책, p.59.

한쪽에서 흔적없이 살다갈 수밖에 없었던 여성들이 조선후기에 이르러 문집을 통해서 자신이 존재했었음과 자신의 생각을 말하고 있다. '하늘로부터 부여받은 성품은 남성이나 여성이 다르지 않다'. '여성도 교육을 받을 권리가 있다'. '여성의 성취 역시 남성과 다를 바 없다.'

5. 여성 의식의 자각과 권리 의식

조선후기는 여성들의 문집이 다량으로 출간된 시기이다. 그간 여성문학이 남성문학과 대등하게 논의 될 수 없었던 것은 일단 그 양에 있어서 남아 있는 여성문학이 절대적으로 부족하기 때문이었다. 입언수훈立言垂訓의 유가적 전통에 따라 남성들이 자신들의 문집 편찬에 적극적이었던 것과 달리 여성들이 남의 모범이 되는 것을 금기시 했던 조선시대의 풍토 속에서 여성들은 자신의 문집을 간행할 수 없었기 때문에 조선 후기 전까지 문집을 갖고 있는 여성은 허난설헌이 유일한 경우라고 할 수 있다. 그러나 조선후기에 접어들면서 가학家學으로나마 성리학적 소양을 기르게 된 여성들은 여성의 천품이 남성의 그것과 다르지 않다는 것을 인식하고 자신의 생각을 적극적으로 저술하였기에 여성들의 생각을 체계적으로 살필 수 있는 문집이 많이 간행되었다. 그 중 임윤지당과 강정일당이 성리학자로서의 면모를 보이는데 이들은 천품동일설에 기반한 남녀동권의식을 적극적으로 개진하였다. 따라서 근대적 여성의 자각화 과정의 내재적 요인으로 성리학에 기반한 양반가 여성들의 천품동일설과 남녀동권의식을 주목할 필요가 있다.

강정일당을 비롯한 여성들이 조선시대의 남녀차별적 관행을 가장 부당하게 인식한 것은 여성에 대한 교육적 차별이었다. 성인과 어리석은 사람의 차별은 기질의 차이에 의한 것이고 보편적 이로서의 성을 부여받은 인간은 누구나 수양에 의해 성인의 경지에 도달할 수 있다는 성리학적 교육관은 여성들의 학습의욕을 고취하였다. 여성들은 부덕을 갖춘 순종적 여성상, 남성을 돕는자라는 제한된 역할에서 벗어나 스스로 성인이 되려고 하였다. 여성들은 성인이 되려면 반드시 교육이 필요함을 역설하였다. 특히 강정일당은 '인간은 누구나 성인이 될 수 있다'는 말을 근거로 여성에 대한 교육을 제한하는 조선시대의 관행을 비판하고, 그 한계를 넘어서려고 하였다.

남편의 도움과 독학으로 성리학적 소양을 갖추게 된 강정일당 문학은 감상적인 기존 여성 문학의 한계를 극복하고 재도론적 문학관에 충실한 문학세계를 보여준다. 강정일당의 이러한 성취는 여성의 유사 남성되기라기 보다는 사회의 일원으로 남성과 대등한 능력을 갖추고 있다고 인식한 여성이 이를 사회적으로 공인 받으려는 노력으로 평가해 주어야 한다. 강정일당 문학의 이러한 특성은 여성문학에 대한 조선시대 남성들의 부정적 평가를 불식하고 여성에 대한 긍정적 평가를 이끌어내게 된다.

결국 인간평등론에 입각한 여성근대화 운동의 내재적 동인으로 성리학을 학습한 양반여성들의 자각과 권리의식 역시 고려의 대상이 되어야 하며, 여성의 자각화 과정이 반드시 탈유교화의 과정과 일치하지는 않는다는 것을 임윤지당 연구에 이어 강정일당 연구를 통해 다시 한번 강조하고자 하였다.

임윤지당과 강정일당 문학의 사상적 기반

1. 임윤지당과 강정일당의 여성 담론

이 글은 임윤지당(1721~1793)과 강정일당(1772~1832)의 문학을 성리학적 관점으로 고찰하여 그들의 문학관을 추출하려는 의도에서 시도되었다. 그러나 이 글은 시작부터 몇 가지 문제점을 내포하고 있다. 대략적이나마 그 문제점을 살펴보면 첫째, 조선시대는 유교를 국시로 건국되었고, 조선 초·중·후기의 문학관은 시기적인 편차가 존재하나 대체로 유교적 문학관인 재도적載道的 문학관의 영향 하에 있었다고 볼 수 있다. 이러한 조선시대의 재도적 문학관은 문학의 내질에 관한 문제, 특히 시론이 중심 과제가 되었던 고려시대와는 달리 주자 성리학을 기반으로 한 문학 외적인 사상적 표준에 의해 논의되었다257) 공교육기관에서 제도적 보호를 받으며 학자이자 문인으로 성장하였던 조선 시대 남성작가들이 적극적으로 자신의 사상을 전개하고 개인문집을 발간하여 그 자료가 지금까지 풍부하게 전하는 것과는 달리 여성들은 철저히 교육에서 소외되었고,

257) 민병수, 「조선전기의 문학관」, 국어국문학회 편, 『한문학 연구』, 정음문화사, 1986.

몇몇 작가를 제외하고는 지금까지 전하는 문집이 거의 없으며 그들의 사상을 규명할 수 있는 철학적 논술은 더욱 영성하다고 할 수밖에 없다. 따라서 문학외적인 사상적 표준에 의해 논의되는 문학관은 본격적인 논의가 어려울 것으로 생각된다.

둘째는 한자가 갖는 이데올로기적 특성이다. 조선시대에서 한자는 문자이상의 상징성을 띠고 있다. 한자는 공적담론의 도구였고, 남성들의 문자로 간주되었다. 여성이 가정 안에 갇혀 일생을 지내며 공적 영역으로 진출하는 것이 철저하게 통제되고, 남성과 여성의 역할이 엄격하게 구분되었던 조선시대에 여성들이 한자로 문학활동을 한다는 것은 자부심이자 금기에의 도전으로 엄격한 자기 검열이 뒤따랐다. 따라서 남아있는 자료를 통해서 여성작가들의 본심에 어느 정도 다가설 수 있을 지 우려되는 부분이 없지 않다.

마지막으로 한문학에서 여성 작가들은 우선 수적으로 열세이고 그 남아 있는 작품 수도 적기 때문에 굳이 여성문학과 남성문학을 구분할 필요성도 느끼지 못했고, 여성들의 한문학은 남성작가들에 의해 생성된 한문학의 예외적 존재 정도로 인식되고 있는 현실에서 여성작가의 문학을 성리학적 관점으로 고찰한다는 것은 자칫 여성 문학의 고유성을 희석시키고 여성들의 문학을 유사남성문학으로 전락시키지 않을까하는 우려가 생기기도 한다.

위에서 서술한 여러 가지 난점에도 불구하고 여성한시작가의 문학을 성리학적인 관점에서 고찰하려는 것은 아래와 같은 이유에서이다. 무엇보다 우선적으로 고려해야 할 것은 문학은 구체적이고 현실적인 것이어서 특정한 인물이나 집단에 의해 생성되고 향유되는 것이라는 점이다. 우리 문화 속에 여성이라는 한 계층이 남성과는 구별되는 하나의 독자적 집단으로 존재했고 여성작가들에 의해 생성되고 향유된 문학이 엄연히 존재하고 있으며, 그들의 문학은 남성과 구별되는 하나의 영역을 구축하고 있으나258) 그들의 사상적 기반 역시 성리학이라는 점이다. 또 다른 하나는 가부장제적 사회에서 여성적 정체성은 대개 한 사회의 지배적인 여성담론에 의해 틀지어지고 고정되는 것처럼 보여도 그 속에는 무수한 개인적 편차가 존재하며, 여성들은 지배적인 관습이나 규범과 타협하고 갈등하면서 자기 정체성을 형성한다는 점이다. 조선시대 여성들이 조선이라는 시간과 공간 속에서 생활하면서 성리학의 최대 피해자라고 하더라도 성리학적 규범에서 자유로울 수 없었다면 그들의 문학 역시 성리학적 문학 관습 밖에 위치하지는 않았을 것이다. 그런데도 이능화가 여성들의 한시를 "기녀의 시가 사족 첩실의 시 보다 낫고, 사족 첩실의 시가 사족 부녀의 시보다 나으니 정감과 감발이 달랐기 때문"이라고 논평한 이래로 여성한시의 특징은 주로 기녀나 소실들의 시에 나타나는 감정의 진솔함에 연구의 초점이 맞추어져 왔고259), 여성들에 의해 창작된 작품들은 '정한과 교화의 한계를 넘지 못하는 수준'이라는 평가를 면치 못하였다260). 이는 조선시대에 지어진 여성의 한시는 당대의 보편적 문학과는 무관하다는 태도를 취하는 것이다. 그러나 특정한 시기에 생산된 문학이 당대문학의 보편적 특성과 무관할 수가 있을까 하는 점을 생각해 보면 여성들의 한시역시 성리학적 문학관습에 따라 지어졌을 것이기 때문에 이들의 문학에 대한 성리학적 고찰은 마땅히 있어야 한다고 생각한다. 또한 이러한 작업은 여성문학을 평가하는 관점의 다양성에 기여하리라고 생각된다. 고전문학은 이미 작품 생성이 완료된 것이기 때문에 고전문학의 다양성이란 곧 해석의 다양성을 통해서만 확보될 수 있을 것이다. 이 글은 임윤지당과

---

258) 정하영 외 6인, 『한국고전여성작가 연구』, 태학사, 1999.

259) 이능화 저, 김상억 역, 『조선여속고』, 동문선, 1990. pp.408~409.

260) 이숙희, 「조선조 여성한문학사」, 김상홍 외 2인 편, 『한국문학사상사』, 계명문화사, 1991. p.784.

강정일당의 시문을 대상으로 그들 문학에서 나타나는 성리학적 문학으로서의 특성을 검토하고자 한다. 성리학이 완전한 사상체계를 수립하게 되자 문이재도론이 나타났고, 문이재도론의 논리는 성리학을 바탕으로 하고 있는 만큼 임윤지당과 강정일당의 학문과 문학 및 그들의 문학에 대한 후대인의 평가를 통해서 그들의 문학관이 성리학적 사상기반을 가진 재도론임을 증명하고자 한다.

이 글에서 밝히고자 하는 문학관이란 문학에 대한 생각, 관점, 문학을 통해 표현하고자 하는 것 등을 포괄하는 말이며, 문학이란 시와 문 등 이들의 저술을 통칭하여 지칭한 것임을 밝혀둔다.

2. 임윤지당과 강정일당의 학문

안동 장씨의 시정신을 논한 이동환261)과 임윤지당262)과 강정일당263)의 문집을 번역하고 그들의 사상적 특성을 밝힌 이영춘을 제외하고 대부분의 논자들은 18세기 여성학자들의 사상을 실학과 연계하여 논의하였다264). 이들은 18세기에 여성학자들이 대거 등장할 수 있었던 것은 당시 활발하게 전개되고 있던 실학과 무관하지 않다고 여겼기 때문에 18

---

261) 이동환, 「안동장씨부인의 시정신」, 한국고전여성문학회 편, 『한국고전여성문학연구』, 창간호, 월인, 2000.

262) 이영춘, 『임윤지당』, 혜안, 1998.

263) 이영춘, 『강정일당』, 가람기획, 2002.

264) 김미란, 「조선후기 여류문학의 실학적 특성」, ≪동방학지≫ 84호, 연세대학교국학연구원, 1994.
박요순, 「삼의당과 그의 시 연구」, 『한남어문학』 11집, 한남대 국어국문학회, 1985.
이숙희, 「윤지당의 「논」문 연구」, 『조종업교수회갑기념논문집』, 동방고전문학연구회, 1990.

세기 이후에 등장한 여성들의 문학을 고찰할 때 실학과의 연계성을 중시하였다. 이러한 관점은 성리학의 최대 피해자인 여성들이 조선시대에 여성억압의 기제로 작용한 성리학보다는 반성리학적 성향을 띠는 실학에 더욱 공감하였으리라는 개연성에 기인하는 것이다. 필자는 임윤지당과 강정일당을 제외한 다른 여성들의 작품은 아직 깊이 천착하지 않았기 때문에 그들을 실학과 연계시키는 것에 대해서는 무어라 언급할 수가 없으나 강정일당과 임윤지당의 학문은 아래와 같은 이유에서 실학보다는 성리학에 가깝다고 생각한다.

첫째, 임윤지당과 강정일당의 학문적 연원은 이이의 기호성리학에 있다고 할 수 있다. 임윤지당의 동생 임정주는 윤지당의 학문에 대해서 아래와 같이 언급하였다.

> 누님의 학문은 유래가 있다. 우리 고조부이신 평안감사 금시당今是堂(임의백)께서는 사계沙溪선생 문하에서 수학하여 마음을 스승으로 삼으라는 교훈을 들었다. 선친이신 함흥판관 노은공老隱公(임적)께서는 백부이신 참봉공(임선)과 함께 황강黃江(권상하) 선생의 문하에 출입하여 정직에 대한 가르침을 받았다. 둘째 형님 성천부사 녹문공鹿門公은 도암陶庵(이재) 선생의 문하에서 '도는 잠시도 떠날 수 없다는 철학을 전수 받으셨고, 누님은 형님에게서 수학했다. 가문에서 전승된 학문 연원이 유구하고 그 영향이 이와 같이 심원하였다. 그러므로 필경에 성취하신 것이 그와 같이 성대하고도 쉬웠다.265)

사계沙溪-우암尤菴-수암遂庵-도암陶庵으로 내려오면서 전해진 윤지당 가

265) 『임윤지당』, 「유사」, p.281.
孺人學有所自 我高祖平安監司今是堂公諱義伯 受業沙溪金先生之門 得聞師心之訓 先考咸興判官老 隱公諱適 與伯氏參奉公諱選 出入黃江權先生之門 得聞直字之敎 仲氏成川府使鹿門公諱聖周 蚤遊陶 庵李先生之門 得聞道不可離之義 而孺人又受業於仲氏 蓋其家庭之間 淵源之遠 擩染之深如彼 故其 畢竟所成就 又若是盛且易.

문의 학문적 연원은 율곡栗谷에서부터 시작하는 기호 서인의 정통 성리학을 계승한 것이다. 특히 윤지당의 이기심성설, 인심도심사단칠정설, 예악설 등의 성리설은 아래의 예문을 비교해 보면 알 수 있듯이 율곡학파의 학설을 계승한 것으로 보인다266).

> 대개 성에는 인의예지신이 있고 정에는 희노애락애오욕이 있으니, 이와 같을 따름으로 오상 밖에 따로 성이 없고 칠정 이외에 다른 정이 없다. 칠정 가운데 인욕이 섞이지 않고 순수하게 천리에서 나온 것이 바로 사단인 것이다.267)

> 사단이라는 것은 인의예지의 네 가지이니 성품 가운데서 감응 발동하여 곧장 나온 것을 지칭한다. 칠정이라는 것은 타고난 본성과 형체의 기질이 발동한 것을 합쳐서 총괄적으로 이름한 것을 뿐이다. 칠정 이외에 별도로 사단이 있는 것이 아니다.268)

율곡은 사단四端과 칠정七情의 관계는 사단이 칠정 이외에 따로 존재하는 별개의 개념이 아니고 칠정 가운데 포용되는데 칠정 중의 선한 부분이 사단이 된다고 인식하였다. 윤지당 역시 사단이 칠정 밖에 별도로 존재하는 것이 아니라 하였으니 이는 윤지당과 율곡의 주장이 동일한 것임을 나타내는 것이다.

정일당의 학문은 따로 사사받은 것이 아니라 남편의 학문을 뒷바라

---

266) 이영춘, 상게서 p.64.
267) 『율곡전서』, 권14, 잡저1, 「논심성정」.
蓋性中有仁義禮智信 情中有喜怒哀樂愛惡欲 如斯而已 五常之外 無他性 七情之外 無他情 七情之中 之不雜人欲 粹然出於天理者 是四端也(p.7.).
268) 『윤지당』, 「인심도심사단칠정설」. p.195.
四端者 指其仁義禮智四 性中感動直出者而爲言 七情者 合性命與形氣之所發者而摠名之耳 非謂七情 之外別有四端.

지하면서 터득한 것이다. 정일당은 공부에 의심나는 것이 있으면 남편의 사우들에게 질의하였고 남편이 공부하는 것을 통해 자신의 학문을 성장시켰다.

> 매일 토론하신 것을 쪽지에 기록하여 보여주신다면 매우 고맙겠습니다.[269]

정일당은 남편에게 강재를 스승으로 삼으라고 권유하였고 남편을 통해서 그가 강재에게 배워온 것을 학습하였다. 결국 남편의 스승인 강재는 정일당의 간접적인 스승이었다고 할 수 있다. 이러한 강재는 우암 송시열의 6대손이니 정일당은 율곡栗谷-사계沙溪-우암尤庵을 잇는 기호학파의 성리학을 계승했다고 할 수 있다[270]. 또한 윤지당보다 50년 후에 태어난 정일당은 윤지당의 말을 공감하고 적극적으로 받아드렸다.

> 윤지당께서 말씀하시기를, "나는 비록 부인이지만, 하늘에서 받은 성품은 애당초 남녀가 차이가 없다" 라고 하셨고, 또 부인으로 태어나 태임과 태사와 같은 성녀가 되기를 스스로 기약하지 않는 사람들은 모두 자포자기한 사람들이라고 하셨습니다. 그렇다면 부인들이라도 큰 실천과 업적이 있으면 가히 성인의 경지에 이를 수 있습니다.[271]

위의 예문은 윤지당과 정일당의 학문적 입장이 같음을 시사하는 것이라고 볼 수 있다. 따라서 윤지당과 정일당의 학문적 연원은 기호성리학

---

269) 『강정일당』, p.86.
  願以日日討論者 錄于片紙 下示則幸心幸心.
270) 이영춘, 『강정일당』, 가람기획, 2002. p.24.
271) 『강정일당』, p.90.
  允摯堂曰 我雖婦人 而所受之性 初無男女之殊 又曰 婦人而不以任姒自期者 皆自棄也
  然則雖婦人而 能有爲 則亦可至於聖人.

에 있었고 그들의 학문적 목표는 사대부처럼 성인이 되는 것에 있었다.

둘째, 학습 과정이다. 주희는 학문의 우선 순위를 논할 때 경전을 역사서 앞에 위치시켰다. 또한 학문의 방법을 논할 때에는 반드시『논어』와『맹자』를 읽고 그 다음에 경전을 읽어 의리에 통달한 후 역사서를 읽도록 하였다272). 윤지당과 정일당의 학문 역시 사서에서 시작되고 있다.

> 밤늦어 잠잘 때까지 독서를 하며 연구할 계획입니다. 접 때 사서를 읽었으나, 맹자 뒷부분 3편은 아직 미치지 못했습니다. 그러나 오래지 않아 끝낼 것입니다273).

> 둘째 형님께서 기특히 여기시고 효경, 열녀전, 소학, 사서 등의 책을 가르치셨는데 누님이 매우 기뻐하셨다274).

특히 윤지당은 대학과 중용에 대한 경의經義까지 집필할 정도로 사서에 대한 이해가 깊었고 의리에 밝았는데 이는 이들의 학문이 성리학에 있다는 것을 의미하는 것이다.

성리학자들이 학문을 하는 궁극적 목표는 성인이 되고자 함이었다.

> 어떤 사람(호안정)이 물었다. "성인의 문하에 그 학도가 삼천 명이었지만, 유독 안자만이 학문을 좋아했다고 칭찬받았다. 대체로 시서詩書 육례六禮를 삼천 제자가 모두 배워서 통달했다. 그런데도 안자 홀로 학문을 좋아

---

272)『주문공문집』권35,「답여백공」.
　　爲學之序 爲己而後可以及人 達理然後可以制事 故程夫子敎人 先讀論孟 次及諸經 然後看史 其序不 可亂也.

273)『강정일당』, p.86.
　　中夜下帷之際 看字理會爲計矣 向讀四書 而孟子下三篇 尙未訖 然不久當訖.

274)『임윤지당』, p.277.
　　仲氏奇之 遂授孝經烈女傳及小學四子書等書 姉大喜.

한다고 칭찬받았으니 안자의 학문은 무엇인가?" 이천 선생이 대답했다.
"그 학문이란 바로 성인에 도달하는 길이다."275)

성리학자들은 안자가 학문을 통해서 성인이 된 것처럼 사람은 누구
나 학문을 통해서 성인이 될 수 있다고 여겼고 자신들이 학문을 하는 목
적 역시 성인이 되고자 하는 것에 있다고 여겼다. 이들처럼 윤지당과 정일
당의 학문적 목표 역시 성인이 되는 것에 있었다.

　　　나이 서른에 비로소 공부를 시작하니
　　　학문의 방향을 종잡을 수 없네
　　　이제부터라도 모름지기 노력하면
　　　거의 옛 성인과 같아지리라

　　　三十始課讀
　　　於學迷西東
　　　及今須努力
　　　庶幾古人同276)

　　　여생이 단지 사흘밖에 남지 않았는데
　　　부끄럽게도 성현이 되기로 한 기약을 저버렸네
　　　늘 증자를 사모하였으나
　　　이제는 자리를 바꾸고 죽을 때가 되었네

　　　餘生只三日
　　　愧負聖賢期

---

275) 정이천, 『이정문집』 권7, 「안자소호하학론」.
　　　或問 聖人之門 其徒三千 獨稱顔子爲好學 夫詩書六禮 三千子非不習而通也 然則顔子
　　　所獨好者 何學 也 學以至聖人之道也.
276) 『강정일당』. p.50.

想慕曾夫子
正終易簀時[277]

　　요 순 주공 공자 안자 맹자의 성품을 내가 참으로 가지고 있으니 안자
　가 배운 것을 나만 홀로 배우지 못하겠는가?[278]

　　강정일당과 임윤지당은 학문을 시작한 이래로 옛 성인과 같아지는
것을 목표로 일생을 살아왔고 죽음에 임해서도 증자의 행실을 본받으려
하였으니 그 공부의 철저성을 짐작케 한다. 그들에게 공부란 사서를 위주
로 하여 궁리 심성하고 이를 통해 성인이 되려는 성리학이었음을 알 수
있을 것이다.
　　마지막으로 임윤지당이 가졌던 명분주의적 성향 역시 그의 학문이
성리학에 기반하고 있음을 나타내는 것이다. 윤지당은 예양과 자로 사마
온공 왕안석 등을 평가한 인물론을 다수 지었는데 인물들에 대한 그의 평
가방법은 인물들이 이룬 공업보다는 그들의 공업이 인의를 실천하려는
마음에서 시작되었는가를 따지는데 있었다. 때문에 윤지당은 유학자들에
게 긍정적인 평가를 받기도 하였던 위의 인물들을 비난하였다. 단적인 예
로 왕안석을 통렬히 비난하였는데 이는 왕안석이 인의를 저버린 체 부국
강병에만 힘썼기 때문이었다.

　　　왕안석이 평소에 스스로 기약한 바가 어찌 직이나 설보다 못하였겠는
　　가! 그러나 그의 소행을 보면 오패라도 하지 않았던 일들을 추구하였다.
　　그의 정치는 근본을 소홀히 하고 지엽에만 치중하여 재화의 이득만을 숭
　　상하고 부국강병만을 꾀하였다.(중략) 송나라 국운이 그나마 유지되엇던

----

277) 『강정일당』, p.60.
278) 『임윤지당』, p.203.
　　堯舜周孔顔孟之性 我固有之 則顔子之學 我獨不可學也.

것은 왕안석이 조정에서 물러나 곧바로 죽었기 때문이다279).

윤지당은 왕안석이 일찍 죽은 것이 송나라를 위해서는 불행 중 다행한 일이라고 생각하였다. 이는 왕안석이 성인의 학문을 공부하고도 지나치게 이익을 추구한 인물이기 때문이었다. 윤지당은 국가를 다스리는 요체는 부국강병에 있는 것이 아니라 인의의 실현에 있다고 보았다. 이러한 태도는 윤리적 판단을 할 때 공리적 효용보다는 행위자의 내면적 도덕성을 중시하고 결과의 성패보다는 동기의 시비를 중시하는 성리학자들의 견해280)와 일치하는 것이고 실용과 공리를 추구하는 당시의 실학자들과는 배치되는 것이다. 따라서 윤지당과 정일당의 학문은 실학보다는 여러 측면에서 성리학의 영향권 내에 있다고 하는 것이 좀더 온당하다고 생각된다.

3. 임윤지당과 강정일당의 문학

전통유학과 신유학(성리학)의 특징은 외왕外王과 내성內聖이라는 말로 요약할 수 있다. 내성이란 안으로 성인됨, 즉 내면적인 수양을 통하여 도덕성을 함양하는 것을 말하고, 외왕이란 밖으로는 천하를 다스림, 즉 경세치술을 통하여 정치를 베푸는 것을 말한다. 유학의 이러한 차이는 문학관의 차이로도 이어진다. 선진시대 유가적 문학관의 총결이라 할 수 있는

---

279) 『임윤지당』, 「논왕안석」, p.161.
安石之平日所自期者 豈在稷契之下 而迹其所行 反出於五覇之所不爲 外本內末 惟貨利是崇 富强是謀(중략) 宋祚不絶 安石非久去國而死爾.

280) 이승환, 「결과주의와 동기주의의 대결」, 진량과 주희의 왕패논쟁, 중국철학연구회 저, 『논쟁으로 보는 중국철학』, 예문서원, 1994, p.210.

모시毛詩 서序는 시의 효용을 크게 두 가지로 나누고 있다. 첫째는 시를 통하여 인륜을 두텁게 하고 풍속을 옮기는 상이풍화하上以風化下의 측면이요, 둘째는 문사를 위주로 간하니 말하는 자는 죄가 없고 듣는 자는 삼갈 수 있는 하이풍자상下以風刺上의 측면인데 이 둘은 정치 사회적 공용성을 지향한다. 이에 비해 신유학의 입장을 대변하는 주희의 시집전詩集傳 서序는 모시서에 나타난 교화적인 측면만을 강조하고 아래로부터의 풍자적인 측면을 무시하는 쪽으로 변질되었다. 이는 이학가의 관심이 사회적인 것보다는 심성의 수양을 통해 얻어진 개인의 고원한 지덕이나 성정으로 옮아갔기 때문이다. 주희가 말한 시언지詩言志는 시를 통해 인륜을 두텁게 하고 왕화에 도움이 되도록 하는 측면보다는 고인의 고매한 지덕을 익히고 자신의 심성을 도야하는 것을 의미하게 되었다281). 임윤지당과 강정일당이 창작한 문학은 주자의 이러한 문학관과 일치한다고 할 수 있다.

1) 내성적 측면

강정일당의 문학은 입지, 낙도, 수양, 달관 등의 내성적 측면이 강하게 나타난다. 강정일당의 시는 총 38수가 전하는데 그 중에서 사례와 송축(4수) 및 남편을 대신해서 지은 시(8수)를 제외한 시의 구체적 내용을 작품 목록과 함께 확인해 보면 아래와 같다.

강정일당의 한시

1. 경차존고지일당운敬次尊姑只 一堂韻 : 학문에 대한 입지
2. 시과始課 : 학문의 시작

---

281) 박석, 「이학가 문학관의 내성적 경향」, 중국문학연구회 편, 『중국시와 시론』, 현암사, 1993.

3. 견서동피달見書童被撻 : 훈계

4. 산가山家 : 안분자족

5. 자려自勵 : 권학

6. 성선性善 : 심성수양

7. 정부자呈夫子-3수 : 남편권학

8. 경정부자행가敬呈夫子行駕 : 남편 경계, 당부

9. 제석감음除夕感吟 : 수신

10. 병후病後 : 체인성명

11. 우음偶吟 : 수양

12. 독중용讀中庸 : 학문, 수양

13. 시종손근진부示從孫謹鎭婦 : 훈계

14. 야좌夜坐 : 달관

15. 탄원坦園 : 안분자족

16. 면제동勉諸童 : 면학훈계

17. 제야우작除夜偶作 : 달관, 자경

18. 제정초除庭草 : 수양

19. 시성규질示誠圭姪 : 훈계

20. 임종시臨終詩 : 후회, 각오

21. 주경主敬 : 수양

22. 청추선聽秋蟬 : 자연감흥

23. 앙공부자仰孔夫子 : 공자찬양

24. 객래客來 : 안빈낙도

25. 탄원전로통호강장坦園前路通乎康莊 : 수양

26. 성경음誠敬吟 : 수양

27. 근차왕구계흡연초운謹次王舊戒吸煙草韻 : 자경

28. 우음偶吟 : 추모

전체적으로 보면 정일당 시의 주제는 거의 대부분 학문에의 집념, 심성수양, 자신과 남들에 대한 도덕적 훈계, 안빈낙도의 생활, 자연 속의 관조, 달관과 체험과 같은 도학적 문제에 집중되어 있고 음풍영월류에 속하는 한가한 서경시나, 애정과 이별, 연모 등을 노래한 서정시는 하나도 없다282). 정일당이 이러한 문학만을 창작한 것은 그가 성리학을 투철히 실천한 것처럼 성리학에 기반한 재도적 문학관이 그의 문학 창작의 토대였음을 방증하는 것이라 하겠다. 윤지당과 정일당은 배운 것을 일상생활에서 투철히 실천하는 모습을 보여준다. 정일당의 문학은 문이재도론의 문학적 실천이라고 할 수 있다. 정일당 문학의 이러한 특성과 수준은 화산花山 권우인權愚仁 의 평가에서 다시 한 번 확인할 수 있다.

> 비록 부인이 지은 것이기는 하나 향수나 분가루 냄새가 없고, 초야에 은거한 학자의 뜻이 보이니 규중 여인들의 사랑타령이나 경치를 읊은 것은 비할 바가 아니었다.283)

당시 대부분의 여성 한시작가들이 사랑타령이나 하고 경치를 읊조렸던 것과는 달리 정일당의 시문학은 성리학적 문학관의 드높은 수준을 보여주고 있다. 정일당의 문학이 성리학에 기반한 내용을 담고 있기 때문에 여성이 학문을 하거나 시문을 남기는 것에 부정적이었던 남성들도 정일당의 시와 학문을 인정하지 않을 수 없었다.

정일당의 시가 도학자들의 그것에 근접해 있음은 자연을 접하면서 경치가 아니라 이법을 체현하려한 성인들의 경지를 따르고자 하는 심경을 읊은 아래의 시를 통해서도 확인할 수 있다. 성리학적 세계인식에서

---

282) 이영춘, 『강정일당』, p.40.

283) 『강정일당』, p.188.
雖婦人所作 而無香奩粉脂之氣 有山林藏脩之意 非慧閨才姬思懷詠物之比.

자연은 도덕의 원천이다. 유자들은 자연에서 객관적인 법칙을 찾아내려 하기보다는 그를 통해서 도덕적 근거를 확보하려 한다. 따라서 성리학자들이 힘쓰기를 주장한 '격물格物'의 목적 역시 객관사물을 인식하려는 데 있는 것이 아니라 격물을 통해 인간의 내재적 천리를 회복하려는 데 있다284). 하늘을 나는 새와 연못에 뛰노는 물고기를 통해서 그들이 보는 것은 경치가 아니라 이치이다.

> 시에 솔개 날아 하늘에 이르고 물고기 연못에서 뛰노네라고 하였는데 그 위아래로 살펴야함을 말한 것이다. ... 자사가 이 시를 인용하여 화육 유행하여 위 아래로 밝게 들어난 것이 이 이치가 아님이 없음을 밝혔으니 이른바 뜻이 넓은 것이다. 그러나 그 소이연은 견문이 미칠 바가 아니니 이른바 은미하다는 것이다285).

물고기는 연못에서 뛰고 소리개는 하늘에서 난다. 물고기는 하늘에서 날지 않고 소리개는 연못에서 뛰지 않는다. 이는 소리개와 물고기를 통해서 타고난 자신의 분수에 맞춰 사는 것이 하늘의 이치이며 분수에 맞춰 사는 속에 넘치는 생동감을 드러낸 것이다. 주자가 소리개와 물고기를 통해 본 것은 경치가 아니라 이러한 이치이다. 강정일당도 일상적으로 접하는 자연의 풀 한 포기를 통해서도 옛 성현의 이러한 경지를 본받고자 하였다.

> 작은 호미로 우거진 잡초를 뽑는데
> 시원스런 소나기가 먼지를 적시네

284) 候外廬 外, 『송명이학사』, 박완식 역, 서울: 이론과 실천, 1993, p.39.
285) 원본비지, 『중용』, 명문당, 1984, p.34.
　　詩云鳶飛戾天 魚躍于淵 言其上下察也 ... 子思 引此詩 以明化育流行 上下昭著 莫非 此理之用 所謂費也 然其所以然者 則非見聞所及 所謂隱也.

비록 주염계 선생의 뜻에 부끄러우나
산속 모옥에 옛길이 열리네

小鋤理荒穢
快雨灑塵埃
縱愧濂翁意
山茅舊逕開286)
〈除庭草〉

주염계가 자신이 거처하는 집에 잡초가 무성했는데도 뽑아내지 않자
사람들이 그 이유를 물으니 "내 뜻과 같은 것일세" 라고 대답하였다. 이는
끊임없이 생성하는 대자연과 융합하여 일체가 되려는 그의 인생 포부를
드러낸 것이라고 한다287). 여성인 강정일당은 남성인 주염계처럼 무성한
잡초로 집이 황폐해지는 것을 그냥 두고 볼 수는 없었을 것이다. 정일당
은 잡초를 제거하면서 잡초를 놓아두고 본 주염계의 경지를 생각했다.
"산속 모옥에 옛 길이 열리네" 라고 한 것은 자신도 일상 속에서 옛 성현
이 걸어간 그 길을 따르고자 하는 뜻이 있음을 표현한 것이다. 이러한 시
들은 정일당 문학의 성리학적 특성을 잘 드러내는 것이라고 할 수 있다.

2) 현실 비판적 측면

임윤지당과 강정일당의 현실비판 의식은 정치적 풍자나 백성들의 질
고를 대변하는 것보다는 여성들에게 차별적인 당대 사회현실에 있었다.
조선시대 여인의 삶은 흔히 '삼종지도'로 요약되었다. "부인에게는 삼종지의
가 있고, 오로지 할 도리가 없다. 그러므로 시집가기 전에는 아버지를 따르

---

286)『강정일당』, p.60.
287) 진래 지음,『송명이학사』, 안재호 역, 예문서원, 1997, p.78.

고, 이미 시집가서는 남편을 따르며, 남편이 죽으면 아들을 따른다."288)
이에 의하면 여성은 일생 동안 자신의 의지로 결정할 수 있는 일이 없다.
자신의 일은 아버지, 남편, 아들이 결정하며, 여성은 이 결정에 따르기만
하는 존재이다. 여성은 부덕이라는 이름으로 삼종지도에서 벗어나지 않는
행동양식을 내면화시키고 이를 준수하기를 강요받았다. 만약 이에서 벗어
나게 되면 작게는 윤리적 비난을, 심하게는 사회적 불이익을 감수해야만
했다. 따라서 전통적 여인상 하면, 대개는 순종적이고, 유순하며, 수동적
인, 제도의 피해자로서 인내하며 살아가던 여성을 떠올리게 된다.289) 또
한 여성들의 행동반경은 '뜨락 안'을 넘지 않아야 했다. 이는 유교적 이념
에 따르면, 여성의 행동영역은 '내內'가 정위正位이기 때문이다.

> 가인은 여자가 안에서 위치를 바로 하고, 남자가 밖에서 위치를 바르게
> 함이니, 남녀가 바른 것이 천하의 대의大義이다290).

여자는 안의 일을 남자는 바깥일을 보는 것이 천하의 대의大義이고
이를 벗어나는 것은 천하의 대의를 어지럽히는 것이 되기 때문에 용납될
수가 없다는 것이 당시의 보편적 인식이었고 여성에 대한 차별은 이러한
인식에서 기인한 것이다. 이러한 인식이 판단 근거가 되면, 여성의 사회
적 활동은 여성의 능력 유무有無, 여성의 사회적 공과功過를 떠나서 사회활
동 그 자체가 비난의 대상이 되기 때문에 여성의 활동영역은 가정 안으로
제한될 수밖에 없었다. 가정 안에서 삼종지의를 따르는 수동적 존재로 살
아갈 것을 강요받는 여성에게 교육은 가정사를 수행할 수 있는 최소한의

---

288) 『十三經注疏』 4, 「儀禮」 권제30, 예문인서관인행.
　　 婦人有三從之義無專用之道 故未嫁從父 旣嫁從夫 夫死從子.
289) 이석래, 『이조의 여인상』, 을유문화사, 1984.
290) 『주역』 부언해3, 권13 家人卦, 학민문화사, 1990, p.87.
　　 家人女正位乎內 男正位乎外 男女正 天地之大義也.

요건을 갖추는 선에서만 허용되었다.

　　독서 강의는 장부의 일이다. 부인은 조석과 한서에 따라 가족을 공양하
고 제사와 손님을 받들어야 하는 일이 있으니 어느 결에 책을 대하여 풍송
할 수 있으리요. 고금의 역사에 통하고 예의를 논하는 부인들이 반드시 몸
으로 실천하지 못하고 그 폐해가 무궁하였음을 많이 볼 수 있다[291].

　　부인은 마땅히 서, 사기, 논어, 소학, 여사서를 읽어 그 뜻을 통하고 백
가의 성과 조상의 족보와 역대의 나라 이름과 성현을 이름만 통하면 된다.
헛되이 풍월과 가사를 지어 밖에 전파해서는 안 된다[292].

　그러나 강정일당과 임윤지당은 여성에 대한 당시의 이러한 교육관에
비판적 입장을 갖고 있었다.

　　부모된 사람들이 세속의 구구한 말을 듣고 딸을 공부시키는 것을 큰 금
기로 여기기 때문에 부녀자들 중에 전혀 도리를 알지 못하는 사람들이 있
으니 매우 가소로운 일입니다[293].

　　한씨는 비단 식견과 행실이 탁월하였을 뿐 아니라 문예에도 재주가 있
었다. 친정부친이 구구한 소리를 믿고 글을 가르치지 않았으나 혼자서 사
사 삼경의 경서와 역사책을 배우고 어지간히 그 뜻에 통달하였다[294].

291) 『성호사설』 권3 상, 인사편 3, 친속 17.
292) 이덕무, 「사소절」.
　　　婦人當略讀書史論語小學女四書　通其義　識百家姓　先世譜系　歷代國號　聖賢名字而已
　　　不可浪作詩詞　傳播外間.
293) 『강정일당』, p.90.
　　　爲父母者　信世俗之語　以敎女子讀書爲太忌　故婦女往往全不識義理　甚可笑也.
294) 『임윤지당』, p.123.
　　　韓非特有識行而已　亦有文才　其父親以世俗區區之語爲信而不敎書　然往往涉書史　略通
　　　大義焉.

강정일당은 "여성을 교육시키는 것을 금기로 아는 것은 가소로운 것"이라고 하여 여성을 교육시키지 않는 것을 당연시하는 조선시대의 교육적 관행을 직설적으로 비판하였다. 이에 비해 윤지당은 조선 후기 유학자 운평 송능상의 첫 부인이었던 청주 한씨의 전기에서 한씨가 문예적 재주를 갖춘 것과 학문적 식견이 있는 것을 긍정적으로 평가하여 여성의 교육을 금기시하는 당대의 일반적 인식과 배치되는 견해를 드러내고 있다. 이들이 이러한 견해를 피력할 수 있었던 이유는 여자가 공부를 하는 것은 남성들처럼 하늘이 부여한 천품을 닦고 도를 궁구하기 위한 것이기 때문에 금지시킬 이유가 없다는 인식에서 기인한 것이다.

> 남녀가 비록 하는 일은 다르지만 하늘이 부여한 성품은 언제나 같은 것입니다. 이 때문에 경전을 공부하다가 그 뜻에 의문이 있으면, 오라버니께서 친절하게 가르쳐주어 제가 완전히 깨우친 다음에야 그만두셨습니다[295].

윤지당은 남녀의 차이는 하는 일에 있는 것이고 천품은 남녀가 동일하기 때문에 여성이 교육을 받는 것은 당연하다고 여겼다. 성리학적 견해에 따르면 사람으로 태어난 이상 누구나 성인이 될 수 있지만 이는 교육을 통해서만 가능한 것이다.

> 사람이 학문을 하는 것은 나의 심이 성인의 심과 같지 않기 때문이다. (중략) 그러므로 배우는 자는 반드시 먼저 통달한 이의 말에 의지하여 성인의 뜻을 구하고 성인의 뜻에 의지하여 천지의 이에 통달하여야 한다[296].

---

295) 『임윤지당』, p.241.
　　男女雖曰異行 而天命之性 則未嘗不同 故其於經義 有所疑問 則公必諄諄善喩 使之開悟而後已.
296) 『주문공문집』, 권42, 「답석자중」.
　　人之所以爲學者 以吾之心 未若聖人之心故也 (중략) 故學者必因先達之言以求聖人之意

선현은 사람은 누구나 타고난 천품이 있지만 태어난 모든 사람이 성인은 아니기 때문에 학문을 통해서 성인의 경지에 이르도록 노력해야 한다고 하였다. 그러나 조선시대는 여성의 교육을 금하였다. 여성의 교육을 금하는 것이 선현의 뜻에 어긋나지 않는 것이라면 이는 여성은 사람이 아니라는 뜻이 되고, 여성이 사람이라면 조선시대에 여성의 교육을 금한 것은 선현의 뜻과는 어긋나는 것이 된다. 이는 명백히 조선의 제도가 잘못된 것이었음을 의미한다. 정일당과 윤지당이 여성의 교육을 금하는 당시의 관행을 비판한 것은 천품을 닦는 여성의 공부를 금하는 것이 선현의 말씀에 비춰볼 때 과연 온당한가라는 비판적 인식이 내재해 있는 것이다. 따라서 이들은 공부하는 일에 열심을 내었고 구체적 목표를 정해놓고 이를 성취하였다.

> 내가 비록 부녀자이기는 하나 천부적으로 부여받은 성품은 애당초 남녀 간에 다름이 없다. 비록 안연이 배운 것을 능히 따라 갈 수는 없다고 하더라도. 내가 성인을 사모하는 뜻은 매우 간절하다[297].

> 유교의 13경을 두루 읽으면서 깊이 침잠하고 연구하여 매번 홀로 앉아 읊조렸다. 여러 전적을 널리 보아서 고금의 정치변동을 손바닥처럼 밝게 알았다[298]

이들의 공부는 심성적인 것을 넘어 정치적인 것으로까지 그 범위가 확대되었다. 그러나 여성들에게는 치인의 기회가 원천적으로 차단되어 있었기 때문에 그들이 고금의 정치변동을 손바닥처럼 밝게 알았다고 해도 남성들처럼 이를 국가성사에 직접 참여하여 적용하면서 느낀 점을 문학적

因聖人之意以 達天地之理.

297) 『임윤지당』, p.205.

298) 『강정일당』, p.150.

으로 형상화하는 것은 불가능하였다. 따라서 이들에게는 공적인 문장이나 풍자나 풍간을 통해 직접적으로 현실을 비판한 내용의 시는 거의 없다.

그러나 여성들에게 교육을 금하는 것이 부당하다고 생각하였던 이들은 다른 여성작가들이 글을 아는 것을 숨기고 규방 안에서 홀로 시문을 짓다가 민멸시켜버린 것과는 달리 자신의 저작이 세상에 간행되기를 바랐다. 그래서 강정일당은 자신의 저술이 없어진 것을 매추 안타까워하였다.

〈문답편〉과 〈언행록〉을 모두 잃어버리게 되었다. 정일당은 평생 정력을 바친 것이 모두 잿더미가 되었다고 탄식하였다299).

내가 이 때문에 특별히 이 일을 논하는 것이다. 후세에는 임기응변에 능하지 못하여 결국 불충에 빠지는 사람이 없기를 바란다.300)

비록 식견이 천박하고 문장이 엉성하여 후세에 남길 만한 투철한 말이나 오묘한 해석은 없지만 내가 죽은 후에 장독이나 덮는 종이가 된다면 또한 비감한 일이 될 것이다. 그래서 한 권의 책을 정서하여 양자 재준에게 넘겨주었다.301)

대부분의 여성작가들이 자신의 작품이 세상에 알려질까 두려워하여 죽음에 임박해 스스로 자신의 작품을 태워 없애버리거나 자신의 문학 활동을 어렸을 때 철모르던 시절의 객기로 치부해버렸던 것과는 매우 대조

....

299) 『강정일당』, p.152.
問答編言行錄 并見闊失 孺人歎曰 平生精力 盡歸烏有矣.
300) 『임윤지당』, p.167.
余故特論之 以爲後世之不達權宜而反陷不忠者之戒.
301) 『임윤지당』, p.249.
雖其識根淺陋 筆力短卒 無透語妙解可以遺後 然於身沒之後 仍成覆瓿之紙 則亦足可悲 故書諸一册 子 以授子在竣.

되는 이러한 정일당과 윤지당의 태도는 자신들의 행동이 선현의 뜻에 어긋나지 않는다는 확신에 근거한 것이다. 또한 이들은 자신들의 문학이 도를 담고 있는 것으로 자부하였기 때문에 세상에 자신들의 글이 유통되는 것을 개의치 않았다. 이들의 작품이 한갓 여인의 정감을 담은 글이었다면 이들은 자신들의 글을 세상에 굳이 유전시키려 들지 않았을 것이고 남성들의 인정도 받지 못했을 것이다. 남성과 다름없는 천품을 가지고 그들과 동등한 학문적 업적을 이루었다는 정일당과 윤지당의 자부심이 자신들의 저작이 세상에 전해지도록 하려는 노력으로 나타났다. 이들이 여성들에게 가해지는 차별의 부당함을 소리 높여 외치지 않아도 이러한 이들의 존재 자체가 조선 사회에 대한 비판이 된다. 현명한 신하를 내버려두는 것이 곧 임금의 허물인 것처럼 남성과 다름없는 천품을 가지고 그들과 동등한 학문 수준을 이룩한 여성들이 단지 여성이라는 이유만으로 공적영역에로의 진입이 막히고 규문 안에서 탄식하며 살다가 죽을 수밖에 없다면 이는 사회의 제도가 부당한 것이지 여성에게 잘못이 있는 것이 아니기 때문이다. 이들의 정당성은 성리학에 철저할수록 더욱 인정받을 수 있었을 것이다. 결국 이들이 조선시대의 금기 밖에서 학문을 계속하고 저술을 남길 수 있으려면 그들의 문학이 성리학적인 틀을 벗어나서는 안 되었다는 것을 알 수 있다. 이들에게 문학이란 재도지문의 범주를 벗어나지 않을 때만 여성이 사회적인 발언을 할 수 있는 도구로 작용하였던 셈이다. 정일당과 윤지당은 역설적이게도 성리학의 철저한 실천을 통해서 성리학을 기반으로 성립된 조선이 여성에게 가하는 억압의 부당함을 드러내었다고 할 수 있다.

3. 후인들의 평가

임윤지당과 강정일당에 대한 후인들의 평가는 그의 학문적 영역을 집약해서 보여준다고 할 수 있다.

시에서 발휘된 것은 송대 성리학자들의 글에 견줄만하였다[302].

시는 소강절과 정자의 성리를 담았네
詩帶邵程玩理章[303]

도학과 문장에는 정일당이 있었네
道學文章靜一堂[304]

지으신 글에는 일체 저속한 내용이 없었다. 그것은 모두가 경전을 담론하고 성리를 설파하신 것으로서 도심가운데 말하고자 하신 바를 서술하신 것이다[305].

정일당의 삼종형제였던 강원회는 정일당이 지은 것은 성리와 도학을 설파한 것이라고 하였다. 윤지당의 시동생이었던 신광우도 윤지당이 지은 문장과 그 내용은 모두 도학에서 나왔다고 평가하고 있다. 특히 강정일당

302) 『강정일당』, p.173.
    發於詩則可參乎濂洛之什.
303) 『강정일당』, p.175.
    詩帶邵程玩理章
304) 『강정일당』, p.18.
    道學文章靜一堂
305) 『임윤지당』, p.283.
    故其所製諸篇 絶無閑漫語類 蓋談經設理 而一切信手抒寫道心中所欲言而已.

의 시문이 송대성리학자들의 그것과 견주어지고 있다. 이는 성리학적 문학관의 핵심인 문이재도론의 성립과정을 생각할 때 이들의 문학이 재도적 문학관을 바탕으로 하고 있다는 것을 의미하는 것이라고 할 수 있다.

중국에서 문학과 학술이 분리되어 문학만의 독자적 영역을 구축하게 된 것은 위진남북조시대魏晉南北朝時代부터이다. 육조시대六朝時代에는 주로 문학의 내질內質에서 문학의 본질을 변별하려 하였다. 이러한 풍조 속에서 육조 이래의 사륙변려문四六騈儷文은 발전을 거듭하면서 일상 생활에서 벗어난 귀족들의 문자유희로 전락하였다. 아름다움에만 치우친 사辭·부賦가 극단적 형식주의 성향을 띠게 되어 수당隋唐 오대五代의 창작계가 음미淫靡 부람浮濫으로만 흐르게 되자 육조의 문학에 대한 근본적인 회의가 생기게 되었다. 그러다 당대唐代에 이르러서는 문단의 극단적 형식주의에 대한 반발하여 문학의 표준을 성현聖賢의 저작에서 구하려는 풍조가 생겨나기 시작했다306). 이를 선도한 사람이 한유韓愈(768~842, 자字 퇴지退之)이다. 당대唐代의 대표적 고문가古文家인 한유는 육조 이래 학술사상의 기풍 및 화염무실華艶無實한 문풍을 바로잡기 위해서는 고대古代 유가사상을 회복하고, 경전經典의 질박한 문풍으로 돌아가야 한다고 주장하였다. 또한 한유는 "옛날의 문화에 뜻을 둔 사람이라면, 그 글귀만을 좋아하는 것이 아니라, 그 도道를 좋아할 뿐이다."라고307) 천명하였다. 이는 유가의 도道를 내용으로 하고, 경전의 질박한 문풍을 형식으로 하는 문학혁신운동이었다. 이러한 한유의 문학혁신운동은 만당오대晚唐五代를 거치는 동안 쇠퇴하였다가 북송대北宋代에 이르러 유개柳開(948~1001), 왕우칭王禹偁(954~1001, 자字 원지元之), 석개石介(1005~1045, 자字 수도守道) 등에 의해 재개되

306) 민병수, 「조선전기의 문학관」, 『한국한문학연구』, 서울, 정음문화사, 1986, p.474.
307) 『昌黎先生集』 권16, 「答李秀才書」.
　　所志於古者 不惟其辭之好 好其道焉爾.

었다. 이후 이를 구양수歐陽修(1007~1072, 자字 영숙永叔)가 이어받아 성숙 발전시켰고, 소식蘇軾(1037~1101, 자字 자첨子瞻)이 완성하였다308).

이고李翶나 호원胡瑗 등 초기 도학가道學家들은 고문가들과 같은 문제의 식을 갖고 있었기에 고문가들과 대립하지 않았다. 그러다 주돈이周惇頤 (1017~1073, 자字 무숙茂叔)가 고문가들의 문이관도론文以貫道論은 문文과 도 道의 관계를 잘못 규정한 것이라 파악하고 이를 바로잡기 위해서 문이재 도론文以載道論을 내놓았다. 통상적으로 문이관도론은, 도道는 문文을 인하여 보게 되는 것으로, 도는 반드시 문에 의거해야만 나타날 수 있다는 의미 로 해석된다. 이는 문文과 도道를 이개물二個物로 인식하고, 도보다 문을 중 시하는 경향을 띠게 된다. 이에 비해 문이재도론은 문文은 도道를 싣고 있 는 것이라는 의미로 해석된다.309)

주염계가 고문가들의 문이관도론을 비판하면서 문이재도론을 천명한 뒤 성리학이 완전한 사상체계를 수립하게 되자 문학 역시 재도론의 영향 하에 있게 된다. 따라서 윤지당과 정일당의 문학이 송대 성리학자들의 그 것과 유사하다는 후인들의 평가는 그들의 문학이 재도론을 충실히 구현 하고 있다는 것을 드러내려 한 것이다.

---

308) 진영희, 「북송고문가들의 도와 문에 대한 견해 소고」, 『중국어문학』 15집, 1988.12, p.79.
309) 민병수, 「조선조 전기의 문학관」, 국어국문학회 편, 『한문학연구』, 서울, 정음문화사, 1986, p.475.

4. 성리학적 문이재도론의 구현

여성들의 시는 주로 가정에서의 애환이나, 공규의 정한, 육친에 대한 그리움 등이 많기 때문에 그들의 시를 평가하는 기준도 주로 정감적인 것에 머물러 있었다. 이 글은 여성문학의 영역을 사상적인 것을 표현한 것으로 확대하고 조선시대의 주류적 문학관 속에서 그들의 문학을 위치지으려는 목적으로 임윤지당과 강정일당의 문학이 성리학적 문학론인 문이재도론을 충실히 구현하고 있다는 것을 논증하는 방식을 통해서 그들의 문학관이 문이재도론에 기반하고 있음을 밝히려고 하였다. 조선시대 여성에게는 원칙적으로 공적인 영역에의 진입이 금지되어 있었기 때문에 여성에게는 공적인 문장이 없고, 정치적 효용를 노리는 현실풍자시가 없다는 것이 특징이며, 여성들의 현실비판 의식은 여성의 교육을 금하는 현실에 있었음을 알 수 있었다. 윤지당과 정일당이 성리학적 문학관인 문이재도론을 가지고 있었기에 그들의 문학 역시 내성적 지향을 드러낸 것이라 할 수 있다. 그들은 학문, 심성수양, 자연의 이법 체험, 성인의 경지 등을 시로 창작하여 사대부의 문학세계와 다름없는 경지를 이룩하였다. 조선시대 주류적 학문인 성리학과 문학관인 문이재도론의 권위가 도전 받던 조선후기에 여성들에 의해 그 명맥이 이어진 것은 여러모로 시사하는 바가 많다. 또한 여성들의 문학이 재도적 문학관을 충실히 반영할수록 여성들에게 가해지던 사회적 차별을 뛰어넘을 수 있는 도구로 사용될 수 있었다는 것은 성리학이 여성들을 억압하는 기제로만 사용되었다는 기존의 인식을 재고할 필요성이 있음을 의미하는 것이라고 하겠다. 결국 문제는 사상 자체가 아니라 그것을 운용하는 인간에 있는 것이다. 여러 가지 무리한 점을 감수하면서까지 군이 여성의 문학을 성리학적인 문학관으로 파악하고자 한 것은 여성들의 한시를 부수적인 것으로 취급하거나 여성의 문학을 '정감의 진솔한 발현'이라는 하나의 잣대만으로 평가하는 것은 여성 문학의 온당한 모습을 드러내는데 적합지 않음을 환기하고자 하는 목적이 있어서이다. 이들의 문학관이 조선후기 양반여성 한시작가 전체로 확대될 수 있는지는 추후에 검토하고자 한다.

찾 아 보 기

【ㅊ】

참고문헌

『율곡전서』.

『시경』.

『주역』.

『공자가어』.

『논어』.

『주자전서』.

『중용』.

『女性文章 삼의당 김씨』, 진안의 맥, 진안군, 1982.

窪德忠著 蕭坤貨譯, 『道敎故事』, 사천인민출판사, 1996.

_____, 『道敎入門』, 사천인민출판사, 1996.

_____, 『道敎諸神』, 사천인민출판사, 1996.

『三宜堂 金夫人遺稿』, 光州三寄堂, 1930.

鍾秀 편, 『중국신화』, 상해문예출판사, 1996.

『허난설헌』, 동래부, 중간본.

『허부인난설헌집 부 경란집』, 신해음사, 1913.

갈 홍, 『신선전』, 學苑출판사, 1998.

_____, 張泳暢편역, 『포박자』, 자유문고, 1993.

강명관, 『조선후기여항문학 연구』, 창작과 비평사, 1997.

경기도편, 『그대의 맑은 향기 사라지지 않으리』, 경기도 여성정책국 여성정책
　　　　　과, 2001.

경희태, 『도교문화사전』, 상해문예출판사, 1999.

金達鎭 譯篇, 『한국한시 권3』, 민음사, 1986.

金岸曙 譯篇, 『꽃다발』, 신구문화사, 1961.

金明姬, 『소설헌 허경란의 시와 문학』, 국학자료원, 2000.

_____, 『허난설헌의 문학』, 집문당, 1987.

_____,『문학과 달과 여인』, 백산 출판사, 1993.

_____,『소설헌 허경란의 시와 문학』, 국학자료원, 2000.

_____,『허부인 난설헌, 시 새로 읽기』, 이회문화사, 2002.

김명희 외,『조선시대 여성문학과 사상』, 이회문화사, 2003.

김병욱외,『문학과 신화』, 대방출판사, 1983.

김성남,『허난설헌 시 연구』, 소명출판, 2002.

김일근 편역,『태평광기언해』, 박이정, 1990.

김장환 옮김,『열선전』, 예문서원, 1998.

김지용 역,『역대여류한시문선』, 대양서적, 1973.

_____,『한국의 여류한시』, 여강출판사, 1991.

_____,『역대여류한시문선』, 대양서적, 1975.

김지용·김미란,『운초의 시와 문학세계』, 삼정회, 1996.

김지용·김미란 편역,『한국여류한시의 세계』, 여강출판사, 2002.

김현룡,『신선과 국문학』, 평민사, 1976.

馬書田 著,『중국도교제신』, 團結출판사, 1995.

武天國 著,『神仙』, 中州古籍출판사, 2000.

문희순,『여성시비평연구』, 학민문화사, 1994.

민병도 편,『조선역대여류문집』, 을유문화사, 1950.

민병수,『조선전기의 문학관』, 국어국문학회 편, 한문학연구, 정음문화사, 1986.

박 석,『이학가 문학관의 내성적 경향』, 중국문학연구회 편, 중국시와 시론, 현암사, 1993.

박요순,『삼의당과 그의 시 한국고전문학 신 자료 연구』, 한남대출판부, 1992.

朴一峰 편역,『산해경』, 육문사, 1995, pp.33~556.

벨 혹스 지음, 박정애 역,『행복한 페미니즘』, 백년글사랑, 2002.

서강여성문학연구회편,『한국문학과 모성성』, 태학사, 1988.

_____,『한국문학과 모성성-조선시대 모성성 연구』, 태학사.

西州師範學院중문과 편,『중국고전문학』, 강서교육출판사, 1997.

안동김씨세보,『석릉세적』.

윌리엄 라이터·이경식 역,『신화와 문학』, 전망사, 1981.

劉勇强,『中國神話와 소설』, 大象出版社, 1994.

유향 撰,『열선전』, 학원출판사, 1998.

유협(劉勰),『文心雕龍』, 현암사, 1987.

이기동 저, 전용선 역, 『동양삼국의 주자학』, 성균관대학교 출판부, 1995.

이능화 저, 김상억 역, 『조선여속고』, 동문선, 1990.

이방 모음 김장환 외 옮김, 『태평광기』 1.2.3, 학고방, 2001.

이방(李昉), 김장환 옮김, 『태평광기』 1, 학고방, 2000.

이석래, 『이조의 여인상』, 을유문화사, 1984.

이영춘, 『강정일당』, 가람기획, 2002.

_____, 『임윤지당』, 혜안, 1998.

이종찬 외, 『조선후기한시 작가론』, 이회문화사, 1998.

이혜순 외, 『한국고전여성작가 연구』, 태학사, 1999.

이훈종 편역, 『중국고대신화』, 범문사, 1986.

潛明玆, 『중국고대 신화와 전설』, 商貿인수관, 1996.

_____, 『중국신화학』, 宇夏인민출판사, 1993.

장기근, 『중국의 신화』, 을유문화사, 1977.

전경옥 외 3인, 『한국여성정치사회사』, 숙명여자대학교 출판부, 2004.

정범조, 『해좌집』, 서경출판사, 1996.

정사유 편, 『中國仙話』, 상해문예출판사, 1997.

丁振宗 저, 『산해경 중주』, 고적출판사, 2001.

정하영 외 6인, 『한국고전여성작가연구』, 태학사, 1999.

진래 저, 안재호 역, 『송명이학사』, 예문서원, 1997.

차옥덕, 『한국고전소설과 서사문학』, 집문당, 1998.

최상익 감수, 『조선 여인의 노래』, 동인서원, 1998.

한국여성연구소 여성사 연구실, 『우리여성의 역사』, 청년사, 2002.

한국유교학회 편, 『유교와 페미니즘』, 철학과 현실사, 2001.

허미자, 『조선여류시문전집』, 태학사, 1988.

_____, 『한국여성문학연구』, 태학사, 1996.

홍만종 저, 안대회 역, 『소화시평』, 국학자료원, 1993.

黃매덕 李剛編 저, 『簡明도교사전』, 사천대학출판사, 1991.

황안웅 역, 『김삼의당 시문집』, 전주 제일사, 1982.

후외려 외, 박완식 역, 『송명이학사』, 이론과 실천, 1993.

김덕수, 「김삼의당 시문학 연구」, 전북대학교 대학원 박사학위 논문, 1990.

김동신, 「김삼의당 시연구」, 전남대학교 교육대학원 석사학위 논문, 1994.

김미란, 「19세기 전반기 기녀」, 「서녀시인들의 문학사적 위치」.

_____, 「삼의당문집소고」, 「연세어문학」 12집, 1979.

_____, 「조선후기 여류문학의 실학적 특징」, ≪동방학지≫ 84호, 연세대국학자료원, 1994.

金明姬, 「소설헌 허경란 연구」, 『국어국문학』, 122집, 1998.

_____, 「허난설헌 유선문학에 나타난 도교적 환상양상과 기능」, 『한국문학과 환상성』, 서강여성문학연구회, 예림기획.

김여주, 「김운초의 한시연구」, 성균관대 박사논문, 1992.

_____, 「영수합서씨론」, 『조선후기 한시작가론』, 이회문화사, 1998.

_____, 「조선후기 여성문학 연구」, ≪한문교육연구≫ 제11집, 1997.

김영자, 「삼의당의 생애와 문학」, 성균관대학교 한문학과 석사학위 논문, 1984.

김종순, 「여류의 유선세계-난설헌과 소설헌의 유선사 비교」, 『온지논총』, 2001.

김정인, 「중국 신화의 여신연구」, 연세대 대학원 석사학위 논문, 1996.

김진순, 「김삼의당 한시문 내용고」, 「어문논총」 창간호, 1975.

김지용, 「삼호정시단의 특성과 작품」, 『아세아여성연구』 제16집, 숙명여대아세아여성연구소, 1977.

김함득, 「역대여류의 한시문」, 「국문학논집」 제10집, 단국대학교 국어국문학과, 1981.

박요순, 「삼의당과 그의 시」, 한남어문학, 1985.

_____, 「삼의당과 그의 시 연구」, 한남어문학 11집, 한남대 국어국문학회, 1985.

박용옥, 「여성근대화 운동」, 한국사연구회 편, 『한국사연구입문』, 지식산업사, 1998.

박종수, 「운초시가연구」, 『대한유도대학논문집』 4, 1988.

박현숙, 「임윤지당과 강정일당 문학의 사상적 기반」, 『한중인문학연구』 제9호, 2002.

_____, 「임윤지당론」, 『여성문학연구』 제9호, 예림기획, 2003.

성낙희, 「조선조 여류한시의 세계」, ≪아세아여성연구≫ 30집, 숙명여대 아세아여성문제연구소, 1991.

송영수, 「김삼의당의 생애와 시」, 우석대학교 교육대학원 석사학위 논문, 1998.

송정화, 「중국 신화에 나타난 여신연구」, 고려대 대학원 박사학위 논문, 2002.

오문의, 「서왕모 신화 연구」, 서울대 대학원 석사학위 논문, 1990.

이동환, 「안동장씨부인의 시정신」, 한국고전여성문학회 편, 『한국고전여성문학연구』, 창간호, 월인, 2000.

이숙희, 「윤지당의 논문 연구」, 『조종업교수회갑기념논문집』, 동방고전문학연구회, 1990.

_____, 「조선조여성한문학사」, 김상홍 외 2인 편, 『한국문학사상사』, 계명문화사, 1991.

이신복, 「김삼의당 한시고」, 「한문학논집」 제2집, 단국대학교 한문학회, 1984.

이정화, 「서영수합의 시 연구」, 숙명여자대학교 대학원 석사학위, 1993.

조선영, 「삼의당 김씨론」, 『조선후기한시작가론 2』, 이회문화사, 1998.

최연미, 「조선시대 여성 저자의 편찬 및 필사 간인에 관한 연구」, 성균관 대학교 박사학위.

최승범, 「유한정정한 멋의 시집 삼의당고」, 『금호문화』, 1987.

최정운, 「영수합고의 연구」, 성균관대학교 교육대학원, 1998.

□ 김명희

서강대학교 국어국문학과 졸업. 동국대학교 국어국문학과 대학원 석사 · 박사.
혜원여고 교사, 강원대학교, 경기대학교, 동국대학교 강사 역임.
현재 강남대학교 인문학부 국어국문학 전공 교수.
저서 : 『허부인 난설헌 시 새로 읽기』외 다수.

□ 박현숙

인천 인성여고졸업. 숙명여자대학교 국어국문학과 졸업. 동 대학원 석사 · 박사.
성균관 한림원 수료.
현재 숙명여자대학교, 인하대학교 강사.
저서 : 『조선건국기의 문학론』외 논문 다수.

2005년 2월 28일   제1판 1쇄 발행

조선시대 여성 한문학

저   자 | 김명희 · 박현숙
펴 낸 이 | 송미옥
펴 낸 곳 | 이회문화사
주   소 | 서울시 동대문구 답십리동 488-338 부영빌딩 503호
전   화 | (02)2244-7912~3
팩   스 | (02)2244-7914
전자우편 | ih7912@chol.com
등   록 | 제6-0532호(1992. 5. 2)

ISBN 89-8107-298-1   93810
정가 9,500원